Jessica Bernett

GAWAIN

Lichtfalke

Historische Fantasy

STERNENSAND

www.sternensand-verlag.ch | info@sternensand-verlag.ch

1. Auflage, April 2020
© Sternensand Verlag GmbH, Zürich 2020
Umschlaggestaltung: Juliane Schneeweiss
Lektorat / Korrektorat: Sternensand Verlag GmbH | Natalie Röllig
Korrektorat 2: Sternensand Verlag GmbH | Jennifer Papendick
Satz: Sternensand Verlag GmbH
Druck und Bindung: Smilkov Print Ltd.

ISBN-13: 978-3-03896-125-3
ISBN-10: 3-03896-125-3

Flieg, mein Falke,

flieg hinaus in die Welt und

bringe dein Licht zu jenen,

die sich danach sehnen.

INHALT

DER GRÜNE

RECKE

Ein Hahnenschrei weckte Gawain. Zunächst war er sich nicht sicher, wo er in dieser Nacht eingeschlafen war. Grelles Licht fiel durch eine Fensterluke, als er sich aufrichtete, und er kniff ein Auge zu, während er das andere nutzte, sich umzusehen.

Eine kleine Kate, das Dach niedrig, an einer Stelle undicht. Das sollte gemacht werden. Nur ein Bett stand in diesem Bereich, den er sehen konnte. Der Rest wurde von einem Vorhang abgegrenzt.

Die Schönheit an seiner Seite seufzte im Schlaf. Das Fell, mit dem sie sich zugedeckt hatten, war etwas nach unten gerutscht und entblößte eine ihrer vollen Brüste.

Gawain hob die Brauen. Jetzt wusste er wieder, wo er war. Sorgsam zog er das Fell nach oben und streichelte mit der Hand über die Schläfe der schönen Frau. Ihr braunes Haar glänzte im dämmrigen Licht, ihre Haut schimmerte ebenmäßig und rein, obschon erste Fältchen um ihre Augen und Mundwinkel lagen und ihre Hände rau waren von der täglichen Arbeit. Sie war zu jung, um eine Witwe zu sein.

Vor drei Abenden waren sie sich in der großen Halle seines Gastgebers begegnet, wo sie mit ihrer ältesten Tochter Speis und Trank auftischte. Ihr keckes Lächeln hatte Gawain sofort gefallen. Als er sie in einem ruhigen Moment hinter dem Vorhang auf dem Weg zum Abtritt darauf ansprach, was wohl ihr Ehegatte von ihrem auffordernden Lächeln hielte, offenbarte sie ihm, dass der ihr Angetraute im letzten Sommer bei einem Sturm ums Leben gekommen und sie seither mit ihren drei Kindern allein sei.

Shona, das war ihr Name. Und sie hatte genau gewusst, worauf sie sich einließ. Auf eine Nacht der Wärme, einen Hauch der Erinnerung, wie es sich anfühlte, nicht mehr allein zu sein. Doch ohne die Verpflichtung, einem Mann untertan zu sein, ihn täglich zu bekochen, seinen Launen zu folgen. So hatte sie es ausgedrückt, was darauf schließen ließ, dass sie mit ihrem Alleinsein Frieden geschlossen hatte.

Wenn er es genau bedachte, bevorzugte er ohnehin erfahrene Frauen – solche, die sich nicht nach einer Nacht Hoffnungen machten, jene, die bereits wussten, was ihnen selbst gefiel. Denn wenn eine Frau in seinen Armen lag, die seine Berührungen genießen konnte, brachte ihm das mehr Vergnügen, als wenn er es ihr erst beibringen musste … oder ihr seine Berührungen gar zuwider waren.

Er küsste Shona auf die Stirn, sodass sie sich seufzend unter den Fellen rekelte. Ein verlockender Anblick. In seinen Lenden zuckte es. Der Hahnenschrei, der ihn geweckt hatte, bedeutete aber, dass der Morgen graute. Zeit, das warme Lager zu verlassen und damit leider seine Gefährtin der letzten Nacht.

»Musst du schon gehen?«, murmelte sie und schmiegte ihre Wange an seine Schulter.

»So ist es leider. Es sei denn, du möchtest mir ein Frühstück bereiten und mich deinen Kindern vorstellen. Dann könnte ich das Dach reparieren und deinem Sohn erklären, wie man eine ordentliche Angel baut.«

Ihre Hand wanderte zu der verräterischen Beule unter den Fellen. »Es ist eher das hier, wonach mir der Sinn steht. Das Dach kann ich selbst reparieren und mein Sohn hat immer noch Angst vor Wasser.«

Der Kleine war drei Jahre alt und Gawain hatte die älteste Tochter davon reden hören, dass er nicht einmal zum Fischfang tauge.

Er küsste sie nochmals auf die Stirn. »Zu gern würde ich deinem Sinn nachkommen, doch was ist, wenn wir die Kinder wecken?«

»Ich werde leise sein.«

»Ich nicht.«

Sie kicherte und biss ihm in die Schulter, was seine Entscheidung, zu gehen, auf einen wackeligen Grund stellte. »Du brauchst einen Mann«, raunte er ihr zu. »Einen, der dir hier hilft und dich beschützt.«

»Mein letzter Mann verstand unter ›Beschützen‹ mir ein blaues Auge zu verpassen, wenn die Eier kalt wurden.«

Er grunzte ob der zweideutigen Bemerkung. »Nicht alle sind so.«

»Ich weiß. Mein Vater war ein guter Mann, starb dennoch viel zu früh und hinterließ meine Mutter und außer mir drei weitere Kinder. Mein Stiefvater war ein Säufer. Ich konnte es kaum erwarten, das Haus so schnell wie möglich zu verlassen.«

Weshalb sie anscheinend den erstbesten Kerl geheiratet hatte, der ihr einen Antrag gemacht hatte. Nun, drei Kinder später, war sie wohl klüger geworden. Wer konnte es ihr verdenken? Dennoch sorgte sich Gawain um sie und ihre kleine Familie. Es waren beschwerliche Zeiten – auch hier in Erínn. Shona stand in den Diensten des Herrn von Bertilak und damit unter dessen Schutz. Dennoch konnte auch der edle Herr sie nicht davor bewahren, dass ein Mann sich einfach nahm, wonach ihm gelüstete.

»Gibt es denn keinen Recken in dieser Gegend, der dich interessiert?«

Sie ließ schnaufend von seiner Männlichkeit ab und ließ sich in die Felle sinken. »Es gibt nur einen, der im weitesten Sinne interessant wäre. Er weilt erst seit vier Monden in der Halle Bertilaks. Doch er wird wohl kaum ein Auge auf eine alte Witwe mit drei Kindern werfen.«

Gawain musterte sie neugierig. Sie stellte ihr Licht in ungebührlichen Schatten. Shona war schön und klug. Jeder Mann konnte sich glücklich schätzen, ihr Lager zu teilen, da sie durchaus Gefallen an körperlichen Leidenschaften fand. Er selbst war nur leider sehr ungeeignet als Ehegatte. Er war häufig unterwegs, kaum einen Mond am Hofe Camelots. Und außerdem fand er zu sehr Geschmack an den unterschiedlichen Früchten, welche die Weiblichkeit zu bieten hatte. Das wollte er wirklich keinem Eheweib zumuten.

»Warum sollte er dich nicht mögen?«, hakte er nach.

Sie legte den Arm über die Augen, sodass ihm ihr Gesicht verborgen blieb. »Er ist bestimmt zehn Sommer jünger als ich und die kichernden Jungfrauen sind gewiss interessanter für ihn als eine alte Witwe wie ich.«

Gawain runzelte die Stirn und fuhr sich mit dem Daumen über die Stoppeln seines beginnenden Bartes, was ihn daran erinnerte, dass er sich rasieren musste. Zunächst aber wollte er Shona behilflich sein. Sie verdiente etwas Glück in ihrem Leben. Ob ein Bursche, der jünger war, ihr das bieten konnte?

Sie blinzelte verschämt unter ihrem Arm hervor. »Ich meine den neuen Schmied, Ulric.«

Er versuchte, sich an einen Mann dieses Namens zu erinnern, konnte aber kein Gesicht zuordnen.

Shona seufzte. »Wie auch immer. Ich bin zufrieden. Meine Kinder sind gesund, ich habe Arbeit in der Festung des Herrn von Bertilak und was die Zukunft bringt, weiß Gott allein. Ich vertraue auf ihn.«

Noch als Gawain später von ihrer bescheidenen Hütte zur Festung von Bertilak lief, ging ihm Shona nicht aus dem Sinn.

Metallgeräusche aus der Schmiede verrieten ihm, dass der junge Mann, für den sie sich interessierte, bereits zu dieser frühen Tageszeit bei der Arbeit war.

Gawain blieb inmitten des Hofes stehen und hielt Ausschau nach dem Schmied. Dessen Arbeitsstelle lag auf der rechten Seite des Platzes. Der Mann war ein echter Hüne mit hellgoldenem Haar und selbigem Bartschatten. Als er den Hammer schwang, um ein Stück Metall zu bearbeiten, traten seine Muskeln deutlich hervor. Trotz seiner imposanten Statur hatte er wohl erst zwanzig Sommer gesehen.

Unwillkürlich musste Gawain grinsen. Shona hatte einen guten Geschmack. Ein Kerl wie dieser wäre ein ausgezeichneter Beschützer – sofern sein Herz am rechten Fleck zu finden war.

Er zögerte nicht lange und schlenderte hinüber zu dem Schmied, der gerade in seiner Arbeit innehielt, um sich den Schweiß aus dem Gesicht zu wischen.

»Guten Morgen«, begrüßte Gawain ihn gut gelaunt. »Du bist früh bei der Arbeit. Hat es nicht lange gedauert, das Feuer zu entfachen?«

Der Schmied nickte ihm freundlich zu. »Meine Arbeit beginnt vor Sonnenaufgang. Was kann ich für dich tun?«

Gawain verschränkte die Arme vor der Brust und musterte ihn von Kopf bis Fuß. Wäre er selbst eine Frau, hätte er bei diesem Anblick wohl auch die ein oder andere Fantasie entwickelt. »Es geht um eine Arbeit, die eigentlich nichts mit dem Schmieden zu tun hat.«

Der Mann zog eine Augenbraue hoch und packte nach seinem Hammer. »Tut mir leid, da kann ich nicht helfen, ich bin ausgelastet.«

Gawain kramte in dem Beutel an seinem Gürtel und holte zwei Silberstücke hervor. »Auch nicht für gute Bezahlung?«

Nun wurde der Schmied argwöhnisch, das konnte Gawain an der angespannten Haltung erkennen. »Welcher Art soll diese Arbeit sein?«

»Eine handwerkliche. Genau deswegen kann ich leider nicht selbst diese Arbeit erledigen.« Gawain grinste und hob seine Hände hoch. »Mit Klingen vermag ich umzugehen, mit Hammer und Nagel jedoch bin ich mir nur selbst im Weg.«

»Wie ich sagte, ich habe genug zu tun.« Der Mann schickte sich an, seine Arbeit an der Klinge fortzusetzen.

»Es geht um eine Freundin«, wandte Gawain rasch ein. »Das Dach ihres Hauses ist kaputt. Womöglich dauert es für einen geschickten Kerl nur einen halben Tag. Das ist gut verdientes Geld.« Er deutete mit einem Kopfnicken auf die Münzen in seiner Handfläche.

Der Schmied folgte dem Blick, schüttelte aber den Kopf. »Es gibt sicher jemand anderen, der dir und deiner Freundin helfen kann. Diese Klinge aber muss in zwei Tagen fertig sein. Der Herr erwartet meine Arbeit.«

»Du könntest das Dach am Nachmittag reparieren. Wenn deine Arbeit hier getan ist. Ein guter Zusatzverdienst.« Gawain spielte mit den Münzen und ließ eine davon zwischen seinen Fingern hin und her gleiten. Der Trick misslang und er musste sich bücken, um das Geld wieder aufzuheben, was ihn jedoch nicht seiner guten Laune beraubte. »Meine Freundin … sie lebt allein mit ihren Kindern unten am Rande des Dorfes. Wenn der Herbst Einzug hält, wird sie mit ihren Kindern im Nassen sitzen.«

Ulric presste fest die Lippen aufeinander. Offensichtlich rang er mit sich. Sehr gut.

Gawain griff nach einem Nagel, betrachtete das Handwerk des Burschen und sagte eher nebenbei, was ihm noch auf dem Herzen lag. »Sie ist Witwe und viel zu stolz, selbst um Hilfe zu bitten, und vermutlich fehlen ihr auch die finanziellen Mittel.«

Der Schmied ließ seinen Hammer wieder sinken und richtete sich zu voller Größe auf.

Gawain musste beinahe den Kopf in den Nacken legen, um ihn anzusehen, dabei war er selbst nicht kleinwüchsig. Diesmal war es der junge Mann, der *ihn* musterte.

»Muss eine gute Freundin von dir sein«, merkte Ulric nun an.

»Das ist sie.«

»Wenn sie im Dorf wohnt, kenne ich sie. Wer ist sie?«

»Shona, sie arbeitet für den Herrn von Bertilak.«

Die Kieferknochen des jungen Mannes spannten sich an, sein Blick verfinsterte sich. Gawain kannte diese Reaktion von anderen Männern. Sie versuchten, ihre Gefühle zu verbergen, besonders solche, die sie selbst nicht wahrhaben wollten.

Schließlich schüttelte der junge Schmied den Kopf. »Steck deine Münzen weg. Ich will sie nicht.«

»Also wirst du das Dach ihrer Hütte nicht reparieren?«

»Natürlich werde ich das!«, fuhr Ulric ihn an. »Aber dein Geld kannst du behalten, das nehme ich nicht.«

Gawain nickte langsam. Gut, er selbst stand nun in den Augen des jungen Mannes wie ein Idiot da. Aber Ulric würde Shona helfen, und das war es wert. »Danke«, sagte er daher mit strahlendem Lächeln. »Ich wünsche dir noch einen erfolgreichen Tag.« Er deutete gen Klinge, die abgekühlt war. Der Schmied würde sie wieder erhitzen müssen, bevor er sie weiter bearbeiten konnte. »Sieht nach einer guten Arbeit aus.« Und das meinte er auch.

Ulric grunzte etwas, das ebenfalls nach einem Dank klang, und Gawain verabschiedete sich wohlgelaunt.

Sein Tag hatte vielversprechend begonnen. Er wollte hoffen, dass er auch weiterhin so gut verlief. Gawain war schließlich nicht zu seinem Vergnügen hier in Erínn.

Der Herr von Bertilak war ihm seit seiner Ankunft aus dem Weg gegangen. Selbstverständlich war er gastfreundlich zu Gawain gewesen, hatte ihm und seinem Begleiter Percival die besten Gemächer zugewiesen, ihnen reichlich Speis und Trank zukommen lassen. Doch nun waren sie schon drei Tage am Hofe des Clanführers und bisher hatte sich keine einzige Gelegenheit zu einem vertraulichen Gespräch ergeben. Dabei wusste Bertilak sehr genau, weshalb Gawain hier war. Auf Geheiß von König Artus. Denn die Einladung nach Erínn kam von dem Herrn selbst.

Lag sein höfliches Desinteresse womöglich an Gawain? Hatte der edle Herr vielleicht einen anderen Gesandten erwartet, wie Lancelot oder Bors? Aber Ersterer war seit Kurzem verheiratet und daher mit Nestbau beschäftigt, während Letzterer nunmehr König nach seines Vaters Tod war und daher mit dem Regieren seines eigenen Landes alle Hände voll zu tun hatte.

Die Tafelrunde befand sich in einem Umbruch. Sie hatte einige neue Gefährten wie Gawains jüngsten Bruder Gaheris und Percival. Der junge Recke stand unter Gawains Fittichen und Artus hatte aufgetragen, dass Percival in die diplomatischen Beziehungen eingeführt werden sollte, nun, da zwei seiner engsten Vertrauten für diese Aufgabe nicht mehr zur Verfügung standen. Zudem war Gawain einer der wenigen, der die Sprache der Stämme Erínns beherrschte. Sie war dem Britannischen nicht unähnlich, doch die Aussprache war anders und schwer verständlich für ungeübte Ohren.

Gawain betrat die Halle und wurde begrüßt von eifrigen Vorbereitungen für das Frühstück. Sehr gut, er hatte den Clanführer also noch nicht verpasst.

Doch kaum befand er sich in dem hohen Raum, spürte er die Blicke einer Dame auf sich ruhen, die ihm jede gute Laune entzogen. Seine Haltung wurde ernst, als er auf die Herrin von Bertilak zutrat.

Ihre Augen schienen ihn ausziehen zu wollen, so lüstern musterte sie sein einfaches Gewand aus Bundhose und Hemd. Sie fuhr sich mit der Zunge über die Lippen und lächelte ihn herausfordernd an, während all ihre Bediensteten um sie herum ihre Arbeit taten. Dabei musste Gawain zugeben, dass sie ebenso eine Schönheit war wie Shona. Ihr Haar war von hellem Goldrot, ihre Augen leuchteten in tiefem Blau und ihre Figur war schlank und aufrecht.

»Welch reizender Morgen, nicht wahr, Gawain?«, begrüßte sie ihn fröhlich.

»Wunderbar«, bestätigte er, legte jedoch wenig Begeisterung in seine Stimme.

Die Dame des Hauses folgte ihm seit seiner Ankunft mit pikanten Blicken, ungeachtet der Tatsache, dass ihr Ehegatte höchst lebendig und agil wirkte.

Gawain aber hatte zwei Vorsätze in seinem Liebesleben getroffen: weder zu einer Jungfrau noch zu einer verheirateten Frau ins Lager zu steigen. Beides brachte nur Schwierigkeiten. Und diese Herrin von Bertilak versprach mehr als Schwierigkeiten. Vielmehr ein Desaster epischen Ausmaßes, sofern er sich auf ihre Bemühungen einließ.

Unruhig sah er sich in der Halle nach ihrem Ehegatten um. Das Frühstück wurde gerade gerichtet und Bedienstete und Krieger fanden sich ein, sodass geschäftiges Treiben herrschte.

Der Herr von Bertilak war nicht zu übersehen mit einer Körpergröße, die selbst Artus und Lancelot in den Schatten stellte, breiten Schultern wie ein Ochse und einer tiefen Stimme, die gerade durch den Raum hallte.

»Da ist ja unser Gast!«, rief er begeistert und eilte auf Gawain zu.

Wenn schon die Statur des Mannes auffiel, so tat es sein sonstiges Aussehen noch mehr. Der volle Bart, der bis zu den Schlüsselbeinen reichte, war grün gefärbt. Das schulterlange Haar trug er offen, interessanterweise in natürlicher brauner Farbe, die ersten Silbersträhnen durchzogen es wie Spinnfäden. Auch die Kleidung war grün, vom Hemd, das er locker in seine Bundhose gesteckt hatte, bis zu den Stiefeln.

Auf dem Weg zu Gawain nahm er von einem Bediensteten seinen Wollumhang sowie Köcher und Bogen entgegen.

»Welch wunderbarer Morgen, nicht wahr?«, meinte sein Gastgeber wohlgelaunt.

»In der Tat. Ein hervorragender Morgen für die Jagd«, stimmte Gawain zu.

Bertilak nickte zufrieden. »Ich werde gen Abend zurück sein. Meine Frau wird dir Gesellschaft leisten.«

Verwirrt verschränkte Gawain die Arme. »Du gehst allein auf die Jagd?«

»Natürlich nicht.« Der Mann lachte so tief, wie ein Bär brummte. »Mein treuer Diener begleitet mich.« Dann musterte er Gawain schmunzelnd. »Wir können uns heute Abend unterhalten über den Grund deines Besuches.« Er atmete tief ein und band seinen Gürtel fester. »In der Zwischenzeit sieh dich doch etwas um in meiner Festung. Lass dir unsere Gebräuche näherbringen.«

»Ich könnte dir Gesellschaft leisten auf der Jagd«, schlug Gawain vor. »Auch vom Pferderücken kann man sich gut unterhalten.«

»Reden? Bei der Jagd?« Er schüttelte sein Haupt, und sein grüner Bart bewegte sich wie eine Decke aus Moos. »Nein, mein junger Recke aus Britannien. Auf der Jagd steht mir der Sinn nach Stille und Erholung. Aber um dich etwas zu trösten, verspreche ich, dir einen Teil meiner Beute zu schenken ... wenn du mir im Gegenzug das gibst, was auch immer du heute erhalten wirst. Einverstanden? Gut, gehab dich wohl.«

Gawain presste fest die Lippen aufeinander, als er dem Riesen nachsah.

Eine Hand legte sich vertraulich auf seine Schulter. »Darf ich dir beim Frühstück Gesellschaft leisten?«

Er neigte bedauernd den Kopf, als er das Lächeln der Herrin sah. »Vielen Dank, ich habe bereits gefrühstückt. Es ist wohl das Beste, wenn ich nach meinem Gefährten schaue. Er verträgt das hiesige Bier nicht so gut und davon hatte er am gestrigen Abend reichlich.«

Percival kniete am Fenster und betete, als Gawain die Kammer betrat.

Leise setzte sich dieser auf seine Bettstatt und wartete, bis der Jüngere mit einem inniglichen »Amen« endete.

»Wir haben ein Problem«, eröffnete Gawain sofort das Gespräch.

»Guten Morgen, Gefährte. Natürlich habe ich gut geschlafen und selbstverständlich hat es mir nichts ausgemacht, nicht zu wissen, wo du steckst. Bei einer Frau, vermute ich?«

Der junge Krieger sah ihn mit hochgezogenen Brauen an. Manchmal erinnerte ihn Percy an ein altes Eheweib. Fehlte noch, dass er ihn mit dem Pantoffel schlug.

»Ähm ... ja«, antwortete Gawain und kratzte sich mit dem Daumen über den Bart. »Du kennst mich zu gut.«

Percy räumte sorgfältig seine Habseligkeiten zur Seite und setzte sich auf seine eigene Bettstatt, bevor er ihn mit strengen hellblauen Augen musterte. »Womöglich solltest du dich eher auf unseren Auftrag konzentrieren, als dich deinen Gelüsten hinzugeben.«

Gawain schnaufte belustigt. Sein Freund hatte eine ulkige Art, sich auszudrücken. Aber diese Art gehörte zu ihm, und Gawain hatte ihn in den letzten Monaten sehr gut kennengelernt, ihn unter seinen Schutz in Camelot genommen und versucht, ihm die große, weite Welt nahezubringen.

»Der Herr von Bertilak findet keine Zeit, sich mit mir zu unterhalten«, kam Gawain zurück zur Sache. »Dabei sind wir auf seine Einladung hierhergeschickt worden.«

»Er wollte Artus persönlich sehen. Vermutlich lässt er uns aus gekränktem Stolz warten, weil unser König nicht selbst kam.« Percy nahm seine Decke und faltete sie ordentlich zusammen.

»Das mag sein«, überlegte Gawain. Es war sogar sehr wahrscheinlich.

»Und der Herr behandelt uns freundlich, uns fehlt es an nichts«, fuhr Percy fort. »Wir müssen nur geduldig sein, bis er bereit dazu ist, die Verhandlungen aufzunehmen.«

Gawain ließ sich seitwärts auf seine Schlafstätte fallen und schwang die Füße auf die Felle.

»Du solltest deine Stiefel ausziehen«, ermahnte ihn Percy.

»Hmm, was sollen wir so lange tun, bis der Herr Zeit findet, mit uns zu sprechen?«, murmelte Gawain.

»Uns nicht mit der versammelten Weiblichkeit dieser Festung einzulassen, wäre eine erste Maßnahme. Und uns gut benehmen, wie es sich für diplomatische Gäste geziemt.«

Eigentlich sollte Gawain Percy beibringen, wie diese Diplomatie, die Artus so sehr schätzte, funktionierte. Seit ihrer Ankunft in Bertilak aber hatte Gawain das Gefühl, mehr von dem Jüngeren zu lernen als umgekehrt.

Gawain ließ das Frühstück ausfallen und verbrachte den Vormittag mit einigen Kriegern Bertilaks, um kleinere Übungskämpfe auszuführen. Percy stieß hinzu und bewies in einem schweißreichen Kampf, dass sein Langschwert Gawains beiden kürzeren Klingen nicht überlegen war.

Die Sonne stand hoch am Himmel, als die Herrin von Bertilak zum Übungsplatz geschlendert kam. Mit zauberhaftem Lächeln brachte sie kühlen Honigwein und süßes Brot. Ihre Dienerin hatte außerdem eine Decke dabei und die Herrin bot an, dass man das Mahl im Schatten eines Baumes nicht fern der Festung einnehmen könne.

Percival lehnte höflich ab mit der Begründung, er müsse sich einem Bad und seinen Gebeten widmen.

»Und du, steht dir der Sinn ebenso nach einem Bad?«, meinte die hohe Dame und musterte Gawain von oben bis unten.

»Ähm, ich verabschiede mich«, beeilte sich Percy zu sagen und ließ seinen Freund mit der Dame allein.

Gawain sah ihm mürrisch hinterher. Prima, wenn die Situation heikel wurde, kapitulierte sein junger Kampfgefährte.

»Ein Bad …« Er musste sich räuspern. »Nein, meine Dame. Aber die Erfrischungen nehme ich gerne an.« Er konnte sie nicht vollends ablehnen, sie war immerhin die Gastgeberin.

So führten sie und ihre Dienerin ihn zu einem Platz, der inmitten der grünen Hügel lag. Unter einem Baum breitete die Bedienstete die Decke aus, half ihrer Herrin, die Erfrischungen darauf auszubreiten, und zog sich dann in dezente Entfernung zurück, wo sie Blumen von der Wiese pflückte.

Stirnrunzelnd sah Gawain ihr dabei zu, bis die Herrin ihn sanft an der Schulter berührte.

»Bist du doch nicht hungrig?«

Er lächelte halbherzig. »Doch, vielen Dank für diese Mühe.«

Sie lachte schrill. »Das ist doch keine Mühe. Komm, greif tüchtig zu.«

Der Met schmeckte hervorragend und Gawain fragte sich, woher der Honig für dieses Getränk kam, denn er hatte keine Bienenstöcke in der Nähe der Festung gesehen.

»Wie ist es so in Camelot?«, erkundigte sich die Herrin von Bertilak.

Er sah sie kurz an und nahm rasch einen weiteren Schluck der goldfarbenen Flüssigkeit. »Es ist lebhaft, laut, fröhlich … ein guter Ort zum Leben. Die Bauern in der Nähe bringen reichlich Ernte ein, die Menschen leben in Frieden miteinander.«

»Solange sie keine Angriffe fürchten müssen von diesen … wie heißen sie noch gleich?«

»Angeln und Sachsen.«

Sie seufzte tief. »Ich dachte, sie heißen Jüten.«

»Manchmal sind es auch die. Aber viele Jüten kamen schon vor fünfzig Jahren hierher und kämpften an der Seite von Ambrosius.«

Er verkniff sich die Bemerkung, dass Britanniens Küste ebenfalls durch Angriffe der westlichen Nachbarn bedroht wurde. Vornehmlich durch die Skoten. Genau deswegen war er hier. Bertilak war ein Anführer des Stammes der *Eile*. Die Stämme Erínns lagen teilweise im Krieg miteinander. Wenn Artus es schaffte, sich mit einem oder mehreren Stammesanführern zu verbünden, konnten diese auf ihrer eigenen Insel dafür sorgen, dass die anderen Stämme zu beschäftigt waren, um noch weitere Piraten an Britanniens Küste zu schicken.

Umso besser war es, dass Bertilak selbst die Initiative ergriffen und eine Einladung an Artus geschickt hatte. Auch in seinem Interesse lag es, mit Artus zu verhandeln.

Deswegen musste Gawain Bertilaks Spielchen mitspielen und genau deswegen durfte er dessen Gemahlin nicht verstimmen. Noch weniger aber durfte er auf deren eigene Spielchen eingehen.

Ihr Haar glänzte goldrot im Schein der Sonne, ihre Augen blitzten gewitzt auf und ihre Figur war tadellos. Womöglich auch, weil sie etwas jünger als Bertilak war und ihm noch keine Kinder geboren hatte.

Gawain räusperte sich leicht und lächelte sie an. »Dein Gemahl ist oft auf der Jagd?«

Nun seufzte sie selbst und änderte ihre Position gerade so, dass er die Linie ihrer Kurven bewundern konnte. »Er kennt momentan nichts anderes. Er sagt, wir brauchen das Fleisch. Aber er könnte auch Jäger aussenden.«

»Was glaubst du, warum er sich so gerne auf der Jagd befindet?«

»Hmm, ich weiß es nicht. Es ist mir auch egal.« Sie rollte sich auf die Seite und lächelte Gawain verführerisch an. »Während seiner Abwesenheit kann ich tun und lassen, was ich möchte. Daher genieße ich diese Zeit.« Sie wollte nach seiner Hand greifen, doch er wich zurück.

Er ging davon aus, dass sie diese Zeit nicht mit Beten verbrachte. »Das Wetter ist sehr mild dieser Tage«, lenkte er von ihrem Annäherungsversuch ab.

Sie spielte mit einer Locke ihres rotgoldenen Haares. »Das lädt ein zu Abenteuern außerhalb der Halle.«

»Äh … ja.«

Verdammt, er kam sich schon vor wie Percival, wenn dieser mit einer Frau sprach. Das Problem war aber nicht, dass ihn dieses weibliche Wesen nicht interessierte. Nein, sein Körper reagierte auf ihre Nähe und das war nicht gut. Sein Körper wollte, sein Verstand und sein Herz hinderten ihn daran, dem Verlangen nachzukommen. Es wäre das Beste, zurück in die Festung zu gehen, er hatte der Höflichkeit Genüge getan.

»Hast du Angst vor mir?«, wollte sie mit spöttisch hochgezogenen Brauen wissen.

»Ja«, gab er zu. »Und vor dem, was mich erwartet, wenn ich als dein Zeitvertreib diene.«

Sie lachte und rollte zurück auf den Rücken. »Ich mag dich wirklich sehr. Du bringst mich zum Lachen und in mir brennt eine Hitze, die nicht von der Sonne kommt.«

Das war genug. Er richtete sich auf, doch sie sah seinen Fluchtversuch voraus und erhob sich ebenfalls, gerade so, dass ihr Oberkörper den seinen fast berührte und Gawain ihren Atem auf seiner Wange spürte.

»Lauf nicht fort«, hauchte sie.

»Es ist besser, wenn ich gehe.«

Sie packte seine Hand und presste sie auf ihren Busen. »Wenn du versuchst zu gehen«, raunte sie, »werde ich schreien. Dann hört uns meine Dienerin und ich werde ihr erzählen, dass du mir Gewalt antun wolltest.«

Das konnte unmöglich ihr Ernst sein. Er hatte schon öfter mit Frauen zu tun gehabt, die sehr hartnäckig in ihrem Werben waren. Hin und wieder erlaubte er sich, dem nachzugeben. Hier schwach zu werden, wäre nicht nur sein Todesurteil, sondern auch das Scheitern der diplomatischen Verhandlungen Britanniens mit Erínn.

Sie lachte erneut dieses schrille Lachen und zog ihre Hand zurück. »Du schaust ja so aus, als hättest du wirklich Angst vor mir.«

Ihm saß ein fester Kloß im Hals. Es war ein gefährliches Spiel, das sie hier mit ihm spielte. Gefährlich für ihn.

»Ich werde dich gehen lassen«, säuselte sie und klimperte mit den Wimpern. »Unter einer Bedingung.«

Er hob wenig begeistert die Brauen. »Welche soll das sein?«

»Ein Kuss.« Sie näherte sich seinem Gesicht. »Ein harmloser Kuss.«

Er rückte etwas ab von ihr. »Nein«, sagte er mit rauer Stimme.

Ihre Miene wurde ernst. »Ein Kuss, oder ich erzähle allen, wie du mich unter diesem Baum genommen hast … mein Gemahl wird nicht begeistert sein von deinem Verhalten. Noch morgen wirst du mit deinem Gefährten zurück nach Britannien segeln.« Sie reckte stolz das Kinn.

Offensichtlich gefiel ihr dieses Gefühl von Macht.

Wenn sie log und in der Festung von Bertilak eine solche Geschichte erzählte, wäre das sein Ende.

»Ein Kuss«, wiederholte er.

Sie nickte.

»Nichts weiter.«

»Bist du eine tumbe Jungfrau? Das sagte ich doch. Nun zier dich nicht.«

Er starrte sie fassungslos an.

Sie rollte mit den Augen. »Meinetwegen auch nur auf die Wange. Wärest du damit zufrieden?«

Zufrieden nicht. Doch das wäre eine Geste, die er mit seinem Gewissen und vor ihrem Gemahl vertreten konnte. Also nickte er.

Ihre Lippen berührten kühl seine Wange, verharrten dort für einen Augenblick.

Er ballte eine Hand zur Faust und schloss angespannt die Augen.

Dann war der Moment vorüber und die Herrin von Bertilak zog sich lachend zurück. »Siehst du? Ganz harmlos.«

Diese Frau würde sein Untergang sein. Und Gawain fiel nichts ein, was er dagegen tun konnte.

DER GRÜNE
GÜRTEL

Diese Frau wird dein Untergang!« Percy marschierte in der Kammer hin und her. »Du musst dich fernhalten von ihr!«

»Das weiß ich selbst.« Ungehalten fuhr sich Gawain durch das wirre Haar. »Hast du einen Kamm? Ich finde meinen nicht.«

»Es wäre sogar besser, du bleibst hier im Gemach, bis Bertilak bereit ist, mit uns zu sprechen.«

»Wie ein unartiges Kind?« Gawain prustete belustigt. »Nein, mein Freund. Das wäre wie ein Schuldeingeständnis.«

»Was willst du sonst tun? Zulassen, dass sie sich vor den Augen ihres Gatten auf deinen Schoß setzt?«

»Ich werde sie zu dir rüberschubsen, falls dich das beruhigt.«

Percys entsetzter Gesichtsausdruck war unbezahlbar.

Gawain schüttelte amüsiert den Kopf. »Das war ein Scherz.«

Sein Freund kniff die Brauen zusammen. »Verzeih, dass ich in unserer Situation nicht zum Scherzen aufgelegt bin.«

Gawain zog sich ein frisches Hemd über und steckte es in die Hose. »Es hilft nichts, wir müssen diese Situation durchstehen. Sich im Dunkeln zu verstecken, ist keine Lösung.« Er schnaufte und sah seinen jüngeren Freund an.

Percy wäre ein Augenschmaus für jedes weibliche Wesen mit seiner schlanken Gestalt, den hellblauen Augen und dem wohlgeformten Gesicht. Wenn nur diese Ernsthaftigkeit nicht wäre. Genau diese bewahrte ihn aber derzeit vor den Annäherungsversuchen der Herrin dieser Festung, denen Gawain nunmehr ausgeliefert war. Er straffte die Schultern und bemühte sich um ein ähnlich ernsthaftes Auftreten wie sein Freund.

»Nun denn, auf in den Kampf«, murmelte er.

Zum abendlichen Gelage hatte sich der Hausherr wieder eingefunden und erklärte gerade mit ausschweifenden Gesten, wie er einen Hirsch erlegt habe. Das Feuer inmitten der Halle und Fackeln an den steinernen Wänden spendeten Licht. Krieger, Bedienstete und sonstige Bewohner der Festungsanlage von Bertilak waren zugegen. Einige unterhielten sich, andere lauschten ihrem Herrn. Die Stimmung war entspannt und ohne Änderung zu den vorherigen Abenden.

Die Herrin von Bertilak, die neben ihrem Gemahl saß und an ihrem Becher nippte, schien nichts erzählt zu haben von ihrem privaten Gespräch mit Gawain.

»Ah, da sind ja unsere Gäste«, unterbrach Bertilak seine Erzählung, als er Gawain und Percival erblickte. »Kommt zu mir, setzt euch, greift zu und lasst euch verraten, was ich heute erlegt habe. Dieser Hirsch war wahrlich ein fetter Brocken.« Er lachte herzlich, wobei sein grüner Bart auf und ab wippte.

Gawain nahm auf dem Hocker neben dem Stuhl des Herrn Platz, während Percy auf einer Bank zu den Kriegern rückte. Sie ließen sich Schalen mit Brot und Bratensoße sowie Becher mit Bier weiterreichen.

Bertilak begann nochmals mit der Geschichte von dem Hirsch, der ihn mit seinem riesigen Geweih angreifen wollte, obschon bereits drei Pfeile in seinem Leib steckten. »Das Tier wollte nicht aufgeben. Ein bewundernswerter Überlebenswille. Beinahe schade um das mutige Herz.« Er zuckte die mächtigen Schultern und trank von seinem Bier, bevor er Gawain interessiert anschaute. »Das Geweih soll dir gehören. Lässt sich gewiss etwas Gutes daraus machen. Aber zunächst möchte ich hören, wie es dir heute ergangen ist und welche Gabe du im Gegenzug für mich hast.«

Gawain verschluckte sich an seinem Bier und der Herr musste ihm auf den Rücken klopfen, damit es wieder ging. Er steckte in großen Schwierigkeiten. »Es war ein geruhsamer Tag«, wich er aus.

»Unsinn, erzähl doch.«

»Wir haben uns hauptsächlich in Waffen geübt«, sprang Percy ein.

»Und nichts hast du bekommen?« Bertilak hob die Brauen, hielt den Blick Gawains fest. Plötzlich waren dort keine Wärme und kein Wohlwollen mehr zu spüren.

Es wäre das Beste, nicht die Wahrheit zu sagen. Die Vorstellung einer Lüge aber bohrte sich wie ein giftiger Stachel in Gawains Herz. Nein, er musste bei der Wahrheit bleiben. »Was ich heute bekam …«, murmelte er.

»Ja, ich höre?« Bertilaks Brauen berührten sich und bildeten einen dicken Balken.

Ohne weiter nachzudenken, beugte sich Gawain in seine Richtung und drückte ihm einen kurzen, aber doch festen Kuss auf die Wange.

Bertilak starrte ihn an, als hätte ein Geist von ihm Besitz ergriffen, dann hellte sich seine Miene auf, der Brauenstamm teilte sich wieder in zwei und der Mann lachte aus vollem Halse, sodass er sich den Bauch halten musste.

»Das ist gut«, brüllte er und wischte sich die Lachtränen aus den Augen. »Sehr gut!« Zufrieden klopfte er Gawain auf den Oberschenkel und rief nach einem Diener, damit man ihnen noch mehr Bier brachte.

»Was hast du dir dabei gedacht?!«, kläffte ihn Percy viele Humpen später in ihrer Kammer an.

»Mir fiel nichts Besseres ein, dir etwa?« Gawain entledigte sich seiner Stiefel und ließ sich auf seine Bettstatt fallen. »Ich habe die Wahrheit gesagt, doch niemand wird vermuten, dass es Bertilaks Gemahlin war, von der ich den Kuss bekam. Sie sahen mich am Abend zuvor mit Shona. Also gehen sie davon aus, dass ich mich wieder mit ihr getroffen habe.« Und Shona war an diesem Abend nicht in der Halle gewesen. Was jede Nachfrage erübrigte. »Morgen haben alle diese dämliche Geschichte vergessen«, meinte Gawain zuversichtlich und gähnte herzhaft.

»Hoffen wir es«, murmelte Percy griesgrämig.

»Morgen wird Bertilak mit uns über Artus reden, da bin ich mir ganz sicher.«

Gawain sollte sich irren. Der nächste Morgen lief ganz genauso ab wie der vorherige. Bertilak brach früh zur Jagd auf und erneut vertröstete er Gawain mit dem Versprechen, ihm einen Teil der Beute zu schenken.

Um der Herrin aus dem Weg zu gehen, begab sich Gawain zu dem Schmied. Er wollte in Erfahrung bringen, ob der junge Mann bereits bei Shona gewesen war und ob er wusste, warum sie nicht zu ihrem Dienst in der Halle erschienen war.

Diesmal wirkte Ulric weniger missmutig als bei ihrer ersten Unterhaltung. »Shona lässt dir ihre Grüße ausrichten«, erwähnte er und lächelte sogar. »Sie dankt dir, dass du mich zu ihr geschickt hast … um das Dach zu reparieren.«

»Oh, das freut mich«, bekannte Gawain ehrlich und begutachtete einen Dolch, der auf dem Arbeitstisch lag, während der Schmied noch mit der Esse beschäftigt war. »Das ist eine gute Arbeit.«

»Danke. Ist für den Herrn.«

»Dachte ich mir.« Die Spitze sah so aus, als könnte sie sich mit entsprechender Gewalt direkt in das Herz bohren. Behutsam legte er die Waffe zurück. »Sag, würdest du für mich ebenfalls eine Arbeit erledigen?«

Der Schmied nickte. »Sicher. Was darf es sein?«

»Ich kämpfe nicht mit einem Langschwert, sondern mit zwei kürzeren Schwertern. Sie sind sehr leicht und es liegt mir am Herzen, dass ihre Klingen mit Sorgfalt behandelt werden.«

Interessiert verschränkte der Mann die mächtigen Arme vor der Brust. »Du traust mir diese Arbeit zu?«

»Ja, in der Tat. Ich werde dich natürlich entsprechend bezahlen.«

Ulric nickte erneut. »Bring mir deine Klingen und ich werde mein Bestes tun.«

Zufrieden ging Gawain zurück in seine Kammer, um seine Schwerter zu holen. Es war immer besser, vorbereitet zu sein, auch auf Gegebenheiten, die man sich nicht erhoffte.

Es überraschte ihn nicht, dass Bertilaks Eheweib ihn auf dem Weg abfing.

»Tut mir leid, ich habe Wichtiges zu erledigen«, versuchte er, sie abzuwimmeln.

»Shona kann es nicht sein.« Sie schürzte süffisant die Lippen. »Ihr Jüngster ist krank, weshalb ich sie von ihrer Arbeit entbunden und ihr hilfreiche Kräuter zur Gesundung geschickt habe.«

Ärger grollte in Gawain auf. Der Herrin kam es natürlich recht, dass die Frau, mit der Gawain Zeit verbracht hatte, nun nicht mehr in Sichtweite war. Diplomatische Feinheiten, ungerechte Kämpfe ... all das konnte er ertragen. Nur die Intrigen einer Frau wie dieser waren ihm äußerst zuwider. Sie erinnerten ihn zu sehr an die Machenschaften seines Vaters ... auch wenn es hier um das Erschleichen von männlicher Aufmerksamkeit ging und nicht um das Erschleichen von Macht.

»Meine Waffen müssen geschärft werden«, erklärte er ernst.

Erneut dieser anzügliche Blick, den sie über ihn wandern ließ. »Geschärft?«

Er schüttelte den Kopf und wandte sich ab. »Du lebst gefährlich, Herrin. Lass mich aus dieser Gefahr heraus. Ich hänge an meinem Leben.«

Sie packte seinen Oberarm, ihr Griff war erstaunlich fest. »Du hast Angst vor meinem Ehemann? Deswegen lehnst du mich ab?«

Er drehte sich wieder zu ihr um, sodass seine Nasenspitze nur einen Fingerbreit von ihrer entfernt war. »Ich lehne ab, weil ich kein Interesse an dir hege. Du bist die Frau eines anderen. Du bist unsichtbar für mich.«

»Warum so garstig, Lichtfalke?« Sie ließ ihn los und rümpfte pikiert ihr hübsches Näschen. »Wieso nennt man dich überhaupt bei diesem Namen? Bist du ähnlich erfolgreich bei der Jagd wie der Raubvogel?«

Er hätte gerne etwas Geistvolles darauf erwidert. Doch er beherrschte sich und atmete tief durch, bevor er Abstand von ihr nahm. »Wir sollten uns aus dem Weg gehen, das wäre für unser beider Gesundheit zuträglicher.«

»Mir scheint, du wiederholst dich. Findest du mich denn nicht hübsch?«

»Dein Aussehen ist eine Wohltat für die Augen. Doch manchmal ist das Innere eines Menschen so finster, dass es die äußere Schönheit überschattet.« Er wollte sich abwenden und jeder weiteren Unterhaltung mit ihr entgehen.

»Ich hätte nicht gedacht, dass du dich so zierst. Nun gut.« Sie seufzte. »Du hast gewonnen. Ich werde dich in Ruhe lassen.« Bevor er dazu noch etwas sagen konnte, fuhr sie fort: »Aber meinem Ehegatten werde ich heute berichten, wie du dich geweigert hast, Zeit mit mir zu verbringen. Sicher ist dir aufgefallen, wie wichtig es ihm ist, dass ich unterhalten werde, damit mir in seiner Abwesenheit nicht langweilig wird und ich weiterhin seine Jagdeskapaden dulde. Es wird ihm gar nicht gefallen, zu erfahren, dass ich vor Langeweile seine weiteren Pläne zur Jagd untersage.«

Es wäre ihm sogar dienlich, wenn die Frau ihren Ehegatten von der Jagd abhielte. Auf den zweiten Blick allerdings wäre es wenig hilfreich, als unhöflicher Gast zu gelten. Sollte er es darauf ankommen lassen?

»Was willst du von mir?«, forderte er kühl zu wissen.

Sie lächelte verzückt. »Einen weiteren Kuss … nein, zwei weitere Küsse. Denn heute ist der zweite Tag der Jagd. Lass mich dich erneut küssen und ich werde heute Abend meinem Gemahl berichten, welch galanter Gast du bist, und ihn fragen, ob es nicht unangebracht sei, dich weiterhin so hinzuhalten.«

Zwei Küsse, einen mehr als gestern. Sie hatte gestern geschwiegen, sie würde es auch heute tun. Sie genoss das Spiel viel zu sehr, das konnte er in dem Aufblitzen ihrer Augen sehen.

»Gut. Zwei Küsse, wenn du heute mit deinem Mann darüber sprichst, dass es Zeit ist, sich mit mir zu unterhalten.«

Sie nahm sein Gesicht in ihre Hände, sah sich nicht einmal um, ob sie beobachtet wurden, sondern küsste ihn fest auf die rechte und dann auf die linke Wange, wo ihre Lippen einen Moment verharrten.

»Ein wunderbares Gefühl, Lichtfalke«, murmelte sie. »Könnte ich dich doch nur zähmen.«

Er löste sich von ihr und grummelte: »Bis zum Abendessen. Gehab dich wohl.«

Diesmal erzählte er Percival nichts über den Zwischenfall mit der Gemahlin Bertilaks. Der junge Krieger machte sich ohnehin schon zu viele Sorgen.

Nachdem Gawain dem Schmied seine Klingen gebracht und mit ihm einen Preis für dessen Arbeit ausgehandelt hatte, widmete er sich einigen Schriftrollen in Bertilaks Schreibstube. Ein älterer Priester christlichen Glaubens arbeitete dort und ließ ihn interessante Meinungen zur Vertreibung aus dem Paradies lesen. Gawain war getauft, seine Kindheit aber war von dem Glauben seiner Mutter geprägt gewesen, die ihre Jugend auf Avalon verbracht hatte. Er wusste mehr über die Jahresfeste seiner Vorfahren als über den Grund für die Vertreibung aus dem Paradies.

Wer hätte gedacht, dass ein einfaches Stück Obst solch Schaden verursachte? Doch Adam hätte sich von Eva nicht verführen lassen sollen. Ihn traf genauso viel Schuld wie die Frau oder die Schlange.

Seine Erwartungen an den Abend wurden herb enttäuscht. Bertilak hatte ein Wildschwein erlegt und wollte dem britischen Gesandten die Hauer anbieten im Gegenzug für das, was Gawain heute erhalten hatte.

Gawain spürte erneut diesen Stich in der Magengegend. Als hätte sich der Dolch des Herrn von Bertilak bereits tief hineingebohrt. »Ich habe nicht viel mehr als gestern für dich«, wich er aus.

»Nicht viel mehr? Also hast du etwas erhalten?« Die buschigen Augenbrauen Bertilaks lagen so weit oben, dass sie fast den Haaransatz berührten.

»Es wird uns beiden nicht gefallen.«

»Es muss ein wahrhaft wunderbares Geschenk gewesen sein, wenn du es mit mir nicht teilen möchtest.«

»Zwei Küsse«, beeilte sich Gawain zu antworten. Er hörte Percy an seiner Seite nach Luft schnappen.

Der Herr von Bertilak lachte tief, während die Anwesenden in der Halle neugierig zuschauten, was als Nächstes passieren würde. »Dein Ruf unter Damen eilt deiner Anwesenheit voraus, lieber Freund. Ich hatte gehört, dass sie dir zufliegen wie Motten dem Licht. In Wahrheit scheint es noch viel dramatischer zu sein.«

Gawain hob die Schultern. »Es liegt nicht unbedingt in meiner Schuld.«

Bertilak klopfte ihm auf die Schulter. »Unsinn. Du kannst zu deinen Erfolgen stehen. Hoffen wir nur, dass ich in neun Monden nicht die Frucht deiner Anwesenheit durchfüttern darf.« Der Mann lachte so laut, dass alle anderen in der Halle einstimmten.

Schließlich hielt Bertilak ihm auch noch seine bärtige Wange hin, sodass Gawain nichts anderes übrig blieb, als ihn rechts und links zu küssen.

Der Rest des Abends verlief mit viel Bier und Gelächter. Die Herrin erfüllte ihr Versprechen und bat ihren Ehegatten, alsbald Zeit für Gawain zu finden. Doch er winkte ab. »Das Wild lässt sich dieser Tage gut erlegen. Ich wäre ein Narr, würde ich das Fleisch für meine Küche nicht sichern. Wir haben viele Mäuler zu stopfen.«

»Bertilak«, sprach Gawain in respektvollem Ton. »Ich verstehe dein Bestreben, dich um das Wohl deines Volkes zu kümmern. Artus würde es nicht anders ergehen. Doch eben zu jenem Wohlergehen hast du mich doch empfangen. Wir wollen über das Wohlergehen deines Volkes sowie der Menschen an der Westküste Britanniens sprechen.«

Die Miene des groß gewachsenen Mannes wurde ernst. »In der Tat, dazu bist du hier.«

»Daher wäre es mir ein großes Bedürfnis, wenn wir unsere Gespräche bald aufnehmen könnten. Deine Gastfreundschaft ist zu gütig, Percival und ich fühlen uns unter deinem Dach wohl. Doch allmählich sollten wir unsere Lage besprechen.«

Bertilak wich seinem Blick aus. »Übermorgen.«

»Übermorgen?« Gawain spürte den Schlag der Enttäuschung. Er wurde erneut vertröstet.

Der Herr trank einen tiefen Schluck aus seinem Becher. »Du musst mir noch einen Tag der Jagd zugestehen. Alsdann werde ich dir ganz zur Verfügung stehen.«

Gawain nickte seufzend. Was blieb ihm anderes übrig?

Seine Bemühungen, der Dame Bertilaks aus dem Weg zu gehen, schlugen bereits beim Frühstück fehl. Er war früher wach geworden und deswegen noch vor vielen anderen in der Halle erschienen. Sie war schon dort, empfing ihn mit strahlendem Lächeln und wies ihm den Platz an ihrer Seite zu, damit sie selbst ihn bedienen konnte.

Widerwillig nahm Gawain ihre Geste an.

»Heute ist mein Gemahl besonders früh zur Jagd aufgebrochen«, flüsterte sie ihm zu. »Wir haben den ganzen Tag für uns.«

»Ich befürchte, ich habe noch zu tun«, wich Gawain aus.

Und es stimmte, er wollte mit Percival den Schmied aufsuchen, damit dieser auch Percys Waffen instand brachte. Das würde natürlich nicht den ganzen Tag in Anspruch nehmen. Für den Rest des Tages musste er sich eine andere Beschäftigung suchen, um der Dame auszuweichen.

Sie reichte ihm eine Schale mit Rührei und ein Fladenbrot, wobei sich ihre Finger kurz berührten. Die Herrin des Hauses sah ihn schmunzelnd an und streifte mit einer Hand zufällig seinen Oberschenkel.

»Ich kenne einen Ort, an dem wir ungestört wären. Ein kleiner Teich, nicht weit von hier, verborgen von einem Hain alter Eichen.«

Solche Haine waren meist heilig. Schlug sie ihm allen Ernstes ein Stelldichein an einem heiligen Ort vor?

Er schloss kurz die Augen, weil er nicht wusste, wie er die Dame auf höfliche Weise abweisen konnte. Sie musste doch verstehen, dass er nicht an ihr interessiert war.

»Überlege es dir gut«, hauchte sie. »Verweigere dich und ich könnte meinem Gemahl schlimme Dinge erzählen.«

Es war das dritte Mal, dass sie ihn derart unter Druck setzte.

»Und wenn ich deinem Gatten schlimme Dinge erzähle?«, drehte er den Spieß um. »Er wird nicht gerne hören, dass sich seine wunderschöne Gemahlin in seiner Abwesenheit mit dem Gesandten Britanniens vergnügen wollte.«

Sie lachte schrill auf. »Du findest mich also schön?«

Er schüttelte den Kopf. Es ergab einfach keinen Sinn, sich mit ihr zu unterhalten. Gawain erhob sich, lächelte sie kühl an und neigte den Kopf. »Hab einen schönen Tag, Herrin.«

Ohne ein weiteres Wort ihrerseits abzuwarten, verließ er die Halle. Er durfte dieser Frau auf keinen Fall noch einmal begegnen.

Der Schmied war fertig mit dem Schärfen seiner Klingen. Nachdem Gawain den vereinbarten Preis bezahlt hatte, erkundigte er sich nach dem Dolch, den dieser für Bertilak angefertigt hatte.

»Oh, der Herr hat ihn in Empfang genommen, heute ganz früh, als ich gerade erst die Feuerstelle vorbereitete. Er war sehr zufrieden.«

»Du bist ausgesprochen geschickt«, stimmte Gawain zu.

Ein junger kräftiger Mann mit diesem Geschick hätte auch in Camelot ein gutes Leben führen können. Kurz spielte er mit dem Gedanken, den Schmied nach Camelot einzuladen. Doch … was wäre er für ein Gast, wenn er Bertilak einen solch fähigen Mann abwarb?

Gawain sollte zumindest erst die Gespräche mit dem Herrn abwarten. Kämen sie zu keiner Einigung, konnte er zur Genugtuung und damit er nicht mit leeren Händen nach Britannien zurückreiste noch immer den Schmied abwerben.

Seine Gedanken kehrten zurück zu dem Dolch und der unguten Vorahnung, die er mit diesem verband. »Hat dein Herr gesagt, welche Verwendung er für eine solch spitze Klinge hat?«

Der Schmied zuckte die Schultern und kümmerte sich um das Feuer der Esse. »Nein, das geht mich auch nichts an.« Kurz hob er den Blick. »Aber da er zur Jagd ist, nehme ich an, dass er den Dolch dazu benötigt. Eine Klinge wie diese ist hervorragend geeignet, sie direkt ins Herz zu bohren.«

Ein kalter Schauer überlief Gawains Rücken. Eine solche Antwort hatte er befürchtet.

Er bedankte sich bei Ulric und brachte seine Schwerter zurück in die Kammer. Percy war nicht dort, vermutlich war er in der Lesestube des Priesters, da er sich sehr für dessen Schriften interessierte.

Gawain erwog, sich den Rest des Tages in der Kammer einzusperren. Dabei musste er über sich selbst lachen. Er – Gawain von Lothian –, der stets zu Scherzen aufgelegt war, der keiner Gefahr aus dem Weg ging, er wollte sich also hier vor einer Frau verstecken? Nein, das kam nicht infrage.

Stattdessen begab er sich auf den Weg zu Shona. Vielleicht konnte sie seine Hilfe gebrauchen. So machte er sich wenigstens nützlich, während er auf die Rückkehr Bertilaks wartete.

Shona freute sich, ihn zu sehen, und gab ihm sogleich den Auftrag, frisches Wasser am Fluss zu holen, da ihre beiden älteren Kinder in der Festung arbeiteten und sie ihren jüngsten Sohn nicht allein in der Hütte lassen wollte.

Dem Kleinen ging es schon sehr viel besser durch die Pflege seiner Mutter. Gawain brachte zwei Eimer voll Wasser zurück in die Hütte und Shona berichtete ihm, dass die Herrin sehr fürsorglich mit ihren Untergebenen umging.

Sie bemerkte seine Anspannung bei der Erwähnung der Gemahlin Bertilaks.

»Unsere Herrin ist sehr hübsch, nicht wahr?«, forschte Shona vorsichtig nach.

»Ist sie.« Es war unnötig, die Wahrheit zu leugnen.

Shona wickelte ihren Sohn in eine Decke, setzte sich auf einen Stuhl und wiegte ihn langsam hin und her. »Könntest du bitte etwas Wasser in den Kessel über dem Feuer füllen?« Sie wartete, bis er damit fertig war, und fuhr dann fort: »Aber sie gefällt dir nicht?«

Er kratzte sich am Bart und setzte sich auf den Hocker neben ihrem Stuhl. »Sie darf mir nicht gefallen, denn sie ist Bertilaks Frau.«

»Würde sie dir gefallen, wenn sie es nicht wäre?« Ihre Frage war liebevoll und eine Wärme lag in ihrer Stimme, als ob sie sich so um Gawain sorgte wie er sich um sie.

»Nein«, antwortete er ehrlich. Er fuhr sich durchs Haar und starrte nachdenklich ins Feuer. »Ihre Schönheit ist nicht zu bestreiten. Doch ihr Benehmen ist … unangebracht. Nicht dass ich etwas gegen unangebrachtes Verhalten hätte. Ich verhalte mich selbst nicht immer so, wie man es von mir erwartet. Eigentlich sogar verhalte ich mich nie so, wie man es von mir erwartet.«

»Was stört dich dann an der Herrin? Gestehst du ihr dasselbe Recht nicht zu, nur weil sie eine Frau ist?«

Er warf Shona einen belustigten Blick zu.

»Ernsthaft«, fügte sie hinzu. »Du kennst deine Wirkung auf Frauen sehr gut. Deine grünen Augen sprühen vor Schalk, dein Grinsen lässt Schmetterlinge tanzen.«

Gawain grummelte vor sich hin. »Es ist mir egal, ob sie eine Frau oder ein Mann ist. Sie hat ein Ehegelübde gesprochen und scheint nicht unglücklich in ihrer Ehe zu sein. Warum setzt sie dieses Glück aufs Spiel? Aus Langeweile?«

»Männer handeln genauso«, gab Shona zu bedenken. »Ein Grund, weshalb ich nicht darauf bedacht bin, noch einmal ein Ehegelübde zu sprechen. Warum sich binden, wenn der Gatte doch ohnehin bald gelangweilt ist? Und entweder er lässt seinen Frust an seiner Frau aus oder sucht sich eine neue Gespielin.«

»So ist es nicht immer.« Gawain dachte an Artus und Gwen. Sie führten seit vielen Jahren eine glückliche Ehe, obwohl ihnen das Leben mehr als einen Stein in den Weg gelegt hatte. Sie hatten so viel Kummer und so viele Herausforderungen erleben müssen und doch hatte sie dieser Kummer noch viel enger aneinander gebunden.

»Wie auch immer«, seufzte Shona. »Die Herrin verhält sich sehr merkwürdig seit deiner Ankunft.«

Gawain fragte sich, wer ihr eigentlich von diesem Verhalten berichtet hatte. Womöglich waren die heimlichen Begegnungen doch nicht unbeobachtet geblieben. »Inwiefern?«

»Nun, ihre ganze Treue gilt Bertilak. Sie hat noch niemals Zweifel an ihrer Ergebenheit ihm gegenüber aufkommen lassen. Er mag älter als sie sein und viel Zeit auf der Jagd verbringen. Doch sie gehen sehr liebevoll miteinander um. Seit zwei Jahren sind sie verheiratet. Nur wenn Bertilak ein Kind bekommt, kann seine Herrschaft fortbestehen, und alle vom Stamm der Eile sehnen sich danach.«

Warum stellte die Herrin in diesem Fall Gawain nach? Er verstand es nicht. Konnte es womöglich sein, dass … Nein, das wäre wirklich zu dreist.

»Kann ich dir noch behilflich sein?« Gawain wollte sich ablenken. Er musste etwas tun, sich bewegen, auf andere Gedanken kommen.

Shona nahm seine Hilfe gerne an. Nun, da ihr Kind krank war, konnte sie es sich nicht mehr erlauben, auf Hilfsangebote zu verzichten.

Gawain hackte Holz, erntete ein paar Rüben und brachte noch etwas Wasser vom Fluss.

»Danke«, sagte Shona mit einem zufriedenen Lächeln auf den Lippen, als Gawain alles erledigt hatte. »Auch für die andere Sache.«

Er hob eine Braue und sie deutete mit einem Nicken gen Dach, das sehr sorgsam repariert worden war.

Gawain grinste zufrieden. »Gern geschehen.«

Und obwohl sein Geist beschäftigt gewesen war, kam auf dem Weg zurück zur Festung der schreckliche Verdacht in ihm wieder hoch.

Wenn Bertilak bereits zwei Jahre verheiratet war und noch kein Kind gezeugt hatte … suchte sein Weib dann womöglich nach einem anderen, der dieses Kind zeugen konnte? Jemand, der nur kurze Zeit in der Festung verweilte und dann nie wieder auftauchen würde, keine Probleme verursachte, wenn eine Frucht aus dieser Begegnung entstanden war?

Gawain zuckte zusammen, als er ein helles Lachen vernahm, noch bevor er den Wall zur Festung betrat. Hinter einem Baum trat die Herrin hervor und verschränkte die Arme vor der Brust.

»Du warst also wieder bei ihr?«

»Was würde dich das angehen?«, entgegnete er wirsch.

»Nichts.«

»Richtig. Nun entschuldige mich, denn ich habe eine Erfrischung notwendig, bevor das Abendessen beginnt.«

»Bertilak ist noch nicht zurück von der Jagd«, eröffnete sie ihm. Sie schritt auf ihn zu und griff nach seiner Hand. »Komm.«

Er schüttelte den Kopf.

»Komm oder ich schreie so laut, dass die Wachen mich hören und dich in Fesseln legen.« Ihr Blick hatte nichts Verführerisches mehr.

»Du bist das hintertriebenste Weib, das mir je begegnet ist«, knurrte Gawain, ließ sich aber von ihr fort vom Weg und fort von der Festung ziehen.

»Es tut mir leid, dass in Britannien nur blökende Schäfchen ohne Geist leben«, murmelte sie. »Aber hier in Erínn nehmen sich die Frauen, was sie wollen.«

»Und was ist es, das du willst?« Er folgte ihr auf einem Pfad um die Festung herum zum Fluss.

Als der Weg etwas matschig wurde, raffte sie ihre Röcke und er bekam unfreiwillig Sicht auf ihre wohlgeformten Waden.

»Wenn du das immer noch nicht begriffen hast, ist dein Verstand wohl auch nicht größer«, meinte sie belustigt. »Schade, du siehst so gut aus. Etwas Verstand hätte dir gut gestanden.«

»Lann.« Es war das erste Mal, dass er sie bei ihrem Namen nannte. »Ich kann deinem Willen nicht folgen.«

»Du kannst, doch du willst nicht«, entgegnete sie spitzzüngig und griff seine Hand fester, als sie über einen Stein schritt.

Immer weiter führte sie ihn den Fluss entlang, bis die Hügel hinter ihnen die Festung verbargen. Nun war im Licht der Abendsonne eine Gruppe von Bäumen zu sehen.

Gawain seufzte verzweifelt auf. Der Hain und der Teich, der Ort, an dem sie ihn die ganze Zeit haben wollte.

Er blieb stehen, packte die Herrin an den Schultern und sah ihr fest in die Augen. »Lass mich gehen und wir vergessen die ganze Angelegenheit.«

Sie entwand sich seinem Griff. »Hier treiben sich oft wilde Tiere herum.« Sie warf ihm einen Blick über die Schulter zu. »Willst du mich zurücklassen und riskieren, dass mich ein Rudel Wölfe zerfleischt?«

»Hier gibt es keine Wölfe. Dein Gatte hätte sie längst erlegt.«

»Bist du dir da ganz sicher?« Sie schritt weiter auf den Hain zu, die Röcke gerafft. »Ich werde nun dieses Kleid ausziehen. Und es könnte genauso gut sein, dass eine Bande Räuber in der Nähe ist … oder der Spähtrupp eines verfeindeten Stammes. Wenn sie mich hier finden … wer weiß, was sie dann tun werden?«

Gawain ballte die Hände zu Fäusten. Er kämpfte mit sich selbst. Diese Frau wusste sehr genau, was sie tat. Er befand sich in den Fängen des Netzes, das sie um ihn gesponnen hatte wie eine Spinne, die ihre Beute einwickelte. Sie war eine sehr bunte, sehr hübsch anzusehende Spinne und doch tödlich für jedes Insekt, das in ihre Reichweite kam.

Doch er war kein Insekt. Er war ein Raubvogel … der Lichtfalke.

Gawain straffte die Schultern. Er würde sie dazu bringen, dieses Kleid nicht auszuziehen und mit ihm zurück zur Festung zu gehen. Jetzt sofort.

Im Laufschritt folgte er ihr und packte sie erneut an den Schultern. »Hör mir zu. Dieses Spiel ist nun beendet. Ich werde dir nicht in diesen Hain folgen, ebenso wenig wirst du allein zurückbleiben.«

Er legte jede Strenge und Ernsthaftigkeit in seinen Blick, die ihm möglich war. Ihr so nahe zu sein, verwirrte seine Sinne. Sie duftete nach Honig und nach einer verbotenen Frucht. In seinen Lenden zuckte es, doch er ignorierte es.

»Warum? Warum lehnst du mich ab?« Sie verbarg das Gesicht in den Händen und ein leises Schluchzen war zu hören.

Nein, er würde kein Mitleid mit ihr haben. Sie hatte auch keines mit ihm. »Weil ich es muss. Himmel, verdammt noch eins. Natürlich bist du wunderschön. Natürlich würde ich dich nehmen, wenn die Situation anders wäre. Ist sie aber nicht. Du bist die Frau eines guten Mannes, der dich gut behandelt, soweit ich es bisher beurteilen kann. Warum auch immer du glaubst, dass du mich willst ... du willst mich nicht wirklich. Vielleicht ist es Langeweile ... womöglich die Sehnsucht nach etwas anderem.« Er wagte nicht auszusprechen, es könnte am Sehnen nach einem Kind liegen, nach einem Stammhalter. Diese Unterstellung war zu vermessen. »Aber ich bin nicht der Mann, der diese Sehnsucht erfüllen wird. Du kennst mich nicht. Du hast vielleicht Geschichten über mich gehört, aber mich selbst kennst du nicht. Nicht wirklich.«

Sie nahm die Hände fort und blinzelte ihn an. Zu seiner Überraschung sah er keine Tränen in ihren Wimpern kleben und auch keine Rötung beeinträchtigte die Schönheit ihrer Augen. Sie runzelte die Stirn und betrachtete ihn, als würde sie ihn zum ersten Mal richtig ansehen. »Du meinst es wirklich ernst«, stellte sie fest. »Du lehnst mich ab.«

Aufgebracht fuhr er sich durch das wirre Haar. »Ich lehne dich nicht ab. Es ist dein Angebot, das ich ablehne. Ablehnen muss.«

Er wollte sie nicht verletzen. Andererseits wirkte sie auch keineswegs verletzt.

Langsam nickte sie. »Dann habe ich mich wohl doch in dir geirrt.«

Er hob die Schultern und wagte zu lächeln.

Sie sah in jene Richtung, in der ihre Festung lag, und sagte eine Weile nichts mehr, als müsste sie über das, was gerade passiert war, nachdenken.

Gawain gab ihr die Zeit, die sie brauchte, auch wenn die Sonne nun am Horizont stand und Bertilak gewiss bald zurück sein würde.

Die Herrin seufzte. »Ich glaube, ich bin dir sogar zum Dank verpflichtet.« Sie lächelte ebenfalls, nicht mehr auf diese verlockende, sondern vielmehr auf eine sehr ehrliche Art. »Hättest du dich nicht so standhaft geweigert, hätten wir womöglich etwas sehr Dummes getan.«

»Lass uns nicht weiter darüber nachdenken«, schlug er vor. »Beginnen wir noch einmal von vorn. Als Gemahlin Bertilaks und Gesandter Britanniens.«

»Aber zuvor musst du noch etwas von mir annehmen. Als Zeichen meiner Dankbarkeit.« Sie nestelte an den hübschen Gürteln, die sie um die Taille trug und diese sehr vorteilhaft betonten. Einer davon war grün, mit goldenen Fäden bestickt. Sie löste ihn und reichte ihn Gawain. »Ein Andenken.«

»Das kann ich nicht annehmen«, meinte er und lächelte entschuldigend.

»Es ist nur ein Gürtel.« Sie legte ihm den Gürtel um die Taille, wobei er erneut ihren Duft wahrnahm. »Ich habe viele davon und keinem wird auffallen, dass dieser von mir ist. Aber du wirst immer daran erinnert, wie du einst in Erínn die Ehre einer Dame bewahrt hast.«

Er nickte, da er dieses Geschenk nicht mehr ablehnen konnte, und ließ geschehen, dass sie den langen Stoff zweimal um seine Taille legte, sodass er nicht mehr wie der Gürtel einer Frau aussah.

Zufrieden lächelte sie und bevor sich Gawain zurückziehen konnte, stellte sie sich auf die Zehenspitzen und drückte ihm einen Kuss auf die rechte, dann die linke und nochmals auf die rechte Wange, diesmal aber waren es die Küsse einer Schwester, nicht die einer Geliebten. »Drei Küsse für den dritten Tag«, erklärte sie augenzwinkernd. »Nun lass uns zurückkehren, sonst verpassen wir das Abendessen.«

DER KÜSSE

DREI

S ie waren kaum in Sichtweite der Festung, da kam ihnen
eine Gestalt entgegen, die Gawain nur zu gut kannte.

»Bei Gott, wo hast du gesteckt?«, rief Percival ihm zu. Er
verlangsamte seinen Schritt, als er erkannte, mit wem Gawain
unterwegs war. »Nein … nein … Gawain! Was hast du getan?!«

»Nichts, aber wenn du weiter so brüllst, wird wohl ganz Erínn
bald Rückschlüsse ziehen.«

»Mir scheint, auch dein Freund kennt deinen Charakter nicht
ganz«, amüsierte sich die Herrin und schritt an Percival mit
einem höflichen Knicks vorüber.

Gawain wartete, bis sie außer Hörweite war, und raunte Percival dann zu: »Es ist nichts geschehen. Wir haben uns nur unterhalten.«

»Ich durfte allzu oft Zeuge deiner Art der Unterhaltung werden«, fuhr der Jüngere auf.

Gawain raufte sich die Haare, sodass sie bestimmt noch wirrer vom Kopf abstanden als sonst. »Percy! Kennst du mich wirklich so wenig?«

»Diese Frau … keine Ahnung, was sie von dir wollte, aber als Mann kann man doch …«

»Man kann immer widerstehen«, unterbrach Gawain ihn. »Gib niemals einer Frau die Schuld dafür, wenn du deine eigenen Gelüste nicht bekämpfen kannst.« Er seufzte. Manchmal vergaß er, dass Percy fernab der Welt aufgezogen worden war. Der junge Krieger musste noch sehr viel lernen. »Komm, gehen wir in die Halle, bevor Bertilak erscheint.«

»Er ist längst zurück«, erklärte Percy tonlos. »Und hat sich über das Fernbleiben seiner Ehegattin sowie des Gesandten Britanniens gewundert.«

So also fühlt sich ein Kaninchen, wenn es den Falken entdeckt, dachte Gawain, als er die Halle betrat und dem strengen Gesichtsausdruck Bertilaks begegnete.

Dessen Gemahlin saß an seiner Seite und wich Gawains vorwurfsvollem Blick hingegen aus.

Stille kehrte ein in die sonst so lebhafte Halle Bertilaks.

Percy legte eine Hand auf Gawains Schulter. »Ich bleibe an deiner Seite«, flüsterte er. »Komme, was wolle.«

Gawain schüttelte den Kopf. »Es bringt Artus wenig, wenn wir uns beide in Schwierigkeiten bringen. Halte dich heraus.«

»Aber …«

Gawain brachte ihn mit einem Blick zum Schweigen. »Bleib im Hintergrund. Wenn mir etwas passiert, begibst du dich auf dem schnellsten Weg nach Britannien, klar?«

Sein Freund griff nach seinem Ellbogen. »Wir haben uns Bruderschaft geschworen, ich lasse dich nicht zurück.«

»Dann halte dich wenigstens im Hintergrund«, raunte Gawain, schob Percys Hand zur Seite und marschierte vor. Er konzentrierte sich nun ganz auf Bertilak.

Der hünenhafte Mann streichelte seinen grünen Bart und griff dann an seinen Gürtel, wo er einen kleinen Gegenstand hervorholte. Gawain presste fest die Kiefer aufeinander. Der Dolch.

Innerlich begann er, Schweine zu zählen. Eine Methode, die ihn schon in seiner Kindheit davor bewahrt hatte, sich in die Hose zu machen oder in die Knie zu gehen. Besonders effektiv war es, sich den Gegenpart – hier also Bertilak – als großes Schweinchen vorzustellen und alle anderen im Raum als Ferkel. Ein Eber mit grünem Bart. Gawain hätte fast laut losgelacht, was ein Fehler in der angespannten Situation gewesen wäre.

»Guten Abend, mein Freund«, begrüßte Bertilak ihn nicht unhöflich, jedoch distanzierter als je zuvor.

Gawain wagte es nicht einmal, sich auf den freien Platz neben ihm zu setzen, sondern blieb in angebrachtem Abstand vor ihm stehen. »Guten Abend, ich hoffe, deine Jagd war erfolgreich.«

»Äußerst, ja.« Bertilak nickte und kratzte sich mit der Spitze des Dolches am Bart. »Und wie versprochen habe ich dir erneut ein Geschenk mitgebracht.« Er winkte einen Diener herbei, der einen toten Fuchs auf einem Tuch liegend in Händen trug. Ein wundervolles Tier mit glänzend rötlichem Fell.

Gawains Herz blutete bei dem Anblick. Auf Wild, Kaninchen und Vögel mochte man Jagd machen um des Fleisches willen und um seine Leute zu ernähren. Aber ein Fuchs? Wenn er nicht gerade jede Nacht die Hühnerställe überfiel, ergab es für Gawain keinen Sinn, Jagd auf einen Fuchs zu machen. Und selbst dann gab es andere Methoden, den Fuchs vom Hühnerstall fernzuhalten.

Nein, die Jagd auf Füchse geschah um der Jagd selbst willen, weil man das kluge Tier überlisten und überwältigen wollte. Gawain hatte Bertilak so nicht eingeschätzt.

Der Fuchs hatte sehr wohl einen Sinn.

Er hätte genauso gut einen Falken erlegen können.

Gawain beugte respektvoll das Haupt. »Sehr großzügig, mein Herr. Ich nehme das Geschenk gerne an.«

»Zunächst aber …« Bertilak ließ den Blick über Gawains Statur gleiten. Dieser wusste, was der Mann vor sich sah. Er war von normaler Größe, geschmeidig gebaut. Wendigkeit war Gawains größter Vorteil im Kampf. Bertilak dagegen war ein Krieger, der seine Größe und seine Stärke ausspielte. »Was hast du heute erhalten? Ich bin sehr gespannt nach deinen Gaben der letzten beiden Abende.«

Niemand in der Halle wagte zu lachen bei der Schärfe, die in der Stimme des Herrn lag. »Und doch ist es ebenso wenig aufsehenerregend wie die letzten beiden Abende«, erklärte Gawain mit Fassung.

Bertilak schürzte die Lippen und deutete mit der Spitze des Dolches auf Britanniens Gesandten. »Du hast dich also wieder in meiner Festung herumgetrieben und Küsse erjagt?« Der Spott in seiner Stimme war so bissig, wie es der Fuchs zu Lebzeiten gewesen war.

Gawain beugte das Haupt. »Wenn du es so ausdrücken möchtest.«

»Und sonst nichts?«

Er sah auf, direkt in Bertilaks Augen. Der Mann ließ sich nicht anmerken, was er wusste.

Wie schnell wäre Bertilak aufgestanden und bei Gawain. Der Dolch verlangte, seinem Gegner ganz nah zu sein. Der große Krieger hatte eine enorme Reichweite, doch seine Bewegung würde nicht schnell genug sein. Gawain könnte ausweichen. Was ihm wiederum nicht viel helfen würde. Die Halle war gefüllt mit Bertilaks Kriegern. Einer oder zwei würden ihn packen und festhalten, bis ihr Herr die Klinge in Gawains Herz stieß.

»Sonst nichts?«, wiederholte Bertilak seine Frage und griff mit der freien Hand nach einem Becher, um seelenruhig daraus zu trinken, während er auf Gawains Antwort wartete.

Gawain wagte es nicht, in Lanns Richtung zu sehen, überhaupt in irgendeine andere Richtung als die des Dolchs. Er hatte nicht bedacht, dass ein Dolch auch gut zu werfen war. Wie gut war Bertilak im Werfen? Es benötigte auch einiges an Geschicklichkeit, das Ziel zu treffen. Aber noch lag die Klinge locker in seiner Hand.

Es war so still in der Halle, dass man Bertilaks Schluckgeräusch hören konnte. Von draußen drang der Ruf eines Raben in die Halle.

Der Bote der Anderswelt. War Gawains Tod so nahe?

Doch als der Rabe ein zweites Mal krächzte, dachte er nicht mehr an den unheilvollen Boten, vielmehr an ein Mädchen mit rabenschwarzem Haar. Seine Schwester Cundrie, die viel zu früh aus diesem Leben gegangen war. Sie war es, die ihm den Beinamen ›Lichtfalke‹ nach seiner Geburt gegeben hatte. Und sein Name sollte sich in ihren Augen bewahrheiten.

»Du bist schnell und wendig wie ein Falke in der Luft, und dein Strahlen wird Britannien erhellen.« Er erinnerte sich an ihre Worte, obwohl sie so viele Sommer her waren, er war noch ein kleiner Junge gewesen und sie selbst hatte kurz vor ihrer Hochzeit gestanden. Sie hatte ihm über das wirre Haar gestreichelt und ihn auf die Stirn geküsst. *»Habe niemals Angst vor deinem eigenen Mut«*, hatte sie zu ihm gesagt.

Gawain reckte das Kinn. »Es waren drei Küsse, auf die du heute gerne verzichtest, wie mir scheint«, äußerte er sich gewagt. »Und ein Gürtel.« Gelassen griff er nach dem grünen Band, löste den Knoten, den Bertilaks Frau gemacht hatte, und bot den Stoff Bertilak auf den Handflächen dar. »Er soll dir gehören, wie wir es vereinbart haben.«

Einen Moment starrte Bertilak den Gürtel an, die Stirn so tief in Falten gelegt, dass eine tiefe Furche zwischen seinen Brauen lag. Langsam erhob er sich. Den Dolch hielt er noch immer locker in der Hand.

Gawain schluckte. Wenigstens wusste er, dass der Dolch aus den Händen eines guten Schmiedes stammte. Die Klinge würde ihn rasch töten, ohne ihn leiden zu lassen. So hoffte er.

Bertilak berührte beinahe ehrfürchtig den grünen Stoff und ließ seine Finger über die kunstvolle Stickerei gleiten. Dann hob sich sein Blick so scharf, wie es der Dolch ebenso vermocht hätte.

»Dieser Gürtel gehört meiner Frau«, verkündete er so laut, dass jeder in der Halle ihn hören konnte.

Gawain wagte es nicht, ihn aus den Augen zu lassen. Er nickte. Was brachte es noch, etwas zu leugnen, was so offensichtlich war?

Der Hüne trat einen Schritt zurück, hob den Dolch und steckte ihn in seinen Gürtel.

Aus Lanns Richtung war ein schrilles Geräusch zu hören. Gawain ließ sich davon ablenken und bemerkte, dass sie eine Hand vor den Mund hielt, die andere auf den Bauch. Es hätte eine

Geste des Entsetzens sein können, wenn nicht das verräterische Geräusch hinter der Hand hervorgekommen wäre.

Sie lachte? Sie lachte!

Und nun stimmte auch Bertilak mit ein, voll und laut wie ein brüllender Bär.

In welch merkwürdiges Spiel war Gawain hier hineingeraten?

Doch niemand sonst in der Halle lachte, wie er feststellte, als er sich umsah. Er erkannte sogar Shona, die mit ihrer Tochter am Rande des Geschehens stand, den Blick gefüllt mit Sorge.

»Herr … es ist … mir etwas unverständlich«, stammelte Gawain, was Bertilak noch mehr zum Lachen brachte, so sehr, dass dieser sich die Tränen aus den Augen wischen musste.

Seine Gemahlin kam an die Seite des Herrn und schmiegte sich an seinen Arm.

»Gawain, mach dir keine Sorgen«, erklärte sie mit froher Stimme. »Du hast die Prüfung bestanden.«

Verwirrt fuhr er sich durchs Haar und stemmte die Hände in die Hüften. »Bitte?«

Bertilak schien sich von seinem Lachanfall zu erholen. »Sein Gesicht«, meinte er kopfschüttelnd. »Sein Gesicht war das Beste an der ganzen Sache. So ernst und tapfer in Anbetracht des unausweichlichen Urteils.«

Gawain war ausnahmsweise nicht zum Lachen zumute. »Könntet ihr mir erklären, was das soll?«

»Du hast geglaubt, meine Gemahlin wolle dich verführen«, verdeutlichte Bertilak.

»Es hatte den Anschein, ja«, gab Gawain zu.

»Ich habe mir große Mühe gegeben«, gestand die hübsche Frau, die Bertilaks Arm gar nicht mehr losließ.

»Und wer hätte dir widerstehen können?«, fügte Bertilak hinzu und küsste seine Frau auf das Haar. »Ich jedenfalls nicht.« Er seufzte tief und sah dann Gawain wieder an. »Nun denn. Als mir angekündigt wurde, dass Artus ausgerechnet dich, den Lichtfalken, auf meine Einladung schickte, war ich sehr verstimmt. Ich dachte, er wolle mich verhöhnen. Die Geschichten deiner Fraueneroberungen waren genauso über das Meer zu uns getragen worden wie jene über deine Heldentaten. Wieso schickte er nicht Cai, seinen Bruder, oder Lancelot, seinen ersten Krieger? Selbst Bors von Benwick hätte ich mit Freuden empfangen. Wieso also Lots ältesten Sohn, der sicher genauso geschickt im Spinnen von Intrigen ist wie sein Vater?«

Dafür, dass Bertilaks Reich in Erínn und nicht in Britannien lag, wusste er erstaunlich viel über die Verhältnisse in den britischen Königreichen. Aber wie immer, wenn Informationen über große Strecken und viele Münder transportiert wurden, waren diese verfälscht.

»Cai ist der Verwalter von Camelot«, erklärte Gawain noch immer missgelaunt. »Er verlässt die Festung fast nie, schon gar nicht in diplomatischem Auftrag. Bors ist nun König über das Königreich seines Vaters. Und Lancelot hat vor wenigen Wochen geheiratet und steht der Tafelrunde derzeit nicht zur Verfügung.« Verdammt, so wie er es selbst schilderte, kam er sich vor wie die dritte Wahl. Er straffte die Schultern. »Man wird dir vermutlich vorenthalten haben, dass Artus mich schon des Öfteren in diplomatischem Auftrag aussandte.«

»Mag sein, dass diese Information nicht ganz bei mir ankam«, gestand Bertilak. »Wie dem auch sei, ich beschloss, den Schwerenöter und Intriganten auf eine Probe zu stellen. Würdest du der Schönheit meiner Frau widerstehen können und wie genau nimmst du es mit der Wahrheit? Heute darf ich in dieser meiner Halle verkünden, dass Gawain von Lothian der ehrlichste und wahrhaftigste Mann ist, der mir je begegnet ist. Du hast nicht nur der Schönheit meiner Frau widerstanden, du hattest auch den Mut, mir die Wahrheit ins Gesicht zu sagen.« Er deutete mit einem Nicken auf den Gürtel, den Gawain zwischenzeitlich hatte sinken lassen. »Bitte verzeih mir, dass ich dein Gewissen auf den Prüfstand setzte. Doch du musst verstehen, dass ich nicht blind in Verhandlungen trete, wenn so viel auf dem Spiel steht wie das Wohl meines Volkes.«

Noch immer grollte in Gawain Enttäuschung darüber, dass er sich so hatte täuschen lassen. Anderseits war er dermaßen erleichtert, dass ihm das Grinsen nun wieder leichtfiel. »Es gibt nichts zu verzeihen. Vermutlich hätte ich ähnlich gehandelt, würde ich mich selbst nicht besser kennen.«

Bertilak lachte erneut laut auf und diesmal stimmte Gawain ein.

Der Herr trat auf ihn zu und legte ihm freundschaftlich einen Arm um die Schultern. »Lass uns darauf einen Humpen trinken und dann endlich mit unseren Verhandlungen beginnen. Wo ist dein junger Freund? Wir haben ihn gewiss verschreckt.«

Gawain winkte Percival herbei. »Er muss noch viel lernen. Aber … wer hätte gedacht, auch ich habe hier in Erínn meinen Meister gefunden.« Er drückte Bertilak den Gürtel gegen die Brust. »Den möchtest du bestimmt wiederhaben.«

»Nein, nein. Er gehört dir. Wie meine Lann bereits sagte, du hast ihn verdient als Zeichen deiner Ehre. Trage ihn voller Stolz.«

Die ganze Nacht lang sprachen sie über die Lage Erínns und Britanniens.

Erínn hatte keinen Großkönig. Das hieß, jeder Stammesanführer entschied selbst, was das Beste für die Insel und besonders für seine Untergebenen war. Bertilaks Wälder waren voller Wild, aber auch das hatte die letzten Jahre nachgelassen. Die Ernten an Getreide waren sehr schlecht geworden und so war sein Volk auf Milch und Fleisch angewiesen. Da sein Gebiet nicht an das Meer grenzte, hatte er wenig Zugang zu Fisch, außer dem, was der Fluss ihnen schenkte. Und noch weniger Interesse hatte er, seine Leute zu Piraten werden zu lassen, um Britanniens Küste zu überfallen und sich zu nehmen, was gebraucht wurde.

Aber es lag in seiner Möglichkeit, in den Versammlungen der Stammesführer seine Stimme einzubringen, Bündnisse zu schließen und seinen Einfluss geltend zu machen.

Hier lag Artus' Chance. Britannien hatte unter weniger Missernten zu leiden gehabt als die Nachbarinsel. Die Kornspeicher waren gut gefüllt. Artus' Angebot war daher Getreide gegen Frieden. Wenn sich Bertilak dafür einsetzte, Britanniens Küste zu verschonen und stattdessen Handel zu treiben, so würde Bertilak davon profitieren. Der beste Weizen, der zur Verfügung stand, sollte seinem Volk zugutekommen und zudem noch Silber aus Dumnonias Minen.

Artus war der Frieden mehr wert als Weizen und Silber. Bertilak aber wusste das Angebot sehr zu schätzen. Gawain und Bertilak besprachen gemeinsam mit Percival, welche weiteren Möglichkeiten sie hatten. Und sie sprachen über alte Legenden. Von den Raben, die Botschaften aus der Anderswelt brachten, von bevorstehenden Kriegen. Gawain erzählte Bertilak von seiner Schwester, die das Zweite Gesicht hatte, von Avalon, der letzten Bastion des alten Glaubens. Bertilak berichtete von dem

Volk, das zwischen den Hügeln lebte und immer noch für gute Taten einstand, wenn man eine schale Milch und ein Goldstück ins Fenster stellte.

Bis zum Morgengrauen dauerten ihre Unterhaltungen in der Halle an. Bald schon wurden die Fensterleder zur Seite geschoben, um frische Luft einzulassen, und Holz wurde nachgelegt. Die ersten Menschen fanden sich zum Frühstück ein. Auch der junge Schmied. Shona war heute besonders früh in der Halle erschienen oder hatte sie die ganze Nacht durchgearbeitet?

Gawains Herz erwärmte sich, als er sah, wie sie Ulric lächelnd eine Schüssel Haferbrei reichte und wie der junge Mann ihr Lächeln erwiderte, ihre Hand sogar einen Moment festhielt und sie einvernehmliche Worte wechselten.

Es war der beste Morgen, den Gawain seit seiner Ankunft in Erínn erlebt hatte. Zufrieden nippte er an einem Becher warmer Milch, die mit einem Schuss Honig und einem starken Alkohol versetzt war. Ein wahrlich guter Morgen.

»Diplomatie ist nichts für mich«, murmelte Percy, als die beiden außer Hörweite der anderen saßen. »Mir sind direkte Worte und direktes Handeln lieber.«

»Was uns hier passiert ist, hat nichts mit Diplomatie zu tun.« Gawain schmunzelte. »Aber es hat sich alles zum Guten gewendet und daher können wir mit guter Kunde zu Artus zurückkehren.«

Die Aufmerksamkeit aller wurde von einem Neuankömmling in der Halle beansprucht. Er sah mitgenommen aus, als hätte er einen anstrengenden Weg hinter sich. Entweder eine lange Reise oder einen harten Ritt.

Bertilak hörte sich die Worte des Mannes persönlich an. Sodann wandte sich sein Augenmerk auf Gawain. Er führte den Boten – denn als solcher war er nun mit seinem abgetragenen Mantel und den staubigen Stiefeln zu erkennen – zu seinen Gästen.

Alarmiert richtete sich Gawain auf und stellte den Becher zur Seite.

»Ein Bote aus Britannien«, erklärte Bertilak.

Percy stand beunruhigt auf. »Ist alles gut in Camelot?«

Der Mann sah Percival verwirrt an, bevor er den Kopf schüttelte, sich dann besann und nickte. Er verbeugte sich in Gawains Richtung.

»Es tut mir leid, mein Prinz.« Und erst jetzt erkannte Gawain, dass unter den Staubschichten das Abzeichen seines Vaters, der Kopf eines Ebers, auszumachen war.

»Sprich«, befahl Gawain.

Der Mann blieb in gebeugter Haltung und schien nicht zu wagen, ihm in die Augen zu blicken, als er ihm die Botschaft überbrachte.

»Deine Mutter ist im Kindbett verstorben. Die Königin von Lothian ist tot.«

Bertilak kam an Gawains Seite und legte seine Pranke auf dessen Schulter. »Möge Gott sich ihrer Seele erbarmen.«

»Meine Mutter war keine Christin«, antwortete Gawain leise und ließ sich auf den Hocker sinken. »Sie war eine Tochter Avalons.«

DER

ZAUBERWALD

Das Laub der Bäume verdichtete sich zu einer undurchdringlichen Decke, und Gawain fragte sich, wie ohne das Sonnenlicht überhaupt etwas am Boden dieses seltsamen Waldes wachsen konnte. Doch Moos und sonderbar verschlungenes Gestrüpp zierten den Pfad, der stetig verblasste, sodass er im unwirklich grünen Licht des Waldes kaum noch als Trampelpfad zu erkennen war.

Der Braune wurde unruhig. Gawain entschied, dass es besser war, abzusteigen und ihn an den Zügeln durch den Wald zu führen. Das Moos dämpfte ihre Schritte. Er vernahm das Schnauben seines Pferdes hinter sich, das Rufen eines Vogels, vereinzeltes Rascheln im Gebüsch, die gewöhnlichen Geräusche eines Waldes. Doch je tiefer er in das Grün vordrang, umso mehr bekam er das Gefühl, dass etwas nicht stimmte.

Da er die Sonne nicht sehen konnte, verlor er jedes Zeitgefühl. War es Mittag? Bald Abend? Es kam ihm vor, als wäre er seit Ewigkeiten in diesem uralten Holz unterwegs.

Nach der Nachricht vom Tode seiner Mutter war er sofort gen Britanniens Nordwestküste aufgebrochen, während Percival nach Camelot zurückkehrte. Ohne Pferd, nur mit dem Gepäck, das er tragen konnte, und seinen Waffen war Gawain in ein Fischerboot gestiegen, das ihn irgendwo an der Küste abgesetzt hatte. Er hatte Glück gehabt, auf ein Dorf zu treffen, in dem er einem Mann das Pferd abkaufen konnte. Es war ein stämmiges Tier, die Arbeit auf den Feldern gewohnt und von ruhiger Wesensart.

Sein Ross schnaubte erneut nervös und Gawain blieb stehen, um es beruhigend am Hals zu tätscheln.

»In der Tat, mein Guter, ich glaube, du hast recht, wir haben uns verlaufen.« Er seufzte und sah sich um.

Hatte er den Baum dort drüben mit dem geneigten Stamm und dem dürren Blätterhaupt nicht schon einmal passiert? Aber der andere Baum mit dem verschlungenen Astwerk war ihm zuvor nicht aufgefallen.

»Nun gut, es bringt wohl nichts, an Ort und Stelle zu verharren«, sprach er seinem Pferd und sich selbst Mut zu. »Gehen wir weiter, solange noch ein Hauch von Licht vorhanden ist.«

Zur Beruhigung begann er, eine kleine lustige Melodie vor sich hin zu pfeifen. Ihm fehlte völlig jenes Talent Lancelots, der allein mit seiner Stimme dazu in der Lage war, jedes Lebewesen zu besänftigen. Aber das Pfeifen hob seine Stimmung. Und jedes wilde Tier, das in der Nähe lauerte, wurde davon hoffentlich in die Flucht getrieben.

Sollte er zur Sicherheit eines seiner Schwerter ziehen? Doch er hatte keine große Lust, bei diesem unwegsamen Gelände zu stolpern und in die eigene Klinge zu fallen. Also beließ er seine Klingen in ihren Scheiden am Sattel und besann sich auf die Melodie des Schankliedes.

Wenn das Licht noch weiter schwand, musste er sich wohl oder übel einen Flecken für die Nacht suchen. Er war nicht lebensmüde genug, um im Dunkeln durch diesen Wald zu laufen.

»Wir werden uns ein Feuer machen«, versprach er dem Braunen. »Die wilden Tiere werden sich fern von uns halten.«

Das Ross gab selbstverständlich keine Antwort. Dennoch schienen seine Worte eine beruhigende Wirkung auszuüben.

»Puh, also, allmählich deucht mir, wir hätten den Umweg gehen sollen. Was denkst du, Pferd?« Er warf einen Blick zurück über die Schulter. Das Ross trottete gemächlich hinter ihm her. »Ich sollte dir einen Namen geben, jetzt, da wir uns so fein unterhalten.« Gawain schürzte die Lippen und dachte nach. »Zum Krieger bist du nicht ausgebildet, aber ein treuer Gefährte scheinst du zu sein. Als Stutenheld taugst du leider auch nicht.« Er sah nochmals zu seinem tierischen Begleiter. »Mein Beileid übrigens dazu.« Gawain stolperte beinahe über eine besonders gewitzte Baumwurzel und konzentrierte sich wieder auf den Weg unter seinen Füßen. »Oh, das Schicksal hat den Namen gewählt. *Wurzel.* Sehr passend, von der Farbe bis zur Bodenständigkeit. Nun, Wurzel, sollten wir diesen Wald doch noch eines Tages verlassen dürfen, wäre es mir eine Ehre, einen treuen Gefährten wie dich auf Dauer bei mir zu haben. Grundsätzlich bin ich nicht wählerisch in der Auswahl meiner Rösser. Doch ich bin mir sehr sicher, dass jedes andere deiner Mitwesen längst Reißaus genommen und mich allein in diesem Finsterwald gelassen hätte. Vielen Dank dafür, Wurzel, du sollst mit reichlich Hafer belohnt werden, sofern wir das Abenteuer gemeinsam überleben.«

Noch während er darüber nachdachte, ob tatsächlich die Kastration für das ruhige Wesen seines Begleiters ursächlich war und ob ein solch fataler Eingriff nicht auch das geeignete Mittel wäre, den ein oder anderen Waffenbruder zur Ruhe zu bringen, fiel ihm der Nebel auf, der allmählich zwischen den Baumstämmen emporstieg und sich zu seinen Füßen hinbewegte.

Irrte er sich oder schimmerte dieser gelblich?

»Wurzel«, seufzte er. »Ich befürchte, wir stecken in Schwierigkeiten.«

Der Pfad vor ihnen war beinahe schon erfüllt von Nebel. Gawain sah zurück. Der Weg dort war noch frei. Unsinnig, sich vor Nebel zu fürchten, genauso unsinnig, es nicht zu tun.

Gänsehaut überkam ihn. Welche Augen mochten dort im Dickicht, verborgen vom Nebel, lauern und ihn beobachten? Er wollte es lieber nicht herausfinden.

Möglichst ohne Hast wendete er mit seinem Pferd an den Zügeln und machte einige Schritte zurück. Zu spät. Der Nebel zog auch hier über den Boden.

»Feine Sache«, höhnte er über sich selbst. »Verlaufen ... vergessen ... verhungert im tiefsten Wald. Das Schicksal des Gawain von Lothian. Der beste Krieger der Tafelrunde ...«

Wurzel schnaubte.

»Nun gut, der *zweitbeste* Krieger der Tafelrunde stirbt nicht im Kampf, sondern weil er sich verlaufen hat.« Er gab ein belustigtes Grunzen von sich. »Das ist nicht gerade der Stoff, aus dem Heldenlieder gesponnen sind.«

Er ließ den Blick über die Bäume rechts und links des Pfades wandern. Das Sonnenlicht reichte kaum noch aus, mehr als die Umrisse zu erkennen. Sie verschwommen zu einer Einheit aus merkwürdigen Gebilden.

Da es unvernünftig war, weiterzugehen, musste er für sich und sein Ross einen Platz für die Nacht suchen, solange er noch etwas sehen konnte. Alles in ihm sträubte sich dagegen, in diesem Wald zu nächtigen. Doch es blieb ihm nichts anderes übrig.

Seufzend bewegte er sich zu der Baumreihe links von ihm. »Wurzel, wir müssen uns ganz eng aneinanderschmiegen, dann wird es schon nicht so schlimm.«

Das Pferd trottete gemächlich hinter ihm her. Es schien ihm zu vertrauen, mehr als er sich selbst. Am breiten Stamm des größten Baumes der Gruppe blieb er stehen und nickte. Hier wären sie halbwegs verborgen vor neugierigen Blicken und geschützt vor nächtlichen Winden.

Ein Lagerfeuer anzufachen, traute er sich nicht zu. Zum einen war der Waldboden zu feucht und er hätte zu lange gebraucht, um trockene Äste zu finden, zum anderen wollte er nicht unnötig Aufmerksamkeit auf sich ziehen.

Er band die Zügel seines Pferdes am Stamm fest.

»Tut mir leid, mein Bester«, erklärte er bedauernd. »Aber es ist für uns beide nicht gut, wenn du in der Nacht abhaust und dich in der Dunkelheit verirrst.« Wobei das Pferd vermutlich instinktiv den Rückweg gefunden hätte. Vorausgesetzt, es würde nicht von einem Raubtier erwischt werden.

Ob Wölfe in diesem vermaledeiten Wald lebten?

Kein sehr beruhigender Gedanke.

Er befreite Wurzel von seinem Sattel, damit das Tier es in der Nacht etwas gemütlicher hatte, und legte die beiden Schwerter neben sich an jene Stelle, wo er selbst vorhatte zu nächtigen. Mit den beiden Klingen in Reichweite fühlte er sich ein wenig sicherer.

Der Schlaf jedoch wollte nicht zu ihm kommen. Also versuchte Gawain, den unwirtlichen Wald und die drohende Gefahr zu ignorieren. Nicht ganz – denn seine Sinne mussten so lange wie möglich wach sein, sollte es wirklich zu einem Angriff kommen. Doch Ablenkung genug, um ihn in den Schlaf zu wiegen.

Zunächst schwebten seine Gedanken zurück zu Shona. Ihre Umarmung, ihre Küsse ... Aber wenn er an sie dachte, musste er auch an Bertilak und dessen Gemahlin denken, die ihm diesen Streich gespielt hatten. Nein, die Erinnerung sollte ganz und gar unbitter sein. Süß und unschuldig.

Und welche wäre lieblicher als die an Presca? Es war wohl die nahe Heimat, die ihm ihr Bildnis zurück vor Augen brachte. Ihr helles Gesicht mit den Sommersprossen, das dunkelbraune Haar, das ihr bis zur Hüfte fiel. Die weiblichen Rundungen, die sie schon mit sechzehn Sommern zu einer äußerst ansehnlichen Frau hatten reifen lassen.

Sie waren im gleichen Alter gewesen, hatten sich gekannt, seit Prescas Vater in die Dienste von König Lot getreten war. Es war der Sommer, bevor sie einen Krieger der Pikten heiratete und bevor Gawain Lothian verließ, um Mitglied der Tafelrunde zu werden. Er erinnerte sich sehr lebhaft an ihr Haar, das sie beide in sanften Wellen wie ein Vorhang umgab, als sie in den Dünen am Meer lagen, sie beugte sich über ihn und lachte ihn mit warmen braunen Augen an.

Sie sagte ihm, dass sie ihre Jungfräulichkeit nicht an einen alten Mann verschenken wolle, dass sie nur einmal in ihrem Leben erfahren wolle, wie es mit einem Jungen sei. Gawain hatte sich etwas ungeschickt angestellt, denn er hatte damals keinerlei Erfahrungen mit Frauen. Doch gemeinsam hatten sie herausgefunden, was ihnen beiden gefiel.

Presca. Ihre zarten Lippen auf seinem Mund. Ihre runde Hüfte, die sich gegen seine presste. Ihre weichen Arme, die ihn umschlangen.

Gawain ließ sich forttragen von seiner Erinnerung, fort aus dem Wald, zurück an den Tag, an dem er seine Unschuld verloren hatte. Eine wahrhaft gute Erinnerung, die ihm schon oft einsame Nächte erwärmt hatte ...

So lebhaft waren die Berührungen, als wäre Presca wirklich bei ihm, ihre Arme lagen um seinen Nacken, als er sich mit ihr im Sand rollte. So fest, dass ihm die Luft zum Atmen wegblieb. Noch fester, mit einer Kraft, die kaum den Armen des zarten Mädchens entspringen konnte. Er japste nach Luft, doch kein Hauch drang durch seine Kehle, sie war zu fest zugeschnürt.

Gawain riss die Augen auf, doch die Dunkelheit war undurchdringlich. Verzweifelt griff er nach den Armen, die ihm den Hals zudrückten. Er ertastete raue Haut, kalt und mit starren Falten versehen.

Nein, das waren keine menschlichen Arme ...

Er wollte sich freistrampeln, doch weitere Arme umschlangen seinen Leib und Bänder, zart wie Kinderhände, umfingen seine Fußknöchel.

Verzweifelt versuchte er, die Angreifer zu erkennen. Das Knirschen ihrer Bewegungen nahm er nur noch gedämpft wahr, in der Finsternis war nichts auszumachen und selbst die Dunkelheit verschwamm vor seinen Augen.

Er schloss die Lider und biss fest die Kiefer aufeinander, versuchte, sich auf seine Atmung zu konzentrieren. Der Druck der

Hände um ihn herum wurde immer fester und er riss die Augen wieder auf.

Warum sprachen die Angreifer nicht zu ihm?

Hatten sie Wurzel? Er hoffte sehr, der Gaul hatte sich in Sicherheit bringen können. Wenn ihm die Luft nicht dazu gefehlt hätte, hätte er lauthals über sich selbst gelacht. In wenigen Momenten würde er dieses Leben hinter sich lassen … und seine letzten Gedanken galten einem kastrierten Gaul.

Erneut versuchte er, sich aus den unnachgiebigen Griffen zu winden – je mehr er sich wehrte, desto fester wurde der Druck. Wäre er nur an den Dolch in seinem Stiefel gelangt … doch nicht einmal einen Finger konnte er noch bewegen.

Gawain schloss die Augen, nur für einen Moment, um nachzudenken. Seine Brust wollte bersten, er bekam keine Luft. Doch er zwang sich zur Ruhe.

Wenn er sich tot stellte, würde man ihn dann loslassen?

Sein Schädel brummte, doch er zwang sich weiter zu atmen.

Ein … aus … ein … aus … ein …

Ein Knirschen rechts von ihm. Schritte.

Ein wilder Aufschrei.

Gawain riss die Augen auf und presste die Lider wieder zusammen, da er von hellem Licht geblendet wurde.

Wie eine Zauberflamme bewegte sich das Licht vor seinen Augen und zwischen den Armen, die ihn hielten, hin und her.

Die Griffe wurden lockerer, zogen sich zurück, vertrieben von der geheimnisvollen Flamme.

Gawain sog tief die Luft ein und richtete sich auf. Seine Glieder schmerzten, seine Lunge brannte, doch er lebte noch. Er hob eine Hand über die Stirn und versuchte, den Ursprung der Flamme zu erkennen.

Sie entstammte einer Fackel.

»Hallo?«, fragte er unsicher in deren Richtung.

»Bei allen Göttern«, entfuhr es einer krächzenden, alten Stimme. »Wer legt sich freiwillig in diesem Wald zum Schlafen nieder? Nur ein Dummling!«

»Ein Dummling?!« Gawains Stimme klang ebenfalls kratzig, da ihm die Luft so lange abgeschnürt worden war. Dennoch konnte er sich einen belustigten Laut nicht verkneifen. »Nun denn, den Titel habe ich wohl verdient.«

»In der Tat.« Die Person kam näher, nahm die Fackel zur Seite und kniete sich neben ihn, sodass er sie besser sah. Eine Frau, stellte er fest, deren graues Haar in alle Richtungen abstand, deren faltige Runzeln im Licht der Fackel noch beachtlicher wirkten und deren dünne Lippen zu einem schiefen Grinsen verzogen waren.

»Kannst du aufstehen?«, fragte das alte Weib. »Den Rest der Nacht verbringst du besser nicht zu Füßen eines Wilden Baumes.«

Gawain nickte und schob sich rasch von dem Baumstamm fort, den er mit Argwohn musterte.

Ein Wilder Baum? Was mochte das sein?

Diesmal lachte die Alte. »Sag bloß, du kennst die Wilden Bäume nicht? Woher kommt ein schlaftrunkener Holzkopf wie du nur?«

Ihre Beleidigungen amüsierten ihn. Wäre sie ein Mann, wäre es gewiss anders gewesen. Aber so ... Zudem hatte sie ihm das Leben gerettet. Er konnte ihr unmöglich böse sein.

»Meine Wurzeln liegen weiter im Norden, doch ich lebe schon seit vielen Jahren im Süden.«

Sie gab einen schnaubenden Laut von sich. »Ob Norden oder Süden, ist schnurz.« Sie beleuchtete sein Gesicht. »Du siehst harmlos aus. Also gut, komm mit. Und vergiss deinen Gaul nicht. Das Vieh steht dort auf dem Weg. War wohl zu dumm, um wegzulaufen.«

»Oder zu treu.« Gawain hob die Brauen und sah hinüber zu Wurzel. Sein Ross knabberte an einem Grasbüschel am Wegesrand und schien nicht weiter beeinträchtigt von den Vorfällen.

Der Nebel war verschwunden, fiel Gawain auf. Er faltete seinen Umhang zusammen und versuchte noch immer zu verstehen, was passiert war.

Wenn er die Worte der alten Dame richtig verstand, war es der Baum gewesen, der ihn festgehalten hatte. Ein Baum?! Mit seinen Wurzeln und Ästen?

Nochmals musterte er den Stamm, an dem er geruht hatte. Einige Wurzeln lagen oberhalb der Erde, doch so reglos, wie es nun einmal bei Baumwurzeln der Fall war. Und die tief hängenden Äste wiegten sich nur leicht, da ein Lufthauch durch sie hindurchgefahren war.

Gawain kratzte sich am Kinn, da er das Rätsel nicht wirklich lösen konnte. Der Nebel … hatte der etwas damit zu tun? Womöglich hatte der Dunst einen giftigen Stoff mit sich geführt. Er wusste, dass in einigen Mooren im Süden Britanniens ekelhafte Ausdünstungen emporstiegen, die einen Mann durchaus töten konnten. Der Nebel in diesem Wald musste ähnlich giftig sein, warum sonst wären seine Träume so wirr gewesen?

»Komm, Dummling, ich habe eine Suppe auf dem Feuer und keine Lust, sie wegen dir vom Topfboden kratzen zu müssen.«

In gebückter Haltung marschierte das Weib über den Weg und Gawain hob seinem Pferd den Sattel auf den Rücken und beeilte sich, ihr zu folgen, Wurzel an den Zügeln führend.

»Ich habe übrigens einen Namen«, meinte er betont gut gelaunt.

»Das dachte ich mir schon. Und wie lautet der?«

»Gawain.«

Sie blieb stehen und musterte ihn nochmals von den Stiefeln bis zum wirren Haar. Sicher stand es nach der Eskapade noch schlimmer ab als sonst. »Du siehst nicht aus wie ein Falke und schon gar nicht wie einer, der leuchtet.«

Sie hatte sofort den Ursprung seines Namens erkannt, das geschah nicht oft. »Meine Schwester war wohl anderer Ansicht, als es darum ging, mich mit einem Namen auszustatten. Konnte mich wohl schlecht dagegen wehren, lag ja noch in der Krippe und schrie mir vermutlich nach den Brüsten meiner Mutter den Hals aus der Kehle.«

Nun war es die Greisin, die auflachte. Es klang wie das raue Lachen eines bärtigen Trunkenboldes, und irgendwie fand Gawain diese alte Dame durchaus interessant.

»Wie darf ich dich nennen?«, fragte er.

»Ragnelle.«

»Und hat dies ebenfalls eine Bedeutung?«

Sie leuchtete ihm mit der Fackel ins Gesicht. »Nein, ist nur mein Name. Und ich kenne niemanden sonst, der so heißt.«

Er hob die Schultern und kam sich vor wie ein ungescheiter Junge. »Ich auch nicht.«

»Gut, die Förmlichkeiten sind also geklärt. Komm und schwatz nicht weiter.«

Er presste fest die Lippen aufeinander und folgte ihr fortan, ohne noch etwas zu sagen. Dennoch wunderte er sich über ihr Auftauchen.

PILZSUPPE

S ie führte ihn tiefer in den Wald, den Weg entlang, dem er wegen des Nebels nicht weiter hatte folgen können. Dann, an einer ihm nicht ersichtlichen Wegmarke, verließ sie den Pfad nach rechts in die Dichte des Waldes.

Er hatte Mühe, ihr mit Wurzel zu folgen. Ihre Fackel erleuchtete ihnen weiter einen Weg, den er als solchen nicht erkannte, und Gawain vermutete, dass sie ihn hier entlangführte, um ihn zu verwirren. Immerhin konnte sie nicht sicher sein, dass er wirklich harmlos war. Wenn er sich den Weg nicht merkte, so würde er später auch nicht zu ihr zurückfinden.

Die Enge der Bäume wich allmählich einer Lichtung und in deren Mitte waren die Umrisse einer Hütte auszumachen.

»Du lebst hier?«, stellte er verwundert fest.

»Warum sonst sollte ich inmitten der Nacht durch den Wald wandern?«, gab sie belustigt zurück. »Bestimmt nicht auf der Suche nach Heldentaten oder Dummköpfen wie dir, die sich zum Schlafen an Wilde Bäume legen.« Sie deutete mit der Fackel auf einen Teil der Hütte, an der das Dach etwas überstand und noch ein wenig Holz trocken lagerte. »Stell dein Tier dort ab, ich hole ihm Wasser und Fressen. Keine Sorge, ihm passiert hier nichts. Diese Lichtung ist sicher.« Sie musterte ihn nochmals argwöhnisch. »Zumindest vor Wilden Bäumen und allerlei anderen magischen Wesen.«

Die Fackel befestigte sie an einer Metallöse neben der Tür, sodass noch ein wenig Licht die Nacht erhellte.

Gawain tat wie ihm geheißen. »Braver Junge«, lobte er Wurzel, denn es war nicht selbstverständlich, dass ein Pferd in Gefahrensituationen bei seinem Reiter blieb.

Ragnelle brachte zwei Eimer, und Gawain ging ihr entgegen, als er die Frau so schwer tragen sah. »Lass nur«, wimmelte sie ihn ab. »Wenn ich nicht mehr in der Lage bin, ein bisschen Gewicht zu schleppen, wird es schlimm um mich stehen.«

Der eine Eimer enthielt Wasser, der andere Möhren und Äpfel. Mit seinen Lippen schnappte sich Wurzel eine der Möhren und begann, sie genüsslich zu zermalmen.

Ragnelle seufzte zufrieden. »Komm, Gawain, die Zeit macht die Suppe nicht besser.«

Verlegen rieb er sich am Hinterkopf. Sollte er wirklich mit ihr in diese Hütte gehen? Er wollte nicht noch mehr Umstände bereiten.

»Bist du nun wahrlich ein Dummling oder denkst du, ich will einem jungen Kerl wie dir an die Wäsche?« Sie betrat bereits die Hütte und Gawain blieb etwas verdutzt draußen stehen.

Als er sich getraute, ihr ins Innere zu folgen, überraschte ihn die Gemütlichkeit des Hauses. Obwohl der Begriff ›Haus‹ übertrieben war. Die Wände bestanden aus unterschiedlichem Geäst, vielleicht von Ragnelle selbst zusammengesammelt und mit Lehm verbunden. Das Dach war ebenfalls aus unterschiedlichem Astwerk gefertigt. Im Sommer mochte dies eine luftige Behausung sein, im Winter gewiss aber bitterkalt.

Der Boden sah aus wie gestampfter Lehm, soweit Gawain das beurteilen konnte. Er war mit geflochtenen Matten ausgelegt, außer an der großzügig mit Steinen umrandeten Feuerstelle. Eine Bettstatt gab es nicht, jedoch ein Flecken mit Tüchern. Schüsseln, Teller, Becher und Löffel lagen auf einem Tisch, der an einer Wand stand. Von der Decke hingen Bündel von Kräutern.

Obwohl alles in diesem Raum so einfach anmutete, konnte Gawain ihn nur mit einem Wort beschreiben: Wärme.

Der Duft der Kräuter und der Suppe, die in einem Kessel über der Feuerstelle vor sich hin kochte, erfüllte ihn mit Wohlbefinden.

»Du könntest dich nützlich machen«, schlug seine Gastgeberin vor. »Auf dem Tisch liegt in einem Tuch etwas Brot. Sieh nach, ob es noch nicht schimmelig ist.«

Gawain kam der Bitte gerne nach, nachdem er sein Reisebündel, seine Waffen und den Sattel neben dem Eingang abgelegt hatte.

Das Fladenbrot war aus dunklem Mehl gebacken, vermutlich aus Nüssen und Kastanien, die sie im Wald gesammelt hatte. Es duftete ebenso verlockend wie alles in diesem kleinen Haus im Zauberwald.

Ragnelle putzte Pilze und schnitt sie auf einem Brettchen in Stücke, bevor sie diese in die Suppe gab. Zufrieden rührte sie in der Brühe. »Reiche mir zwei Schüsseln, dann können wir essen.«

Als Sitzgelegenheit gab es zwei Hocker an der Feuerstelle, und Gawain setzte sich auf einen der beiden. Die Suppe duftete nicht nur verlockend, sie schmeckte herrlich.

»Ich glaube, ich habe noch nie so etwas Köstliches gegessen«, sagte er begeistert.

»Unsinn. Der Nebel ist dir wohl zu Kopf gestiegen. Das ist doch nur Suppe.« Trotz ihrer harschen Worte erkannte er ein kleines Lächeln in ihrem alten Gesicht, und er grinste. »Hör auf, deine Grübchen zu zeigen, sonst schläfst du in der Nacht draußen bei dem Gaul.«

»Verzeihung. Ich wollte mich nicht über dich lustig machen«, betonte er ernst. »Es ist nur … ich bin seit Tagen auf der Reise. Mich scheint ein Unglück nach dem anderen zu verfolgen. Schon allein der Grund meiner Reise ist ein Unglück. Und dann … begegne ich inmitten dieses ganzen Schlamassels einem guten Herzen.« Er beugte das Haupt und legte den Löffel an seine Brust. »Vielen Dank, Ragnelle. Deine Güte soll nicht umsonst gewesen sein. Wenn ich etwas für dich tun kann, bevor ich meine Reise fortsetze, zögere nicht, es mir zu sagen.«

Sie sah ihn kritisch an, die Stirn gerunzelt, die dunklen Augen zu schmalen Schlitzen geformt. »Wir werden sehen«, meinte sie nur dazu und widmete sich wieder ihrer Suppe.

Eine Weile schwiegen sie und Gawain hegte den Verdacht, sie fühlte sich plötzlich in seiner Gegenwart etwas unwohl. Vermutlich bekam sie nicht oft Gäste in ihrer Hütte.

»Ist das Speck in der Suppe? Schmeckt sehr gut«, versuchte er, die Situation aufzulockern.

»Ich esse kein Fleisch. Das sind wohl die Pfifferlinge.«

Er hatte von Christen gehört, die kein Fleisch aßen, hatte etwas mit Abstinenz zu tun, womit er sich allerdings noch nie wirklich beschäftigt hatte. In dieser Hütte war kein Kreuz und auch kein Fisch zu sehen.

»Betest du die alten Götter an?«, erkundigte er sich daher.

»Ich bete überhaupt niemanden an, doch ich respektiere jedes Leben um mich herum, ob es nun auf zwei Beinen oder auf vieren herumläuft, auf Schwingen durch die Luft gleitet, mit Flossen im Wasser taucht oder seine Wurzeln tief in die Erde gräbt.« Ihre Worte klangen tadelnd, sodass sich Gawain wie ein Trottel vorkam.

Wieder schwiegen sie. Gawain hatte seine Schüssel leer gegessen und hielt sie verlegen in den Händen. Wohin damit?

Sie bemerkte sein Zögern. »Ich stelle das Geschirr immer draußen ab, damit keine Ameisen in mein Haus kommen. Der Abwasch kann auch morgen erledigt werden. Hinter dem Haus ist ein Brunnen. Daher bekomme ich frisches Wasser.«

»Das ist sehr praktisch.«

»Hat mein Bruder gebaut.«

Der Ton, in dem sie ihren Bruder erwähnte, hinderte Gawain daran, weiter nach ihm zu fragen. Vielleicht hatten sie früher zusammen hier gelebt und er war gestorben, weshalb Ragnelle nun allein war. Denn dass sie allein hier lebte, stand außer Frage, es gab keine Gegenstände, die auf die Anwesenheit einer weiteren Person hindeuteten. Gawain wollte sie mit einer Nachfrage lieber nicht bekümmern.

»Der Grund deiner Reise …«, fragte sie vorsichtig, als hätte sie sich bereits die ganze Zeit darüber Gedanken gemacht. »Hat er dazu geführt, dass du durch den Zauberwald reist, statt die sichere Route zu nehmen?«

Er nickte. »Meine Mutter ist verstorben und ich möchte ihr die letzte Ehre erweisen.«

Es fühlte sich noch immer so unwirklich an, diese Worte auszusprechen. Seine Mutter war tot. Morgause von Lothian war gestorben. Das konnte nicht sein. Sie war stets da gewesen … zwar hoch im Norden in Din Eidyn, aber immer da. Sie hatte in der Ferne über ihn gewacht. Ihr Verlust schmerzte mehr als alles, was er jemals erleben musste.

Ragnelles runzelige Hand legte sich auf die seine. »Ein Mann, der um seine Mutter trauert, ist ein guter Mann«, sprach sie überraschend sanft.

Einen Moment begegneten sich ihre Blicke. Ihre Augen waren tiefschwarz und voller Weisheit und Güte.

Dann nahm sie ihre Hand fort und sah in eine andere Richtung. »Es ist Zeit zu schlafen. Der Tag kommt früher, als uns lieb ist.«

Räuspernd nickte er und sammelte ihr Geschirr ein. »Es macht mir nichts aus, draußen zu schlafen.«

»Unsinn, es gibt genügend Decken für uns beide.« Sie war bereits bei ihrem Schlafplatz und sortierte die Tücher aus. Tatsächlich schlief sie nicht einmal auf Fellen. Die Decken waren aus fein gewebten Stoffen gefertigt, einige wiesen kunstvolle Muster auf.

Nachdem er die Schalen, Löffel und auch den Kessel nach draußen gebracht hatte, warf sie ihm zwei der größeren Decken zu.

»Mach es dir am Feuer gemütlich. Ich bleibe hier auf meiner Matte.«

Somit war auch die Frage geklärt, wo er schlafen sollte.

Er hatte damit gerechnet, kein Auge zuzutun. So sehr kreisten seine Gedanken um das, was ihm heute widerfahren war, und all das, was noch vor ihm lag. Doch der Schlaf kam so rasch, dass es nur den Anstrengungen der Reise geschuldet sein konnte.

Er erwachte durch ein Kitzeln an seiner Nase.

Zunächst wusste er nicht, wo er sich befand, wie so oft, wenn er unterwegs war. Doch als er sich aufsetzte, erinnerte er sich.

Die Sonne schickte ihre Strahlen durch die Ritzen der Hütte. Ragnelle war nicht hier, aber es duftete schon wieder nach etwas, das in dem Topf vor sich hin kochte.

Er stand auf, legte die Decken sorgfältig zusammen und warf einen neugierigen Blick in den Topf. Der Inhalt erinnerte ihn an Haferbrei, der Duft aber war etwas würziger. Womöglich ein Brei aus gemahlenen Nüssen.

Ragnelle lebte von dem, was der Wald ihr schenkte, so viel hatte er bereits verstanden. Und auf merkwürdige Weise beneidete er sie um dieses einfache Leben, fern der Menschen, fern der Intrigen und Regeln.

Gawain beschloss, ihr heute kräftig unter die Arme zu greifen. Zunächst sah er jedoch nach seinem Ross, das zufrieden Äpfel vertilgte.

Hinter dem bescheidenen Häuschen fand er den Brunnen und zog einen Eimer frisches Wasser heraus, mit dem er sich waschen konnte. Außerdem befand sich hier ein Verschlag, den sie wohl für ihre Vorräte nutzte. Er legte sein Hemd ab und tauchte seinen Kopf in den Eimer.

Herrlich! Nachdem er seine Haare ordentlich gewaschen hatte, widmete er sich seinem Oberkörper und fühlte sich wie ein neuer Mann. Er atmete tief ein, schloss die Augen und genoss für einen Moment das saubere Gefühl und die warmen Sonnenstrahlen auf seiner nackten Haut.

Als er die Augen wieder öffnete, stand Ragnelle am Rande der Lichtung, einen Korb in der Hand und starr wie ein erschrecktes Reh.

Er lächelte und winkte ihr zu, erst da löste sie sich aus ihrer Starre. Langsam kam sie auf ihn zu. Ihr grauweißes Haar leuchtete in der Sonne. Für ihr Alter hielt sie sich erstaunlich gerade.

Gawain schob sich die nassen Haarsträhnen aus dem Gesicht, um besser sehen zu können. Tatsächlich waren ihre Bewegungen geschmeidig wie die eines Rehs, mit dem er sie eben noch verglichen hatte.

Der Blick ihrer schwarzen Augen lag auf seinem nackten Oberkörper. Sie hatte wohl lange keinen Mann ohne Hemd gesehen.

Gawain sah aber keine Veranlassung, sich das dreckige Ding direkt wieder anzuziehen. Er war ja nicht vollständig nackt. Ein paar Muskeln und Narben konnten doch wohl eine alte Dame nicht aus der Fassung bringen.

»Äh ... du erkältest dich«, meinte sie, als sie noch zehn Schritte von ihm entfernt war.

Er schüttelte den Kopf und einzelne Wassertropfen lösten sich aus seinem Haar. »Die Sonne scheint, so leicht erkältet es sich da nicht.«

Da sie nichts mehr sagte, sondern ihn weiter nur anstarrte, hob er die Schultern und ließ den Eimer zurück in den Brunnen, um ihn erneut zu füllen.

Er trank etwas von dem Wasser und sah seine Gastgeberin erwartungsvoll an. »Da es bald Mittag ist, lohnt es nicht, heute schon aufzubrechen. Welche Arbeiten kann ich für dich übernehmen?«

Sie betrachtete ihn kritisch. »Du willst mir also wirklich helfen?«

Er nickte grinsend.

Ragnelle seufzte und deutete auf den Wald. »Mir geht bald das Feuerholz aus. Du könntest Zweige sammeln. Aber nur solche, die am Boden liegen, nichts von den Bäumen abbrechen. Mir steht nicht der Sinn nach einem Krieg mit ihnen.«

Gawain hatte keine Ahnung, wovon sie sprach. Das hieß ... er konnte es doch ahnen, wollte aber nicht über die Kriegsführung mit Bäumen nachdenken.

»Aber zunächst essen wir«, bestimmte sie und hob ihren Korb in die Höhe. »Beeren. Du magst doch Beeren?«

Gawain grinste schelmisch. »Ich mag alles, was genießbar ist.«

Sie wich seinem Blick aus. »Wasch dein Hemd und hänge es zum Trocknen auf, dann komm herein zum Essen.«

Er tat wie geheißen und anschließend sammelte er so viele Zweige, wie er tragen konnte. Sodann erhielt er den Auftrag, ein Lehmgemisch anzurühren, um die Ritzen zwischen dem Reisig ihrer Hütte zu stopfen. Auch diese Aufgabe erfüllte er zu ihrer Zufriedenheit, sie nahm den Großteil des Tages in Anspruch. Nach der schweißtreibenden Arbeit wusch er sich erneut.

Sein altes Hemd war noch nicht getrocknet. Er hatte ein weiteres Obergewand in seinem Bündel, aber da es sich hierbei um sein Gutes handelte, welches er zu besonderen Gelegenheiten trug, wollte er es lieber schonen und verrichtete seine Arbeit ohne Oberteil.

Ragnelle hatte einen kleinen Garten neben ihrer Hütte angelegt. Gawain half ihr, ihn zu wässern, und erntete zwei dicke Rüben, die sie an diesem Abend zubereiten wollte.

Während sie diese in Stücke schnitt, setzte er den Kessel mit Wasser auf und machte es sich an der Feuerstätte gemütlich. Mit einem längeren Ast stocherte er darin herum und belebte es zu neuer Kraft.

»Steht dir der Sinn nach einem Getränk?«, fragte sie, während sie darauf warteten, dass der Rübeneintopf gar wurde.

Er hob eine Braue. »Etwas anderes als Wasser? Das Wasser schmeckt übrigens sehr erfrischend. Besser als die abgestandene Brühe, die es sonst wo gibt.«

Sie schmunzelte verräterisch. »Noch besser als das Brunnenwasser«, versprach sie. Unter dem Tisch holte sie einen Tonkrug hervor, nahm zwei Becher und kehrte damit zu ihm zurück. »Steht schon eine Weile herum«, gestand sie. »Allein trinken ist zu gefährlich. Man könnte sich im Nebel verlieren.«

Er nickte verstehend und ließ sich einen Becher mit klarer Flüssigkeit reichen. Er schnupperte vorsichtig daran und erkannte den scharfen Geruch des Alkohols und etwas, das er nicht ganz zu deuten wusste.

»Ich habe Kräuter angesetzt«, meinte sie und grinste breiter.

Bei dieser Gelegenheit fiel ihm auf, wie ebenmäßig ihr Mund geformt war, obschon die Linien des Alters ihn zierten. In ihrer Jugend musste sie eine Schönheit gewesen sein und er fragte sich, woher sie wohl kam. Sie konnte nicht schon immer in diesem Wald gelebt haben.

Wer war sie? Wer waren ihre Eltern? Vielleicht gehörte sie einem Stamm an, den die Römer dezimiert hatten, weshalb sich die letzten von ihnen in die Wälder zurückzogen? Womöglich war sie auch eine entflohene Sklavin von einem der Königshöfe … obschon die wenigsten Könige noch Sklaven hielten, seit sie zum Christentum übergegangen waren.

Gawain beobachtete, wie sie an ihrem Becher nippte und genießerisch die Augen schloss, und tat es ihr nach.

Himmel, stark! Beinahe hätte er es wieder ausgespuckt. Stattdessen hüstelte er leicht, was Ragnelle zum Kichern brachte. Er schluckte das Gebräu, sodass es sich seinen Weg den Gaumen und die Kehle hinunter brannte.

»Mit diesem Zeug wird es im Winter bestimmt nie kalt«, sprach er mit brüchiger Stimme.

Sie prostete ihm zu und trank erneut davon, ohne mit der Wimper zu zucken.

Der nächste Schluck war schon etwas besser zu ertragen und er beließ ihn kurz in seinem Mund, sodass er ein leichtes Apfelaroma wahrnahm. Doch … das Kraut erkannte er noch immer nicht. »Ein altes Familienrezept?«, mutmaßte er.

»Oh, älter als wir beide zusammen.« Sie gluckste. »In alten Zeiten war dieser Trank wohl dem gemeinen Volk vorenthalten. Aber hier sieht es ja keiner.« Sie kicherte.

»Ich schmecke Apfel, aber noch etwas anderes«, bekannte er.

Sie beugte sich verschwörerisch in seine Richtung. »Mistelblätter.«

Er sog scharf die Luft durch die Lippen ein. »Misteln sind die heiligsten Pflanzen unserer Vorfahren.«

Sie schien etwas dazu sagen zu wollen, verkniff es sich jedoch und trank ihren Becher leer. »Noch einen?«

Er leerte den seinen ebenso, wobei er schon wieder husten musste, nickte aber tapfer. Das Gebräu wärmte seinen Magen. Dennoch war er erleichtert, als er diesen mit Suppe füllen konnte.

Ragnelle ließ nicht nach, sondern füllte nach dem Essen die Becher nach.

Gawain spürte bereits die Leichtigkeit, die Alkohol sonst nur nach dem sechsten Humpen Bier hervorlockte. »Erzähl mir eine Geschichte aus deiner Jugend«, bat er, da er mehr über seine Gastgeberin erfahren wollte.

»Da gibt es nicht viel zu berichten«, winkte sie ab.

»Unsinn. Eine Frau in deinem Alter hat bestimmt sehr viel erlebt.«

Sie schüttelte den Kopf und deutete mit dem Becher auf ihn. »Erzähl du mir was. Was passiert da draußen, außerhalb des Waldes? Ist dieser Bengel immer noch König?«

Er grunzte belustigt. »Der Bengel ist mittlerweile ein erfahrener Mann und ja, Artus ist noch immer Hochkönig von Britannien.«

»Und dieser andere König …« Sie fuchtelte mit dem Becher in der Luft herum. »Der aus dem Norden, hat er den besiegt?«

Gawain überlegte angestrengt, wen sie meinte. »Uryen? Oder Lot?«

»Ich kann mir Namen so schwer merken«, gestand sie. »Ich hab ihn einmal aus der Ferne gesehen. Ein Mann mit schwarzem Haar, schwarzem Bart, trägt das Symbol eines Ebers.«

»Lot.« Gawain verbarg sein Gesicht hinter dem Becher.

»Dieser Lot also. Ich habe einmal gehört, er wollte die Menschen von Britannien selbst beherrschen.«

»Das hat nicht sonderlich gut funktioniert«, erklärte Gawain. »Er hat Artus die Treue geschworen und dessen Schwester geheiratet.« Er dachte über seine Worte nach, was mit dem Inhalt des Bechers in seinem Magen nicht so gut funktionieren wollte. »Nein, warte. Er hat erst seine Schwester geheiratet … Artus' Schwester. Aber das war, weil er ein Bündnis mit Artus' Vater wollte. Also hat er erst meine Mutter geheiratet, danach gegen Artus Krieg geführt und ihm dann die Treue geschworen.«

»Deine Mutter ist Artus' Schwester?«

»War«, berichtigte Gawain und trank den Rest seines Bechers leer.

Ragnelle rückte näher an ihn heran und tätschelte seine Hand. »Es tut mir so leid. Ich kann in deinen Augen sehen, dass du sie sehr geliebt hast.«

Nun griff er selbst nach der Flasche, um ihnen beiden nachzuschenken. »Du hattest also einen Bruder? Der dir einen Brunnen gebaut hat?«, lenkte er ungeschickt ab.

Ihr Gesicht verzog sich ein wenig. »Habe, er ist wohlauf. Kommt ab und an vorbei und bringt mir Vorräte.«

»Sollte er nicht hier bei dir leben?«

Sie sah ihn zweifelnd an. »Was? Nein, wir würden uns zerfetzen wie Wölfe ein Kitz. Mein Bruder soll dort bleiben, wo er jetzt ist. Brauche ihn nicht.«

Gawain nickte. »Ist nicht immer leicht mit Brüdern. Ich habe zwei … hatte drei. Einer von ihnen starb im Kampf. Es war ein guter Kampf und mein Bruder ein guter Kerl, nur leider zu leichtsinnig und sah die Gefahr immer erst, wenn er mittendrin stand.«

Sie hob die aschgrauen Augenbrauen. »Und du bist da anders?«

Verlegen grinste er. »Nicht immer.« Dann seufzte er. »Wir sind alle sehr unterschiedlich. Mein Bruder Agravaine hat feuerrotes Haar, ist aber besonnen und sehr ernst. Mein jüngster Bruder, Gaheris …« Er schmunzelte. »… kommt mehr nach mir.«

»Hat er sich auch schon oft verlaufen?«

Gawain lachte lauthals. »So oft verlaufe ich mich nicht. Ist genau genommen das erste Mal und das auch nur, weil ich eine Abkürzung gehen wollte.«

»So ist das doch meist mit dem Verlaufen, oder? Man denkt, das wäre der richtige Weg, und schwupps ist es genau der falsche.«

Er verengte die Augen und musterte die alte Dame, mit der er hier so einträchtig an einem warmen Feuer saß, köstlichen Eintopf gegessen hatte und bei einem sehr guten Tropfen alte Geschichten austauschte.

Es hatte ihn schon viel schlimmer getroffen. Und wenn man bedachte, dass er auf dem Weg zur Bestattung seiner Mutter war, verspürte er hier in dieser Hütte eine Wärme, die er lange vermisst hatte. »Am Ende war es womöglich gar nicht der falsche Weg«, murmelte er.

»Du verträgst keinen guten Tropfen«, meinte sie belustigt. »Erzähl mir noch mehr von den Menschen dort draußen. Leiden sie unter den Kriegen?«

»Artus versucht, die Kriege abzuwehren und die Menschen zu beschützen, so gut es geht. Britannien ist eine große Insel, und ein jeder denkt, er könne es besser. Aber seitdem er König ist, gibt es weniger Leid.«

»Aha, Artus ist dein Freund, sonst würdest du nicht so von ihm sprechen.«

»Ist er.«

Sie schloss die Augen. »Aber im Grunde ist er dein Onkel.«

»In der Tat«, pflichtete er bei.

»Hui, verzwickte Verhältnisse.«

»Es geht noch verzwickter.« Gawain lachte. »Einer meiner besten Freunde ist Lancelot. Er ist gleichzeitig mein Vetter, denn seine Mutter war die Schwester meiner Mutter.«

»Nicht sehr verzwickt.«

Er hob eine Braue. »Ich bin noch nicht fertig. Denn besagter Lancelot hat kürzlich geheiratet.« Er atmete tief durch. »Die Tochter meiner Schwester.«

Ragnelle schüttelte den Kopf. »Wie soll das gehen? Ist er nicht ihr Onkel oder so was?« Auch ihr war der Alkohol nun anzuhören.

Er runzelte konzentriert die Stirn. »Meine Schwester war zwar die Tochter meines Vaters, aber aus erster Ehe.«

»Ähm ... das wird mir zu viel«, winkte sie ab. »Erzähl lieber etwas anderes. Oder noch besser: Kannst du singen?«

Er grinste schief und nahm einen kleinen Schluck aus seinem Becher. »Singen? Grölen würde man das nennen.«

»Dann gröl ein Lied für mich.«

»Das willst du nicht.«

»Doch, will ich. Und bitte ohne Tanten, Schwestern, Brüder und Vettern. Ganz ohne Könige und sonst was. Davon schmerzt mir bereits der Kopf.«

Gawain hob amüsiert den Becher. »Oder ist es dein Gebräu, das den Kopf schmerzen lässt?«

Sie schlug ihm heftig gegen die Schulter. »Dummling, das ist die beste Medizin gegen Kopfschmerzen.« Sie schenkte sich erneut ein und ihm ebenso. »Los, dann erzähl mir doch, wie du in den Süden gekommen bist.«

Gawain wusste später nicht mehr, wie viele Stunden sie so dagesessen und sich unterhalten hatten. Er konnte sich nur daran erinnern, wie friedlich dieser Abend gewesen war, gemeinsam mit der alten Dame und der Flasche ihres Gebräus.

Er erwachte erst, als das Wiehern von draußen verkündete, dass der Tag längst angebrochen und sein Ross verstimmt, da hungrig, war. Sein Schädel brummte, seine Glieder schmerzten, ganz besonders sein rechter Arm. Als er den Kopf etwas drehte, was nur unter äußerster Anstrengung gelang, da er fast zu zerbersten drohte, erkannte er den Grund dafür.

Ragnelle lag auf seinem Arm, fest an ihn geschmiegt. Volltrunken von dem guten Tropfen waren sie Seite an Seite an der Feuerstelle eingeschlummert. Die alte Dame schnaufte dezent im Schlaf und Gawain versuchte, sich von ihr zu befreien, ohne sie zu wecken.

Er schob die Kaskaden ihres strohigen grauen Haares zur Seite, fasste dann ganz vorsichtig nach ihrer Schulter und hob diese an. So langsam es ihm möglich war, zog er seinen Arm unter ihr hervor.

Er hatte es beinahe geschafft, da seufzte sie tief auf und blinzelte. Für einen Moment sahen sie sich fest an. Dann erschrak sie und setzte sich abrupt auf.

»Ist alles in Ordnung?«, fragte er besorgt.

Sie rückte von ihm ab. »Was soll das?«

Er zuckte verlegen die Schultern, dabei gab es keinen Grund, verlegen zu sein. »Wir sind eingeschlafen. Ist doch nichts dabei.«

Sie wandte sich von ihm ab und strich sich über die Haare. »Du musst jetzt gehen«, entschied sie.

»Was?« Verwirrt suchte er ihren Blick, doch sie hatte noch immer ihren Rücken zu ihm gerichtet.

»Du musst dich ohnehin früher oder später auf den Weg machen, wenn du die Bestattung deiner Mutter nicht verpassen möchtest. Dann ist es doch besser, du gehst jetzt sofort.«

»Ragnelle, was ist los?« Er verstand die Welt nicht mehr. Es war doch nichts dabei, dass sie in seinen Armen geschlafen hatte. Sie hätte seine Großmutter sein können und genauso empfand er auch für sie, was denn sonst? In welchem Gesetzbuch dieser Welt stand geschrieben, dass ein jüngerer Mann keine ältere Frau umarmen durfte?

Sie straffte die Schultern und erhob sich. »Geh bitte jetzt.« Ihre Stimme klang sanfter. »Ich werde dir noch etwas Proviant einpacken.« Noch immer wagte sie es nicht, ihn anzusehen.

Egal was Gawain noch zu ihr sagte, Ragnelle beharrte auf ihrer Entscheidung.

So blieb ihm nichts anderes übrig, als sein Bündel zu schnüren und Wurzel zu satteln. Während er seine Schwerter am Sattel befestigte, streichelte die alte Dame dem Ross über die Nüstern, fasste nach einem der langen Ohren und flüsterte etwas hinein. Der Braune schnaubte, als hätte er verstanden, was die alte Frau zu ihm gesagt hatte.

»Es tut mir sehr leid, sollte ich deine Gefühle verletzt haben«, versicherte Gawain. »Es lag nicht in meiner Absicht. Du hast mir das Leben gerettet, ich wollte dir das deine erleichtern.«

Sie wich seinem Blick aus und winkte ab. »Du hast rein gar nichts verletzt. Steig jetzt auf das Ross. Es kennt den Weg hinaus aus dem Wald.« Sie trat zurück und wagte dann doch noch, ihn anzusehen, und er erkannte, dass ihre Augen voller Wehmut waren. »Leb wohl, Lichtfalke.«

»Ich könnte eines Tages zurückkehren. Du musst nicht allein bleiben«, versprach er.

Sie schüttelte energisch den Kopf. »Geh jetzt und kehre nicht zurück. Ich weiß nicht, ob ich dich das nächste Mal retten kann.«

Gawain trieb Wurzel zu einem gemächlichen Schritt an. Er hatte es plötzlich nicht mehr eilig, nach Din Eidyn zu kommen.

Noch ein letztes Mal drehte er sich um und sah zurück zu der merkwürdigen alten Dame, die ihm das Leben gerettet hatte. »Lebe wohl, Ragnelle«, flüsterte er.

Und als er sie dort allein und einsam auf der Lichtung zurück-
ließ, war es, als splitterte ein kleiner Teil seines Herzens ab und
bliebe zurück im verzauberten Wald.

DIN EIDYN

E rst am übernächsten Tag kam der Fels in Sicht, auf dem Gawains Vater seine Königsfestung hatte errichten lassen. Weitere Hügel umgaben das Gebiet. Östlich lag das Meer, nördlich ein großer Fluss, Westen und Süden waren von den Felsen überschaubar. Ein Posten für einen Kriegsherrn wie König Lot, der sein Königreich nach sich selbst benannt hatte: Lothian.

Gawains Ankunft würde seinem Vater gemeldet werden, sobald er in Sichtweite kam, also jetzt. Er hoffte, dass seine Brüder bereits in der Festung weilten, ihr Weg war wesentlich kürzer gewesen als der seine.

Mochte Artus selbst aus dem Süden gekommen sein, um der Bestattung seiner Schwester beizuwohnen? Morgause und Artus hatten sich nicht sehr gut gekannt. Sie war bereits eine Frau gewesen, als er geboren wurde, und sie stammte von Gorlois von Tintagel ab, während Artus der Sohn von Uther Pendragon war. Das Erbe ihrer Mutter Igraine hatte sie verbunden ... und ihre Liebe zur gemeinsamen Schwester Morgaine.

Morgaine, ja, sie würde hier sein. Gewiss auch ihr Gatte Uryen.

Je näher er dem Felsen kam, auf dem die Festung stand, desto tiefer sank sein Herz. Er verband sowohl gute als auch schlechte Erinnerungen mit diesem Ort, an dem er geboren worden war. Seine Mutter, die ihm mit warmer Stimme Lieder aus alten Zeiten vorsang, von den alten Göttern erzählte, von ihrer Jugend in Tintagel und in Avalon. Ihre Augen hatten denen einer Katze geglichen, grün, leicht schräg gestellt, ihr Blick ebenso geheimnisvoll.

Morgause von Lothian hatte ihre Fehler gehabt. Sie mochte rachsüchtig, ehrgeizig und nachtragend gewesen sein, das wusste Gawain. Aber sie war auch voller Wärme und Zuneigung zu jenen, die sie liebte. Und das waren vor allem ihre Söhne. So zeigten sich zwei Seiten derselben Medaille, denn ihre Leidenschaft konnte sowohl das eine als auch das andere bewirken.

Die finsteren Erinnerungen, die Gawain mit Din Eidyn verband, hatten vor allem mit seinem Vater zu tun ... dem er in wenigen Momenten wieder gegenüberstehen würde. Und diesmal war Morgause nicht da, um die Anspannung zwischen ihnen zu schlichten.

Gawain schnaufte verächtlich, als er sich an jenen Winter erinnerte, in dem er ein Pferd aus den Stallungen gestohlen hatte, um nach Süden zu reiten. Er hatte erst dreizehn Sommer gesehen und wusste nichts vom Leben, nur, dass er nach Süden gehen wollte. Weit war er nicht gekommen. Sein Vater schlug ihn mit Fäusten wie einen Mann. Als Morgause dazwischentrat, hätte er auch fast sie angegriffen. Stattdessen knurrte er, dass Pferdediebe für gewöhnlich am Strick aufgeknüpft wurden.

Gawain schwor sich danach, so lange im Kampf zu trainieren, bis er schneller und besser als sein Vater wäre. Im nächsten Sommer zerbrach Gawain versehentlich einen Speer, den Lot für die Eberjagd nutzte. Der Vater erhob erneut die Hand gegen ihn, doch Gawain zögerte nicht und verpasste ihm einen Kinnhaken.

Danach wurde er für drei Tage ohne Essen in eine Kammer gesperrt. Aber Lot hatte niemals wieder versucht, seinen ältesten Sohn zu schlagen. Und soweit Gawain wusste, hatte er auch niemals Hand an einen seiner Brüder gelegt.

Als Gawain nun den steilen Pfad erreichte, der nach oben zur Festung führte, stieg er von Wurzel ab und führte ihn am Zügel. Der Himmel hatte sich zugezogen, es würde bald regnen.

Die Tore der Festung standen offen. Die Mauern um die Anlage herum waren aus Steinen der Umgebung zusammengesammelt und aufeinandergestapelt. Es gab wohl standhaftere Mauern, besonders jene, welche die Römer errichtet hatten. Doch jeder Angreifer Din Eidyns musste erst einmal diesen Berg emporsteigen und selbst Gawain war außer Atem, als das Tor in Sichtweite kam.

Eine Frau erwartete ihn dort, ihr langes braunes Haar wehte im aufkommenden Wind, der ebenso an ihrem dunkelroten Kleid zerrte. Für einen Moment glaubte Gawain, dass man ihm eine falsche Botschaft überbracht hatte. Morgause war nicht tot, sie war lebendig, wartete hier auf die Rückkehr ihres ältesten Sohnes und würde ihn sogleich in ihre liebevolle, feste Umarmung schließen. Alles wäre gut. Nur ein Missverständnis. Und er könnte endlich wieder atmen.

Aber es war nicht Morgause, obwohl die Gestalt und ihre Farben genau gleich waren. Es war Morgaine, ihr jüngeres Ebenbild, Gawains Tante.

Sie breitete die Arme aus, und Gawain ließ die Zügel fallen, um in ihre Umarmung zu eilen. Sie fühlte sich kleiner an als noch vor ein paar Jahren, und zerbrechlicher.

»Es tut mir so leid«, flüsterte sie.

»Ich weiß.« Seine Stimme brach und er gab sich selbst etwas Zeit, bevor er sich aus den Armen seiner Tante löste. Ihre Augen waren so grün wie seine eigenen. »Wie ist es geschehen?«

Sie strich ihm eine wirre Strähne aus dem Haar, als wäre er noch ein kleiner Junge, dabei war er schon lange größer als sie. »Sie hat nach der Geburt Fieber bekommen. Sie haben um sie gekämpft, haben mich aus Caer Luel herbeigerufen. Eine Weile sah es so aus, als könnte sie es schaffen, sonst hätten wir dich viel früher kommen lassen. Aber dann, eines Morgens, erwachte sie nicht mehr aus ihrem Schlaf.«

Gawain schluckte den Stein herunter, der ihm die Kehle zugeschnürt hatte und nun in seinem Magen landete. »Das Kind?«, fragte er mit brüchiger Stimme.

Ein trauriges Lächeln huschte über ihr Gesicht. Um ihre Augen lagen Falten, die ihm zuvor nie aufgefallen waren. »Ein Mädchen. Ein gesundes, kräftiges Mädchen. Morgause gab ihr den Namen Thaney.«

Er hatte eine kleine Schwester. Morgause hatte nach vier Söhnen endlich einem Mädchen das Leben geschenkt, doch sie würde es niemals aufwachsen sehen.

»Sind meine Brüder hier?«

Sie nickte. »Bereits vor einer Woche angekommen. Wir haben lange auf dich gewartet.«

»Ich war in Erínn«, erklärte er mit brüchiger Stimme. »Eine weite Reise.«

»Ja, das haben deine Brüder berichtet.« Sie fuhr ihm durchs Haar und sah ihn ernst an. »Wir konnten nicht länger warten.«

Verwirrt runzelte er die Stirn.

»Sie musste bestattet werden, ihr Körper zerfiel bereits, obwohl er balsamiert und eingetucht war. Lot hat vor zwei Tagen angeordnet, dass Morgauses Leichnam verbrannt werden sollte.«

Gawain schüttelte den Kopf. Was sagte sie da?

»Ihre Asche wurde in alle vier Himmelsrichtungen verteilt, so wie sie es sich immer gewünscht hat.«

Er nahm Morgaine an den Schultern und schob sie etwas von sich fort. »Ihr habt sie bestattet? Ohne auf mich zu warten?«

Seine Tante nickte traurig.

Der Sturm der Wut erfasste ihn, ein Gefühl, das er selten erlebte, meist im Kampf gegen einen übermächtigen Gegner. Aber Morgaine konnte nichts dafür, sie sollte nicht das Ziel seines Zorns werden.

»Wo ist Lot?«, knurrte er. »In welchem Loch hat er sich verkrochen?«

»Gawain …«, sprach sie beschwichtigend.

»Nein!« Er schritt an ihr vorüber.

Diesmal würde er sich nicht beruhigen lassen. Lot hatte Morgause einäschern lassen, bevor ihr ältester Sohn da war, und hatte ihm somit die Gelegenheit genommen, sich von ihr zu verabschieden. Lot wusste immer, was er tat, und er tat es besonders gerne, wenn er ihm, Gawain, damit eins auswischen konnte.

Gawain ließ Wurzel und all seine Sachen zurück und marschierte durch das Tor auf den Vorplatz der Festung. Die Wachen erkannten ihn, ließen ihn passieren, wagten aber nicht, ihn zu grüßen. Sein Blick wandte sich nach oben zu dem Turm, den sich Lot wie einen römischen Wachturm hatte erbauen lassen.

Ein finsterer Schatten war am obersten Fenster auszumachen. Gawain ballte die Hände zu Fäusten und setzte seinen Weg fort.

Menschen, von denen er nur die Umrisse wahrnahm, wichen zur Seite. Einmal hörte er seinen Namen, doch er reagierte nicht, marschierte weiter, kämpfte gegen die Wut, die ihm den Blick verschleierte und ihn dazu drängte, alles klein zu schlagen, was ihm in die Quere kam, alles, was sein Vater sich erbaut hatte. Gawain widersetzte sich diesem Zorn ... wie er es bereits seit achtundzwanzig Jahren tat.

Er stapfte die schmalen Stufen hinauf, die zum Arbeitszimmer seines Vaters führten, bis er die Eingangstür erreichte.

Sie stand offen. Lot von Lothian erwartete seinen ältesten Sohn in aller Ruhe an seinem Arbeitstisch sitzend. Vor ihm befanden sich ein Teller mit Essen und ein Krug Wein. Hinter ihm hing an der Wand der Kopf seines Wappentieres, dem Eber.

Lot verschränkte die Arme und lehnte sich in seinem Sessel zurück. Sein Haar war noch immer schwarz wie Rabengefieder, seine Statur kräftig und trainiert. Gawain wusste, dass er trotz des fortgeschrittenen Alters jeden Tag mit seinem Schwert übte.

»Du hast sie bestatten lassen!«, fuhr Gawain ihn an und stürmte an den Tisch, wo er seine Fäuste niederschmetterte, sodass der Becher mit Wein umkippte.

Eine Augenbraue seines Vaters hob sich verächtlich in die Höhe. »Was sollte ich sonst mit einer Toten tun? Auf ewig anbeten, bis sich die Würmer aus ihrem Inneren nach außen fressen? Bis sich ihre Säfte über den Boden verteilen und meine Festung verpesten?«

»Du hättest warten können!«, brüllte Gawain. »Nur zwei Tage!«

»Woher sollte ich wissen, wann mein ältester Sohn sich bemüht, nach Hause zu kommen? Wir hatten keine Kenntnis davon, wann du dich sehen lassen würdest. Du warst bereits über-
fällig, du hättest vor Tagen hier sein sollen. Ich habe länger gewartet, als es üblich war. Sie musste bestattet werden.« Er seufzte tief und hatte endlich die Muße, sich zu erheben und seinem
Sohn Aug in Aug gegenüberzustehen. »Sie wurde verbrannt,
wie es sich für eine Königin gehört. Deine Brüder waren da, ihre
Schwester war da … wir haben Lieder für sie singen lassen von
den Schamanen und sogar von dem christlichen Priester, obwohl sie keine Christin war. Sie hat allen Segen bekommen, der
einer Königin auf ihrer letzten Reise gebührt.«

Die Kühle in Lots Worten brachte Gawain zum Kochen. Sein
Vater hatte seine Mutter niemals geliebt. Er vergoss gewiss keine
einzige Träne. Sie hatte ihm Söhne geschenkt, Macht. Aber sie
hatte ihm auch oft genug ihre Meinung mitgeteilt und ihn daran
gehindert, seine Intrigen so fortzuspinnen, wie er es wollte. Und
sie war bemüht gewesen, ihre Söhne aus diesen Intrigen heraus-
zuhalten. Das Einzige, was die beiden verband, war ihr Zorn auf
den Namen Pendragon.

»Du konntest es doch gar nicht erwarten, sie endlich aus dem
Weg zu schaffen«, knurrte Gawain. »Sag mir nicht, du hättest
um sie getrauert.«

»Sie war dreißig Sommer lang meine Gefährtin«, knurrte sein
Vater nun zurück. »Wir waren nicht immer einer Meinung. Aber
wir haben vieles miteinander erlebt. Mehr, als du dir vorstellen
kannst. Sie hat mir die Stirn geboten, wie es ein Krieger tun
würde, und dafür habe ich sie immer respektiert. Wir befanden
uns auf Augenhöhe, wir waren gleichwertige Partner in einem
Geschäft, das uns beiden Vorteile verschaffte. Ich habe sie nie-

mals geschlagen, ihre Worte waren kein unnützes Gefasel für mich. Wir haben viel diskutiert. Und das war gut so. Sie hat mehr erhalten, als es andere Frauen von ihren Männern erwarten können. Und bei Gott, ich habe auch viel mehr erhalten, als mir zugestanden hätte.«

Lot richtete sich auf und funkelte seinen Sohn mit finsteren Augen an. »Ich schlage vor, du gehst hinunter in die Halle. Deine Brüder warten auf dich. Gemeinsam könnt ihr trauern.« Er atmete tief durch. »Und wenn ihr eure Tränen getrocknet habt, wird es Zeit, über die Zukunft zu sprechen.«

»Du hast nicht über meine Zukunft zu bestimmen«, fauchte Gawain.

»Das werden wir sehen. Aber in deiner Verfassung bist du nicht in der Lage, klar zu denken.«

Erneut ließ Gawain seine Fäuste auf die Tischplatte knallen. »Ich kann sehr wohl klar denken!«

»Geh jetzt!«, befahl sein Vater mit frostiger Stimme.

Gawain fegte den Teller vom Tisch. Braten und Soße spritzten durch das Zimmer. Er wartete nicht ab, wie sein Vater reagierte, sondern verließ den Raum mit ausholenden Schritten.

Der Weg nach draußen führte durch die große Halle. Im Augenwinkel bemerkte er seinen Bruder Agravaine mit dem feuerroten Haar und Gaheris, der ihm nacheilen wollte, doch Agravaine hielt ihn zurück.

»Lasst mich allein!«, rief Gawain ihnen entgegen.

Niemanden sonst wollte er sehen. Den Blick richtete er auf seine Füße, die ihn hinaustrugen aus dieser Festung, diesen Mauern, die ihn einschränkten wie Fesseln ein wildes Tier.

Er lief hinaus, den Felsenweg hinab und durch das Tal. Sein Weg führte ihn zu jenem anderen Hügel, auf dem man bis zum

Meer und zum Fluss sehen konnte. Der Hügel, an dem die Menschen die alten Feste feierten, die Sommersonnenwende, Mittwinter, Tagundnachtgleiche. Es war auch der Ort, an dem sie der Toten gedachten.

Als er die grasbewachsene Ebene erreichte, war er verschwitzt, außer Atem und sein Herz pochte so schnell, als würde es aus seiner Brust springen.

Inmitten der Ebene stand ein einzelner Stein, die Spitze steil gen Himmel gerichtet, verziert mit alten Symbolen der Kraft. Daneben war ein dunkler Fleck auszumachen, die Überreste eines Feuers.

Gawain sank in die Knie. Die verbrannte Stelle war kalt, bereits erloschen. Natürlich.

Er legte den Kopf in den Nacken und starrte in den grauen Himmel. Und endlich löste sich der Knoten in seinem Inneren zu einem tiefen Schluchzen. Die Tränen vermischten sich mit einzelnen Regentropfen, die auf sein Gesicht fielen.

Er wusste nicht, was er sich davon erhofft hatte, den alten Hügel emporzusteigen. Vielleicht, dass er ihre Gegenwart erspürte. Irgendetwas. Sie konnte doch nicht einfach fort sein … nicht einfach so.

Der Regen wurde zu einem steten Nieseln. Gawain schloss die Augen und ließ die Tropfen seine Tränen fortspülen. Seine Wut ebbte ab, machte der noch viel größeren Trauer Platz.

Er hatte keine Ahnung, wie lange er schon dort kniete, als er nahende Schritte vernahm.

»Ich sagte doch, ihr sollt mich allein lassen!«, brüllte er, ohne hinzusehen, wer ihm Gesellschaft leisten wollte.

Die Person ließ sich jedoch nicht fortschicken, sondern hockte sich leise neben ihm nieder. Sie sagte nichts, saß einfach nur da. Gawain bemerkte im Augenwinkel das Blau eines Kleides und ineinander gefaltete, zarte Hände. Überrascht sah er auf, in das blasse Gesicht und die hellblauen Augen seiner Nichte.

»Elayne, was tust du denn hier?«

Sie lächelte traurig und strich sich eine ihrer schwarzen Haarsträhnen aus dem Gesicht. »Wir sind gekommen, um Morgause die letzte Ehre zu erweisen«, sprach sie sanft. Der Regen schien ihr genauso wenig auszumachen, wie dass sie ihr gutes Kleid auf der feuchten Erde beschmutzte.

»Lancelot ist auch hier?«

Sie nickte. »Mein Gemahl wartet unten am Fuß des Hügels.«

»Kluger Mann.« Gawain räusperte sich. »Geh zurück in die Festung, du wirst ganz nass.«

Sie schüttelte den Kopf, sah ihre Hände an und dann wieder ihn. »Weißt du, es gab einmal ein kleines Mädchen, das seine Mutter verloren hatte. Es glaubte, nie wieder das Licht sehen zu können, so finster kam ihm die Welt ohne seine Mutter vor. Die Kleine weinte Tag und Nacht und ließ niemanden an sich heran. Nicht ihren Vater, nicht ihre Amme und auch nicht ihre Ziehschwestern.« Elayne lächelte sacht und ein Hauch von Röte zog sich über ihre Wangen. »Doch eines Tages kam ein Junge, der ihre Tränen einfach ignorierte, ihr lustige Geschichten erzählte, mit ihr Verstecken spielte … sie zum Lachen brachte, obwohl sie beschlossen hatte, nie wieder lachen zu wollen. Der Junge brachte das Licht zurück in ihr Leben.« Sie legte den Kopf schief und sah ihm direkt in die Augen. »Bitte lass diesmal mich ein wenig Licht zurück in dein Leben bringen.«

Unwillkürlich lächelte er. Seine liebe kleine Elayne mit dem Haar, so schwarz wie. Rabengefieder, und dem Herzen einer Kriegerin. Er griff nach ihrer Hand, drückte sie fest und nickte. Also rutschte sie etwas näher an ihn heran und legte den Kopf an seine Schulter.

Sie ließen den Regen auf sich herabnieseln, hielten einander fest und sagten nichts. Aber es waren auch keine Worte nötig. Sie beide wussten nun, wie es war, um die Mutter zu trauern. Niemand würde sie je ersetzen können.

Gawain legte einen Arm um seine Nichte und seine Wange auf ihr nasses Haar. »Wir sollten nach unten gehen«, murmelte er. »Nicht dass du krank wirst und ich mir eine Tracht Prügel von Lance einhole, weil ich nicht auf seine Gemahlin geachtet habe.«

»Wir müssen noch nicht gehen, wenn du nicht möchtest«, meinte sie. »Lass dir Zeit. Ein bisschen Regen schadet uns nicht, wir sind doch Kinder des Nordens.«

Er lachte kurz auf. »Lance aber nicht. Der kommt aus dem Süden und beschwert sich bereits bei dem ersten Tropfen.«

»Nun gut, dann gehen wir, damit er nicht krank wird.«

»Genau, damit die zarte Pflanze aus dem Süden keinen Schaden nimmt.« Schmunzelnd richtete sich Gawain auf und reichte Elayne die Hand, um ihr beim Aufstehen zu helfen.

Zum ersten Mal sah er sie richtig an. Sie trug das blaue Kleid, das er oft in Camelot an ihr gesehen hatte. Nur irgendwie wirkte es nun anders. Er zog nachdenklich die Brauen zusammen und kratzte sich am Bart. Auch ihr Gesicht wirkte verändert … weicher. Sein Blick blieb an ihrer Taille hängen.

»Tritt mich der Esel, Elayne!« Er fasste sie an den Schultern und sah nochmals an ihr herab. »Dann sitzt du hier seelenruhig im Regen?! Lance bringt mich um, wenn du krank wirst!«

Sie kicherte verlegen und legte unwillkürlich eine Hand auf die leichte Wölbung ihres Bauches, die noch kaum auszumachen war. Aber das bestätigte seine Vermutung. Elayne und Lancelot erwarteten ein Kind! Das war wirklich ein Lichtblick in der Finsternis.

Sanft schloss er sie in die Arme und drückte sie an sich. »Danke ... danke, dass du hier bist.«

»Lass uns nach unten gehen«, schlug sie nun ihrerseits vor. »Du hast doch bestimmt auch Hunger. Ich jedenfalls könnte einen ganzen Ochsen verdrücken.«

Er nahm sie an die Hand und führte sie den Pfad hinab, obwohl sie protestierte. Am Ende dieses Weges wartete eine groß gewachsene Gestalt auf sie, mit dunkler Kleidung und einem Bart, der ihm sehr gut stand.

Gawain ließ sich von ihm auf die Schulter klopfen.

»Dein Kummer tut mir leid«, meinte Lancelot aufrichtig. »Morgause war eine starke Frau und sie hat wunderbare Söhne großgezogen.«

Gawain nickte dankbar. Dann huschte ein Schmunzeln über sein Gesicht. »Man darf dir wohl gratulieren.« Er schlug ihm gegen den Oberarm. »Kaum verheiratet und schon ein Kind unterwegs.«

Lancelot schenkte Elayne ein warmes Lächeln. »Es ging schneller als gedacht.«

»Erspart mir die Einzelheiten«, erklärte Gawain und legte sowohl Lancelot als auch Elayne einen Arm um die Schulter, sodass er seine Freunde rechts und links neben sich hatte. »Habt ihr den kleinen Gal auch mitgebracht?« Den Sohn der beiden, der lange vor ihrer Hochzeit geboren worden war, hatte er tief in sein Herz geschlossen.

»Er ist zu Hause mit Liam«, erklärte Elayne.

»Ihr müsst mir alles über euer neues Zuhause erzählen.« Gawain spürte, wie seine Kraft zurückkehrte und er wieder in der Lage war, klar zu denken. »Aber zunächst gibt es wohl einiges zu klären. Ich bin so froh, euch hier zu sehen. Mit euch beiden und Morgaine im Rücken wird sich Lot hüten, seine Intrigen zu entfalten.«

»Lot hat mit der Entfaltung seiner Pläne bereits begonnen«, murmelte Lancelot. »Er hat sich sehr intensiv mit seinem Bruder Uryen unterhalten.«

Uryen war Morgaines Ehegatte und es verwunderte daher nicht, dass er ebenfalls nach Din Eidyn gekommen war. Die Brüder Uryen und Lot hatten einst Seite an Seite gegen Artus gekämpft. Hatten sie vor, ihre Kräfte erneut zu vereinen?

Der Regen ließ nach, die Wolken lichteten sich ein wenig und gaben den Blick frei auf die untergehende Sonne. Die Festung auf dem Felsen wurde in orangefarbenes Licht getaucht.

»Kommt ihr heute zu mir und meinen Brüdern zum Essen? Die Kammer ist groß genug, um die halbe Familie unterzubekommen.«

»Sehr gern.« Elayne nickte. »Ich werde mir vorher ein neues Kleid suchen, vielleicht leiht mir Morgaine eines von ihren.«

Das erinnerte Gawain daran, dass er sich ebenfalls noch den Staub der Reise vom Körper waschen musste, und er fuhr sich genervt durch das wirre Haar.

»Hast du wieder deinen Kamm verloren?«, neckte ihn Elayne.

Er lachte leise und küsste sie fest auf die Stirn.

Oh ja, er freute sich sehr, dass seine Freunde hier waren.

So ertrug er den Schmerz leichter.

Es wurde Zeit, mit seinen Brüdern zu sprechen.

KLINGENZORN

Der nächste Tag brachte Sonnenschein, und Gawain verließ erst kurz vor Mittag seine Kammer. Die lange Reise steckte in seinen Knochen. Nun gut, eher war wohl das Saufgelage mit seinen Brüdern Agravaine und Gaheris für den Brummschädel verantwortlich, den er beklagen durfte.

Sie hatten lange Zeit zusammengesessen und über ihre Mutter gesprochen. Dabei war viel Met geflossen … dazu auch einige Tränen, vor allem vom Jüngsten, Gaheris. Aber wo, wenn nicht in seiner eigenen Kammer, durfte ein Mann Tränen vergießen um die verstorbene Mutter?

Da Gawain aber ungefähr das Doppelte von dem getrunken hatte, was sich seine Brüder einverleibt hatten, war es nicht verwunderlich, dass er als Letzter die gemeinschaftliche Kammer verließ.

Das Sonnenlicht lockte ihn nach draußen. Er beschloss, mit seinen Klingen zu trainieren. Auf Reisen hatte er oft nicht viel Zeit zum Üben, doch wenn er zu lange ruhte, wurde er langsam, was er sich bei seinem Kampfstil nicht leisten konnte. Er war kein groß gewachsener Mann wie Artus, seine Schwerttechnik war nicht so ausgefeilt wie die von Lancelot, ebenso fehlte ihm die Körperkraft anderer Kampfgefährten. Nein, Gawains Stärke war Schnelligkeit, eine Gabe, die nicht von selbst kam, sondern durch stete Übung.

Der Hof der Festung bot wenig Platz für Kampfübungen. Doch den Fels hinunter gelangte man zu einem kleinen Teil, der nur von Wiese und Moos bedeckt war. Hier bemerkte er, dass er nicht der Einzige war, der seine Waffen schwingen lassen wollte. Er erkannte einige Krieger Lothians sowie seine Brüder, die sich bereits verausgabten, darunter eine hochgewachsene Gestalt mit dunklem Haar.

Elayne stand an dem Gatter, das den Kampfbereich absperrte, und begrüßte Gawain mit strahlendem Lächeln. »Sieh an, wer uns mit seiner Anwesenheit beehrt.«

»Guten Morgen, kleine Nichte«, neckte er sie und stützte sich mit den Unterarmen auf der Absperrung ab. »Bewunderst du deinen Ehemann beim Kämpfen?«

»Er ist der Beste«, gab sie stolz lächelnd zu bedenken.

Er hob eine Braue und grinste. »Dann ist seine Hand also wieder verheilt?«

Sie nickte in Lancelots Richtung, der gerade Agravaines Angriff parierte. »Sieh doch selbst.«

Tatsächlich schien seinem dunkelhaarigen Vetter das Eheleben recht gut zu bekommen. Er hatte weder Fett angesetzt, noch gingen ihm die Haare aus. Also brachte die Ehe doch kein vorzeitiges Altern mit sich. Oder es lag an dem Glück, das Lancelot mit Elayne teilte.

Gawain ließ den Blick über die Kämpfenden gleiten. Gaheris, der ihm selbst so sehr ähnelte, übte gerade mit einem schlankeren dunkelhaarigen Jüngling. »Wer ist der Junge, der mit dem Kleinen kämpft?«, fragte er Elayne.

Die Fröhlichkeit wich aus dem Gesicht seiner Nichte. »Das ist Ywein, Uryens Sohn.«

»Hm, er ist erwachsen geworden«, stellte Gawain fest, der den jungen Mann zuletzt gesehen hatte, als er noch pickelig und schmächtig am Rockzipfel seiner Zwillingsschwester hing.

Elayne sagte nichts dazu, hielt den Blick nur nachdenklich auf Ywein gerichtet.

»Was ist? Hat er dich geärgert, als ihr Kinder wart?«, wollte Gawain amüsiert wissen.

Doch seine Nichte schüttelte den Kopf und strich eine Haarsträhne hinters Ohr. »Es ist im Grunde noch gar nicht so lange her …« Sie biss sich auf die Unterlippe und musterte Gawain kritisch. »Ich habe Lance nichts davon erzählt. Eigentlich ist die Angelegenheit auch geklärt und ich gehe davon aus, dass Ywein bekam, was er verdiente, aber …« Sie räusperte sich dezent und hob vielsagend die hübsch geschwungenen schwarzen Brauen. »Es wäre mir eine Wohltat, den jungen Ywein mit dem Gesicht im Dreck landen zu sehen.«

Überrascht kratzte er sich am Kinn. Es musste etwas Ernstes zwischen den beiden vorgefallen sein, sonst würde Elayne nicht so reden, das war nicht ihre Art. »Soll ich einen Drachen für dich köpfen?«, meinte er amüsiert.

Sie nickte und grinste ebenfalls.

Gawain deutete eine Verbeugung an. »Wie du wünschst, meine holde Dame.« Er stützte sich auf dem Gatter ab und schwang sich über die Absperrung. An dem Holzgebälk lehnten mehrere

Übungswaffen. Er nahm sich davon zwei Holzschwerter und ließ seine eigenen echten Waffen zurück.

Der Kampf zwischen seinem Bruder und Ywein war recht ausgeglichen, was wohl daran lag, dass Gaheris selbst noch unter der durchzechten Nacht litt.

Gawain legte ihm eine Hand auf die Schulter. »Gönn dir doch einen Schluck Wasser und ich übernehme hier.«

Sein Bruder lächelte dankbar und überließ ihm seinen Platz. Gawain schwang probehalber die beiden Holzschwerter, um ein Gefühl für sie zu bekommen, und musterte Uryens Sprössling aufmerksam.

»Ywein, richtig?«

Der junge Mann nickte.

Wie alt mochte er sein? Zwanzig Sommer?

»Und du bist Gawain«, erwiderte er etwas trotzig.

Gawain beugte das Haupt, ohne den Jungen aus den Augen zu lassen. »Freut mich.«

Er hatte kaum den Kopf wieder gehoben, da griff Ywein auch schon an. Mit ungestümer Wucht raste er auf Gawain zu, das Holzschwert kräftig über dem Kopf schwingend.

Gawain brauchte nur einen Schritt zur Seite zu machen und Ywein taumelte an ihm vorüber.

»Oha, nicht so wild«, warnte er den Jungen. »Nicht dass du dich noch selbst verletzt.«

Er warf Elayne nur einen kurzen Blick zu, da raste Ywein auch schon wieder auf ihn zu. Aufgrund Gawains Unachtsamkeit traf ihn das Übungsschwert am Oberschenkel und er knurrte schmerzverzerrt auf.

Ywein blitzte ihn triumphierend an. »Also ist der wendige Lichtfalke doch eher ein gackerndes Huhn.«

Kritisch hob Gawain die Brauen. Das waren anmaßende Worte für einen Jungen, den er kaum kannte und der gut zehn Sommer weniger gesehen hatte. Gawain streckte seine beiden Klingen in die Höhe. »Kannst du auch etwas anderes außer große Reden halten?«

Die nächste Parade konterte Gawain mit zwei gut sitzenden Schlägen, wandte sich nach links und versetzte dem Jungen einen Schlag gegen den Rücken, sodass er bäuchlings im Dreck landete.

»Übe dich in Respekt und wenn du dann noch immer ein Krieger sein willst, lass dir eine gescheite Technik beibringen«, riet er dem Jüngling und schüttelte den Kopf.

König Uryen hatte den Sohn ziemlich geschont, wie es schien.

Trotzig rollte sich Ywein auf den Rücken und wischte sich mit dem Ärmel den Dreck aus dem Gesicht. »Von dir lasse ich mir gar nichts sagen«, meinte er aufmüpfig und rappelte sich auf, um den Übungsplatz mit einem Gesicht wie tausend Jahre Finsternis zu verlassen.

»Sieh an, Gawain legt sich mit verzogenen Bälgern an«, hörte Gawain eine amüsierte Stimme hinter sich.

Lancelot tippte sich grinsend mit der Spitze seiner Übungswaffe gegen die Stirn. »Wie wäre es mit einem ebenbürtigen Gegner?«

Gawain neigte das Haupt. »Immer wieder gerne, alter Freund.«

»Alt trifft es wohl ganz gut.« Lancelot lachte und lockerte die Schultern, sodass Gawain das Knacken seiner Knochen hörte.

Lancelot war der beste aller Kämpfer der Tafelrunde. Seine Kampfkunst suchte seinesgleichen. Jeder Schritt und jeder Hieb waren durchdacht, saßen in Perfektion durch jahrelanges Training und eine naturgegebene Gewandtheit. Als sich die Götter überlegten, dass Britannien einen Krieger brauchte, der in die Schriftrollen aller Chronisten eingehen sollte, formten sie wohl Lancelots Körper und seinen Verstand.

Gawain ging in Verteidigungsstellung. »Wo bleibt dein Angriff?«

Lancelot war mit einem Schritt bei ihm. Verdammt, Gawain hatte seine enorme Reichweite außer Acht gelassen. Gerade so schaffte er es, sich auf die Seite zu drehen und dem Schlag auszuweichen, ohne die Wucht mit seinen beiden kürzeren Waffen abwehren zu müssen.

Durch seinen eigenen Schwung verlor Lancelot ebenso wie Ywein zuvor kurzzeitig das Gleichgewicht, landete aber gekonnt auf einem Knie und schwang sofort die Klinge herum in Gawains Richtung. Diesem blieb nichts anderes übrig, als auf- und über die Klinge hinwegzuspringen.

Geschickt kam er wieder auf seinen Füßen auf und hob die Brauen. Lancelot schmunzelte und ging zum nächsten Angriff über, den Gawain erneut mit Gewandtheit parierte, bevor er selbst einen Vorstoß wagte.

Schlag um Schlag tauschten sie aus, parierten die Angriffe, wichen aus … doch keiner von beiden schaffte einen wirklichen Treffer.

Bald lief ein Rinnsal von Schweißtropfen Gawains Rücken hinunter, sein Herz raste im Einklang mit den Parierschlägen. Längst hatten die anderen Krieger ihre Übungen unterbrochen, um den beiden Männern beim Kämpfen zuzuschauen. Gawain hatte keine Zeit, sie zu beachten. Jeder Moment der Unaufmerksamkeit konnte gegen Lancelot die Niederlage bedeuten.

Sein Freund forderte alles von ihm. Geschicklichkeit, Ausdauer, Einfallsreichtum. Was hatte er diese Herausforderungen in den letzten Monden vermisst.

Einmal schaffte es Gawain, Lancelot zum Rückschritt zu bewegen. All seine Kraft legte er in den nächsten Schlag, doch sein Waffenbruder wich zur Seite und der Hieb ging ins Leere. Das Gras unter seinem rechten Fuß war fortgescheuert und Gawain rutschte auf dem Flecken aus.

Lancelot holte für den finalen Angriff aus, aber Gawain schaffte es noch, sich zur Seite zu drehen und ihm mit dem Ellbogen einen dezenten Schubs zu geben. Mit einem leisen Fluch landete sein Freund neben ihm im Gras und beide mussten schlagartig lachen … so laut und so herzhaft, dass sie auf dem Boden lagen wie zwei betrunkene Käfer.

Ein Schatten ragte plötzlich über ihnen auf und Gawain richtete sich auf.

Sein Vater stand mit überkreuzten Armen dort und sah wenig amüsiert auf sie herab. »So kämpft man also in der Tafelrunde? Sehr interessant. Sieht mehr nach einem Kinderspiel aus.«

Gawain sah hinüber zu Lancelot, der entnervt die Augen rollte. Für ihn ergab es wenig Sinn, sich mit Lot anzulegen. Für Gawain hingegen umso mehr.

Er stand auf und reichte seinem Vetter die Hand. Seite an Seite klopften sie sich die Erde von der Kleidung.

Sein Vater musterte ihn mehr als kritisch. Warum schaffte er es, dass sich Gawain dabei fühlte wie ein unerfahrener Bengel? Stolz richtete er sich zu voller Größe auf, denn er war immerhin größer als Lot.

»Kann ich dir in irgendeiner Weise behilflich sein?«, wollte Gawain von seinem Vater wissen.

Lot, in ein dunkles Wams mit dem üblichen Muster der nordischen Stämme gekleidet, nickte und deutete auf die beiden Holzklingen, die zu Gawains Füßen lagen. »Zeig mir, was du kannst.«

Gawain schüttelte den Kopf. »Das hast du gerade gesehen.« Er wischte sich den Schweiß aus den Augen. »Mir steht der Sinn nach frischem Wasser und einem Bad.«

Sein Vater hob nun selbst die beiden Übungswaffen auf und hielt ihm eine davon entgegen. »Dein Bad kannst du später noch haben.« Er sah ihn spöttisch an. »Na los, zeig mir, dass du auch etwas anderes beherrschst, als dich zu betrinken und im Gras mit deinen Kumpanen zu raufen.«

Gawain wandte sich an Lancelot. »Nun denn, Lance. Sieht so aus, als hätte ich noch ein Tänzchen vor mir.«

Sein Freund verstand. Das war eine Sache zwischen Vater und Sohn. Mit einem Blick, der sagte ›Pass auf, er führt etwas im Schilde‹ trat er zurück.

Gawain nahm das Schwert entgegen und seufzte. Zu mehr kam er nicht, denn Lot stieß bereits zu, er konnte gerade noch ausweichen.

Sein Vater lachte auf. »Du siehst müde aus.«

Wenn Gawain und Lance sich solche verbalen Schlagabtausche lieferten, klang jedes Mal der Schalk und ihre vetterliche Zuneigung mit. In der Stimme seines Vaters lag nichts Schalkhaftes. Es war pure Gehässigkeit.

»Willst du reden oder kämpfen?«, entgegnete Gawain möglichst ruhig, denn er wusste, dass sein Vater ihn nur provozieren wollte.

Aber er war kein zwanzigjähriger Jüngling wie Ywein. Er ließ sich nicht so leicht reizen.

Lot begann, um ihn herumzugehen, Schritt für Schritt, jeder davon wohl gesetzt, die hölzerne Spitze in Gawains Richtung zeigend.

»Armer kleiner Vogel«, knurrte Lot. »Wo ist deine Deckung? Ich sehe deine Arme nur schlaff herunterhängen. Hast du dir nichts von dem gemerkt, was ich dir beigebracht habe?«

Es waren andere, die Gawain das Kämpfen gelehrt hatten. Das meiste hatte er sich selbst angeeignet.

Er behielt Lot im Blick und atmete gleichmäßig durch die Nase. Lots Wappentier mochte das Wildschwein sein, seine Kampfrichtung war die eines Raubtieres. Er brachte sein Opfer in eine passive Haltung, um dann plötzlich anzugreifen.

Gawain wusste, wie er diese Taktik durchbrechen konnte.

Nur ein Ausfallschritt war nötig, er griff Lot auf der ungedeckten Seite an, wich aus, bevor sich dieser seinen nächsten Schritt überlegen konnte, und schlug ihm auf die andere Schulter.

Lot brüllte zornig auf und griff an. Seine Schlagfolge war schnell, rhythmisch, unnachgiebig und voller Kraft. Er mochte älter als sie alle hier auf dem Platz sein, aber er hatte in mehr Kriegen und Schlachten gekämpft als jeder andere. Er hatte gegen Uther gekämpft, dann mit Uther, gemeinsam hatten sie gegen Artus Krieg geführt und dann mit ihm gegen die Angeln und Sachsen. Er hatte sich gegen piktische Stämme erwehrt und gegen die Skoten, die nunmehr hier einfielen. Und Lot war niemand, der seine Krieger vorschickte. Er befand sich stets ganz vorne an der Front.

Gawain parierte jeden Schlag, wurde nach hinten getrieben zu einem Felsblock, den er gerade so im Blick behalten konnte. Dort angekommen, stellte er sich kurz darauf und sprang über Lots Schläge hinweg.

Nun war es an Gawain, das Tempo zu bestimmen. Gewohnt, den Rhythmus mit zwei Klingen vorzugeben, musste er jetzt mit einer einzelnen die Taktfolge ändern.

Schlag nach rechts, dann nach links, zweimal nach rechts und Stich nach vorne, als sein Vater für einen Moment die Deckung fallen ließ. Lot wand sich zur Seite und packte seinen Schwertarm.

Auge in Auge standen sich Vater und Sohn gegenüber. Lot drückte fester zu und Gawain presste die Kiefer aufeinander, nicht willens, auch nur einen Fingerbreit nachzugeben.

Gawain sah zwei Möglichkeiten. Seine linke Hand war bereits zur Faust geballt. Er hätte nur ausholen müssen, um Lot in den Bauch zu boxen. Oder er hob das Knie und traf den König von Lothian dort, wo es einem Mann am meisten schmerzte. Zwei Optionen, über die er in einem tatsächlichen Kampf nicht lange nachgedacht hätte. Aber dieser Gegner war sein Vater.

Lot hatte weniger Bedenken. Mit verkniffenen Lippen holte er aus und versetzte seinem Sohn eine Kopfnuss. Gawain lockerte seinen Griff und taumelte nach hinten.

»Verdammt!«, brüllte er und funkelte Lot zornig an, während der triumphierend grinste.

Die Grenze in ihm brach. Mit einem Brüllen stürmte er auf seinen Vater zu, ließ die Übungswaffe fallen und holte mit der geballten rechten Faust aus.

Diese wurde noch in der Bewegung aufgefangen.

Lancelot stand auf einmal zwischen den beiden und hielt Gawains Arm.

»Tu das nicht«, bat sein Freund leise, der Blick seiner dunklen Augen voller Verständnis. »Er ist immer noch dein Vater.«

»Warum hältst du ihn auf?«, höhnte Lot. »Dort drüben stehen seine Brüder. Sollen sie ruhig sehen, welch faule Frucht in seinem Herzen wohnt.«

Lancelot ignorierte die Worte des Königs, sondern ließ Gawains Hand los.

Gawain atmete tief durch und drehte sich um.

»Sieh doch, wie er den Schwanz einzieht. Kleines Vöglein, flieg hinfort.«

Mit zwei Schritten war er an Lancelot vorbei und noch bevor Lot begriff, was geschah, verpasste Gawain seinem Vater einen Kinnhaken, sodass dessen Gesicht nach hinten schleuderte.

Lancelot umfasste Gawain und hinderte ihn daran, nochmals auf Lot loszugehen. Da sein Freund größer war, gelang es ihm.

»Ruhig, Gawain, ruhig«, bat Lancelot.

Gawain schnaufte verächtlich durch die Nase. »Lass mich, er hat es verdient. Er hat es so verdient.«

»Ich weiß«, murmelte Lancelot, sodass nur Gawain ihn hören konnte. »Aber nicht hier und nicht heute.«

Gawain ließ seinen Vater nicht aus den Augen. Dieser wischte sich einen Tropfen Blut aus dem Mundwinkel und trat an seinen ältesten Sohn heran.

»Es wird Zeit, dieser Farce ein Ende zu bereiten. Mach dich frisch und dann erwarte ich dich in meinem Arbeitszimmer. Dich und deine Brüder.« Er lächelte Lancelot kühl an. »Und dir, Lancelot vom See, danke ich für deinen Einsatz. Doch du solltest nun in dein eigenes Zuhause zurückkehren. Deine Anwesenheit war mir eine Wohltat, insbesondere, da du mit meiner Enkeltochter verheiratet bist. Gehab dich wohl. Sicher wirst du noch vor dem Abendrot deine Sachen gepackt haben.«

Das war Lots Art, dem Recken zu sagen, dass er Din Eidyn gefälligst heute noch zu verlassen hatte.

Lancelot wartete, bis Lot außer Sichtweite war, erst dann ließ er seinen Vetter los.

Gawain schnaubte verächtlich aus. »Die Spielereien sind zu Ende, Lot zeigt nun sein wahres Gesicht.«

»*Ita est*«, stimmte Lancelot zu. *So ist es.*

LOTS

ENTSCHEIDUNG

E r hätte seinen Vater nicht schlagen sollen.

Gawain grämte sich, sodass er beschloss, nicht zurück in die Festung zu gehen, sondern zum Fluss. Der Marsch dorthin dauerte lange genug, damit er seine Gefühle wieder unter Kontrolle brachte.

Nur Lot war dazu in der Lage, ihn dermaßen aus der Fassung zu bringen. Gawain hätte sich am liebsten selbst geschlagen. Wieso hatte er sich provozieren lassen? Nur weil sein Vater ihn wieder einmal kleingemacht hatte? Sein Vater hielt ihn für einen Versager, einen Nichtsnutz ... womöglich brachten ihn seine Worte so in Rage, weil er ganz tief in sich selbst spürte, dass er recht hatte.

Gawain war der Erstgeborene von Lothian. Dem römischen Geburtsrecht nach wäre er der nächste König dieses Landstrichs.

Doch Gawain hegte kein Interesse daran, König von irgendetwas zu sein. Er liebte sein Leben in der Tafelrunde, seine Bruderschaft, den Wein und ja, auch die Frauen. War er deswegen ein Versager? War sein Leben deswegen sinnlos?

Nein. Seine oberste Aufgabe bestand darin, Britannien zu schützen und Artus, dem er Treue geschworen hatte. Lot aber vermochte sich nicht vorzustellen, dass irgendjemandem diese Aufgabe genügen würde. Wer wollte schon auf ewig dienen? Dem Land, einem anderen König? Wenn man doch selbst eine Krone tragen konnte und noch viel mehr Macht in Reichweite stand.

Gawain legte an einer seichten Stelle des Flusses seine Kleidung ab und ließ sich in die sachten Wellen gleiten. Sofort spürte er die Erleichterung, die das kühle Nass seinen angespannten Muskeln brachte.

Er wusch sich den Schweiß vom Körper und massierte mit den Fingerspitzen seine Kopfhaut, bis diese kribbelte. Erst als ihn die Kälte schlottern ließ, kam er aus dem Wasser heraus und setzte sich in die Sonne, um dort zu trocknen.

Eine Möwe flog kreischend über ihn hinweg. Sonnenstrahlen glitzerten auf der Flussoberfläche wie verlockende Edelsteine. Es roch nach dem Salz des nahen Meeres sowie dem Moos und dem Gebüsch, die das Ufer bedeckten. Er hatte vergessen, wie friedlich dieser Ort sein konnte.

Hier in dieser Ruhe kam er wieder zu klaren Gedanken. Nein, nicht mit ihm selbst stimmte etwas nicht, sondern mit seinem Vater.

Britannien zu beschützen, das Volk zu schützen mit seinen Talenten, seinem Verstand und seiner Kampfkunst, das war etwas, worauf Gawain stolz sein konnte. Einem König zu dienen, der das Gute wollte, nämlich den Frieden für sein Land, daran fand er nichts Verwerfliches.

Gawain wollte niemals selbst König sein.

Es wurde Zeit, dies seinem Vater ein letztes Mal klarzumachen.

Doch bevor er diesem gegenübertrat, suchte Gawain die Kammer auf, in der seine neugeborene Schwester weilte. Zögerlich klopfte er an die Tür und hörte die leise Bitte, einzutreten.

Die Amme erhob sich und beugte das Haupt, da sie ihn offensichtlich erkannte.

»Mein Herr, deine Schwester schläft«, erklärte sie leise.

»Darf ich sie einen Moment ansehen?«, bat er flüsternd.

»Natürlich«, sprach die Frau, die etwa in Gawains Alter war, und trat zur Seite.

Die Kleine lag in einer Krippe, eingewickelt in Tücher und Felle, und schlummerte so friedlich, als hätte sie noch nie den Kummer dieser Welt erlebt. Dabei hatte sie doch ihre Mutter verloren. Sie würde nie erfahren, wie herzlich Morgause lachte – oder wie zornig sie schimpfte. Wie gut sie nach dem Blütenwasser duftete, mit dem sie sich die Haare wusch, und wie grün ihre Augen leuchteten. Sie würde niemals die Milch ihrer Mutter bekommen, so wie ihre Brüder, die gesunde und kräftige Kinder gewesen waren.

Thaney sah so zart aus, ihre Nase so klein, ihr Mündchen war im Schlaf zu einem Lächeln verzogen. Ein dunkler Flaum zierte ihr Köpfchen. Sie würde gewiss solch wundervolles Haar bekommen wie die Mutter.

»Trinkt sie gut?«, flüsterte er an die Amme gewandt.

»Sehr gut. Wie eine kleine Kriegerin. Wie ihr Bruder.«

Lächelnd schaute er die Amme nochmals an und erst jetzt erkannte er sie.»Presca!« Seine erste ... Liebschaft.

»Habe ich mich so verändert?«, wollte sie belustigt wissen.

Die Wellen ihres Haares waren unter einem Tuch verborgen, doch ihre Nase wurde noch immer von neckischen Sommersprossen geziert und ihr Blick war warm und einfühlsam. Allerdings war sie etwas runder geworden, aber das machte nichts, sie sah noch immer wundervoll aus. Ein Lichtstrahl in der Finsternis, die er verspürte. Einem inneren Drang folgend schritt er auf sie zu und schloss sie in eine feste Umarmung.

»Es ist so schön, dich zu sehen«, murmelte er.

Sie schob ihn kichernd von sich.»Verzeihung, es ist zwar auch sehr schön, dich wiederzusehen, doch ich bin noch immer verheiratet.«

Grinsend musterte er sie. Sie wirkte wie das blühende Leben, also bekam ihr die Ehe bestens.»Ist er gut zu dir?«

Sie nickte und stemmte eine Hand in die Hüfte.»Besser als gedacht. Er ist liebevoll, rülpst selten und schnarcht nur, wenn er auf dem Rücken liegt. Vier Kinder haben wir zustande gebracht und jedes davon ein Prachtstück.«

»Dann haben dich die Götter wahrlich gesegnet.«

»Als wärest du gläubig.« Sie prustete und betrachtete ihn kritisch.»Oder hat sich das geändert?«

»Nicht wirklich.«

»Und hat es ein Weib geschafft, dich zu fesseln? Nicht vorübergehend, meine ich, sondern fürs Leben.«

Er hob entschuldigend die Schultern.»Auch nicht wirklich. Die besten sind schon alle verheiratet.«

Sie schlug ihm gegen den Arm und hielt sich vor Lachen eine Hand auf die Brust.

Ein kleines Wimmern aus der Krippe erinnerte sie daran, dass sie nicht allein waren.

»Oh, siehst du«, schalt ihn Presca, »jetzt hast du deine kleine Schwester geweckt.«

Neugierig beobachtete er, wie seine Jugendliebe das winzige Bündel hochnahm und leicht hin und her wiegte.

Das kleine Wesen beruhigte sich etwas und blinzelte in die Welt hinein.

Gawain trat etwas näher, um seine Schwester zu betrachten. Sie machte wirklich einen gesunden Eindruck, mit der rosigen Haut und den vollen Wangen.

»Möchtest du sie mal halten?«, bot ihm Presca an.

Er nickte ehrfürchtig in Anbetracht des winzigen Lebens und blieb zunächst etwas steif, als die Amme ihm das Kind gereicht hatte. Doch als das kleine Wesen seine großen unschuldigen Augen auf ihn richtete, überkam ihn eine Welle der Zuneigung, und er erinnerte sich an jene Momente, als ihm seine Mutter seine Brüder in die Arme gelegt hatte.

Agravaine hatte schon damals einen roten Flaum auf dem Kopf gehabt. Gareth war ein richtig dicker Brocken gewesen, während der Jüngste von ihnen, Gaheris, glatzköpfig und zierlich und mit strahlendem Lächeln zu ihm aufgesehen hatte.

»Kleine Schwester«, murmelte er. »Thaney, ich sollte hier sein, um dich zu beschützen, denn ich bin dein ältester Bruder.« Seufzend wiegte er sie hin und her. So nah bei ihm hielt sie ganz still und lauschte aufmerksam dem, was er zu sagen hatte. »Ich sollte dir beibringen, auf eigenen Füßen durchs Leben zu laufen, ein Schwert zu halten und auf Pferden zu reiten.«

»Sie ist ein Mädchen.« Presca lachte auf.

Gawain grinste seine Schwester an. »Das macht nichts. Sie sollte es trotzdem lernen, damit kein Mann auf dieser Welt ihr gefährlich werden kann.«

Sein Blick verfinsterte sich. Wie sollte er sie vor ihrem Vater schützen und vor dessen Intrigen? Er würde sie verheiraten, sobald sie im rechten Alter dafür war, und einen Mann wählen, der ihm am aussichtsreichsten erschien.

»Ich kann nicht bei dir bleiben«, flüsterte er und ihm brach das Herz. »Vater wird mich verbannen.« Deswegen hatte er die Kammer aufgesucht. Er musste sie sehen, musste begreifen, was er mit seinem Tun aufs Spiel setzte.

Presca sog scharf die Luft ein und legte ihm eine Hand auf den Arm. »Geh nicht«, bat sie. »Du hast recht, sie wird dich brauchen.«

Gawain schüttelte traurig den Kopf. »Wenn ich bleibe, werden Lot und ich uns gegenseitig töten.« Er holte tief Luft. »Aber, kleine Thaney, ich wünsche dir, dass deine Kindheit voller Sonnenstrahlen ist. Dass du heranwächst zu einer Frau, die selbst entscheiden darf, wonach ihr der Sinn steht. Bei allen Göttern – den alten und dem neuen –, so wahr ich Gawain, der Lichtfalke von Lothian, bin, ich wünsche dir, dass du alles Glück erfährst, das diese Welt zu bieten hat.«

Er hauchte ihr einen Kuss auf die Stirn, sog ihren zarten Säuglingsduft ein und schloss kurz die Augen. Dann wurde es Zeit. Vorsichtig übergab er seine Schwester an Presca.

»Ich weiß, dass sie bei dir gut aufgehoben ist«, sagte er nun. »Aber versprich mir, dass – sollte Thaney irgendetwas geschehen – du mich in Camelot benachrichtigst. Und niemand wird mich aufhalten, zu ihr zu kommen, wenn sie in Not ist.«

Presca nickte und Tränen traten in ihre Augen.

Auch ihr drückte er einen Kuss auf die Stirn. »Leb wohl, meine Liebe.«

Er wartete ihre Antwort nicht ab. Noch ein Wort oder eine Träne und sein Entschluss wäre ins Wanken geraten.

Gaheris wartete in der Kammer auf ihn und sprang nervös auf, als er seinen ältesten Bruder sah. »Wieso hast du das getan?«, wollte er aufgebracht wissen.

Gawain gab einen belustigten Laut von sich. »Was? Gebadet?«

»Hör auf damit!«, fuhr der Jüngere ihn an und tat einen Schritt auf ihn zu. »Du denkst, mit einem Scherz ist alles gut und wir machen weiter wie bisher?«

»Nein, das denke ich ganz und gar nicht«, erklärte Gawain, während er in seinen Sachen nach einem frischen Hemd suchte. Das, welches er trug, war voller Grasflecken.

Gaheris kam ihm nach und verpasste ihm einen Faustschlag gegen die Schulter. »Warum musst du dich jedes Mal mit Vater anlegen? Kann nicht irgendwann Frieden sein zwischen euch?«

Gawain blieb stehen, nahm seinen Bruder sanft an den Schultern und sah ihm in die grünen Augen, die seinen so ähnlich waren. »Es wird ein Ende haben. Ich habe nicht vor, mich jemals wieder mit ihm zu streiten.«

»Wie meinst du das?«

»Du wirst schon sehen.«

Gaheris schob seine Hände fort. »Und was ist mit mir? Und mit Agravaine? Sollen wir dir einfach folgen und tun, was du willst?«

Gawain legte den Kopf schief. »Ihr habt euch beide entschieden. Ohne mein Zutun. Ihr habt beide Artus die Treue geschworen. Es war euer Entschluss, nach Camelot zu gehen. Ich habe euch nie dazu überredet.«

Gaheris wich seinem Blick aus und starrte lieber auf seine Fußspitzen. »Aber dir muss doch klar sein, dass Vater uns nicht in Ruhe lässt. Er wird uns bearbeiten, bis einer von uns nachgibt. Und ich glaube nicht, dass ich über deine Willensstärke verfüge.«

Gawain legte dem Jüngeren erneut die Hände auf die Schultern. »Kleiner Bruder, in dir steckt mehr Kraft, als dir bewusst scheint. Wenn du Vater die Stirn bieten willst, stehe ich hinter dir.«

Gaheris nickte betreten.

»Wo ist Agra? Noch auf dem Übungsplatz?«

Der Jüngere schüttelte den Kopf. »Er ist bei Vater.« Langsam sah er zu ihm auf. »Ich glaube, er knickt ein.«

Gawain mochte es nicht glauben. Agravaine, sein Bruder mit dem flammend roten Haar und dem ernsten Wesen, war Artus treu ergeben. Doch hier in Lothian schien Camelot so fern wie die Sonne oder der Mond.

Sie fanden ihren Bruder in Lots Arbeitszimmer. Während der Vater entspannt in seinem mit Fellen ausgestatteten Sessel hockte, saß Agravaine auf einem Stuhl, die Arme vor der Brust verschränkt, die Miene so finster, als hätte man ihm erzählt, er müsse zehn Kuhfladen verspeisen.

Der Gedanke erheiterte Gawain und er konnte sich das Grinsen nicht verkneifen.

»Wie ich sehe, ist deine jugendliche Laune zurückgekehrt«, meinte Lot bissig und deutete auf die freien Stühle neben Agravaine. »Setzt euch und hört euch an, was ich zu sagen habe.«

Gaheris warf Gawain einen unsicheren Blick zu, doch dieser nickte aufmunternd. Er würde sich von seinem Vater ganz gewiss nicht verbieten lassen, zu grinsen, wenn ihm danach zumute war. Außerdem würde er nicht Platz nehmen, er würde stehen bleiben.

Herausfordernd verschränkte auch er die Arme und stellte sich an Agravaines Seite.

Lot seufzte und beugte sich nach vorn, die Unterarme auf der Tischplatte abgestützt. Er hatte sich rasiert, fiel Gawain auf. Der schwarze Bart wirkte nun etwas kürzer, das ebenso schwarze Haar war zu einem festen Zopf gebunden. Das Alter war schon immer gut zu seinem Vater gewesen. Vermutlich half er mit irgendeinem Färbekraut nach, damit sein Haar so dunkel blieb.

»Ich werde nicht lange Reden halten oder weit ausholen«, begann Lot seine Ansprache. Einen nach dem anderen sah er mit seinen haselnussbraunen Augen an. »Ihr seid lange schon zu erwachsenen Männern geworden. Ihr seid in die Welt hinausgezogen, habt wie junge Böcke eure Hörner abgestoßen, habt Erfahrungen gesammelt, die man braucht, um zum Mann zu werden.«

Gawain hob die Brauen, blieb aber still.

»Es wird Zeit, nach Hause zu kommen«, sprach Lot nun und lehnte sich in seinem Sessel zurück.

»Wir haben Artus und der Tafelrunde die Treue geschworen«, entgegnete der jüngste der Brüder mutig. »Wir alle drei.«

Lot nickte bedächtig. »So ist es. Und wer kann es euch verdenken, dass ihr in jugendlichem Abenteuerwahn nach Süden gegangen seid, um dort der verlockenden Stimme des jungen Königs zu folgen? Doch Ehre und Ruhm habt ihr euch weiß Gott genügend verdient. Es wird Zeit, der Verantwortung eures Blutes zu folgen.«

Der Verantwortung des Blutes … Gawain grunzte abfällig. Wohl vielmehr den Planungen seines Vaters.

Der kalte Blick richtete sich auf ihn. »Hast du etwas dazu zu sagen, mein Sohn?«

»In der Tat. Wie sieht diese … Verantwortung … denn aus, deiner Meinung nach?«

»Du bist mein ältester Sohn«, sprach Lot eindringlich. »Dein Platz ist hier in Lothian, als mein Nachfolger.«

Gawain prustete belustigt. »Keinesfalls. Mein Platz ist in Camelot an der Tafelrunde.«

Der Zorn seines Vaters zeichnete sich in der Tiefe seiner Runzeln ab, die sich zwischen seinen Brauen bildeten. »Du lehnst meine Krone ab? Immer noch?«

»Ja, weder werde ich hier in Din Eidyn bleiben noch deine Krone tragen, solltest du eines Tages in die Totenwelt gehen.« Gawain trat auf seinen Vater zu und setzte die Hände auf der Tischplatte ab. »Ich hege kein Interesse daran, dein Erbe fortzuführen.«

Lot erhob sich und stützte sich seinerseits auf der Tischplatte ab. »Aus dir spricht noch immer die Stimme eines trotzigen Jungen. Wann wirst du je erwachsen?«

Gawain schürzte die Lippen. »Womöglich nie.«

Sein Vater warf die Hände in die Luft. »Dein Leben soll also weiterhin darin bestehen, dich zu betrinken und durch Britannien zu huren? *Das* soll der Sinn deines Lebens sein?!«

»Nein, der Sinn meines Lebens besteht darin, Britannien zu schützen.« Gawain sah seinen Vater herausfordernd an. »Und wenn dabei Met in Strömen fließt und sich Frauen in mein Bett legen, soll mir das durchaus recht sein.«

Wutentbrannt brüllte sein Vater: »Du bist eine Schande für all unsere Vorfahren und für meinen Namen!«

»Nein, du bist die Schande hier, Vater! Du willst uns dazu bringen, den Eid, den wir Artus aus freien Stücken geschworen haben, zu brechen. Nur weil du deine Macht weiter ausbreiten möchtest!«

»Ich. Brauche. Einen. Erben!«, donnerte Lot weiter. »Ich habe drei erwachsene Söhne und keiner davon ist in der Lage, über den Rand seines eigenen Tellers zu schauen! Hinaus mit dir!«

Gawain hob die Brauen. »Ich soll gehen?«

»Ja, verdammt und bei allen Geistern! Hinaus mit dir, Gawain, und wage es nicht, diese Kammer wieder zu betreten.« Lot reckte die Faust in seine Richtung. »Wage es nicht, noch eine Nacht unter meinem Dach zu verbringen! Und wage es nicht, noch einmal den Namen Lothian in deinen Mund zu nehmen.« Verächtlich spuckte sein Vater aus. »Du kannst nicht mein Sohn sein.«

Für einen langen Moment starrten sie sich an, Vater und Sohn, Lot und Gawain. Gawain spürte den Stich in seinem Herzen, den ihm sein Vater mit seinen Worten versetzt hatte. Wie die Spitze eines Dolches bohrten sie sich dort hinein. Obwohl sie sich nie besonders nahe gestanden hatten, hatte Lot nie so deutlich ausgesprochen, wie sehr er Gawain verachtete, für das, was er war, für den Weg, den er für sich gewählt hatte.

»So soll es sein«, flüsterte Gawain und besiegelte damit den Bruch.

Er wandte sich ab von seinem Vater, sodass sein Blick auf seine jüngeren Brüder fiel. Agravaine hatte seinerseits die Hände zu Fäusten geballt, während Gaheris betreten auf seine Füße starrte.

Gawains Herz wurde noch schwerer. Er brachte die beiden in eine Lage, in der sie sich ebenfalls entscheiden mussten: ihr Vater und Lothian – oder Artus und Gawain. Aber es war nicht seine Schuld, es war Lots Schuld. Er stellte sie vor die Wahl, nicht Gawain. Er wünschte, er könnte ihnen diese Entscheidung abnehmen. Aber ebenso wenig, wie er wollte, dass Lot über sein Schicksal bestimmte, konnte er über das Schicksal seiner Brüder bestimmen. Sie mussten ihre Wahl selbst treffen. Gawain nickte Agravaine zu. Sein rothaariger Bruder wusste, worauf er sich einließ. Gaheris indes ... der Junge starrte immer noch auf seine Füße.

»Ihr wisst, wo ihr mich findet«, sagte Gawain in sanfterem Ton. »Bei Sonnenuntergang werde ich Din Eidyn verlassen.«

Er wartete keine Reaktion ab, sondern verließ das Arbeitszimmer seines Vaters. Sein Herz brannte ... brannte vor Wut und Aufruhr. Doch er fand kein Mittel, diesen Brand zu löschen.

In der großen Halle hoffte er, auf Lancelot und Elayne zu treffen, doch die waren vermutlich damit beschäftigt, ihre Sachen zu packen und ihre Heimreise vorzubereiten.

Gawain nahm den erstbesten Krug eines Dieners, der ihm entgegenkam, und trank direkt aus dem Krug. Wein. Ein seltenes Gut hier oben im Norden und in diesem Moment äußerst willkommen.

»Der ... der war für König Uryen«, stammelte der Diener.

»Mein Onkel wird es verkraften«, brummte Gawain.

Er suchte sich einen Platz auf einem der Sessel und während er weiter aus dem Krug trank, beobachtete er zum letzten Mal das Treiben in der königlichen Halle seines Vaters.

Lot hatte sich ein Reich aufgebaut, das auf Macht und Stärke beruhte. Er führte sein Volk mit fester Hand und mit tückischem Geschick. Gawains Herz blutete. Seine Brüder ... vermochten sie, ihm zu widerstehen oder ihm gar die Stirn zu bieten? Bei

Agravaine hatte er keine Zweifel. Er mochte ernst und finster wirken, doch sein Wesen war stark. Gaheris hingegen … Er war der Jüngste, hatte am meisten im Schutz ihrer Mutter gestanden und am wenigsten unter der Herrschsucht des Vaters gelitten. War er stark genug? Er würde seinen kleinen Welpen vermissen … und würde ihn nicht kampflos hergeben.

Der Wein stieg ihm langsam zu Kopf, eine begrüßenswerte Erleichterung für seine schweren Gedanken. Morgaine setzte sich zu ihm, sagte zunächst nichts, sondern wartete in ihrer sanften Art, dass er das Gespräch begann. Bei allen Göttern, wie konnte ein Mensch so sein?

»Willst du hier sitzen, bis ich ganz betrunken bin?«, fuhr Gawain sie an.

»Wenn es sein muss«, antwortete sie friedfertig.

Als er aufsah, lächelte sie ihn an.

»Kann irgendwer böse auf dich werden?«, brummte er.

Sie hob arglos die Schultern. »Viele Menschen sind nicht gerade gut auf mich zu sprechen. Aber hier geht es nicht um mich. Was ist vorgefallen in Lots Kammer?« Sie legte ihre Hand auf seine.

»Der endgültige Bruch«, erklärte Gawain knapp. »Gawain von Lothian gibt es nicht mehr. Gawain ohne Namen trifft es besser.«

»Das tut mir leid.«

»Mir nicht.« Er setzte sich auf und bot seiner Tante den Krug an, doch sie winkte dankend ab.

»Was wird aus deinen Brüdern? Und deiner Schwester?«

Verdammt … er hatte doch nicht darüber nachdenken wollen.

»Ich weiß es nicht«, gestand er. »Diese Entscheidung liegt nicht bei mir.«

Gawain trank einen weiteren Schluck aus dem Krug. Er war ein schrecklicher Bruder. Ein schrecklicher ... schrecklicher ... schrecklicher Bruder. Nicht einmal auf seine kleine Schwester konnte er achten.

Morgaine nahm ihm den Krug aus den Händen. »Willst du jammernd unter dem Tisch liegen, wenn dein Vater in die Halle kommt?«

Gawain grummelte etwas, beließ ihr aber den Krug, den Blick ins Leere gerichtet.

Verdammte Welt! Wieso konnte er nicht einfach der Sohn irgendeines Schäfers sein? Ein einfaches Leben führen ...

»Es gibt etwas, worum wir dich bitten möchten«, sprach Morgaine nun leise.

Überrascht sah er auf. »Wir?«

Sie nickte. »Uryen und ich.«

Er runzelte die Stirn.

»Mein Mann«, erklärte sie amüsiert.

Für wie betrunken hielt sie ihn denn? »Ich weiß ... wer dein Mann ist. Aber nicht, warum ihr ausgerechnet mich um einen Gefallen bitten wollt.«

Sie schmunzelte und stellte den Krug außerhalb seiner Reichweite ab. »Weil du immer noch einer der wichtigsten Männer der Tafelrunde bist. Auch wenn du dich gerade nicht so benimmst.«

Auf diesen Vorwurf ging er lieber nicht ein. »Welchen Gefallen soll ich euch tun? Mit Artus reden? Du hast mehr Einfluss auf ihn als ich.«

»Nein, es geht um keine diplomatische Frage. Vielmehr um eine ... Familienangelegenheit.« Sie seufzte und rückte näher an ihn heran. Offensichtlich war es eine vertrauliche Sache, die nicht unbedingt jeder in der Halle mitbekommen sollte. »Du kennst Ywein, meinen Stiefsohn?«

Er prustete missbilligend. »In der Tat. Der Bengel, der kaum ein Schwert halten kann.«

»Genau darum geht es. Uryen und ich haben lange überlegt, was wir mit ihm anstellen sollen. Er ist … jähzornig. Wütend. Wütend auf sich selbst und die Welt. Die einzige Lösung, die uns jetzt noch einfällt, ist, ihn aus Caer Luel fortzuschicken.«

Nun schnaufte Gawain wirklich verächtlich. »Ihr schickt euren Sohn fort?«

Warum kam ihm das gerade so bekannt vor?

Sie seufzte leise. »Ja, aber nur, um ihm die Möglichkeit zu geben, zu sich selbst zu finden. Wir hoffen, dass es ihm guttun wird, unter Gleichaltrigen zu sein … unter Männern, die im Kampfe und in Ehre vereint sind. Wenn er die Tafelrunde kennenlernt, diese Art zu leben, und nicht vor sich hin brodelt in seinem Zorn, den keiner versteht …«

Allmählich begriff Gawain. Der Wein hatte seinen Geist noch nicht ganz vernebelt. »Er soll zum Mann werden.«

Sie nickte. »Und Camelot hat schon aus so manchem Tunichtgut einen Helden gemacht.«

»Hat er zugestimmt? Ywein, meine ich. Ihr solltet ihn nicht zwingen.«

Morgaine lehnte sich in ihrem Sessel zurück. »Es bleibt ihm keine Wahl. Entweder Camelot oder er wird als Unterpfand zur Sicherung des Friedens nach Erínn geschickt. Uryens Geduld mit ihm ist am Ende.«

»Ich nehme ihn nur mit, wenn er selbst zustimmt«, beharrte Gawain, denn er wiederum hatte die Nase voll von Vätern, die für ihre Kinder zu bestimmen versuchten, was am besten für sie sei.

»Dann werde ich dafür sorgen, dass du mit ihm ein Wort wechseln kannst.«

»Das wäre wohl das Beste.«

Sie legte ihm erneut eine Hand auf den Arm. »Danke.« Dann verharrte sie plötzlich und ihre Haltung wurde angespannter, als ihr Blick auf einen anderen jungen Mann fiel, der gerade die Halle betrat.

Gawain sah ebenfalls dorthin und erkannte Mordred, Morgaines leiblichen Sohn. Mit einem Kopfnicken deutete er in dessen Richtung. »Was ist mit ihm?«

Sie senkte die Augenlider und schüttelte den Kopf. »Er ist für mich verloren«, flüsterte sie. »Er hat mir nicht verziehen, dass ich ihn hierließ, als er ein Säugling war.«

»Dennoch scheint er sich in der Gesellschaft meines Vaters recht wohl zu fühlen.«

»Zu wohl«, pflichtete Morgaine bei.

Also fürchtete auch sie den Einfluss, den Lot auf ihren Sohn hatte.

Gawain hielt den Blick auf Mordred gerichtet, der sich zu einigen Kriegern setzte, die sich gerade mit Brot und Bratenfett stärkten.

Und in diesem Moment fiel ihm ein, wie er seinem Vater ein letztes Schnippchen schlagen konnte.

CAMELOT

Je näher sie Camelot kamen, desto besser wurde Gawains Laune.

Die Tage wurden kühler, doch die Sonne schien über Britannien, als hätte sie sich für einen zweiten Sommer entschieden.

Nach zwölf Tagen erreichten sie den Hügel, von dem sie bis nach Camelot schauen konnten. Hatte man je etwas Schöneres gesehen als die hell leuchtenden Wälle und Mauern dieser Festung? Das Pendragon-Banner wehte leicht im Wind und das geschäftige Treiben um und in Camelot war von ihrem Aussichtspunkt gut sichtbar.

Gaheris an seiner Seite seufzte. »Endlich. Ich dachte schon, wir kämen nie an.« Er sah über die Schulter zurück. »Vor allem mit diesen beiden Waschweibern.«

Gawain lachte leise und warf ebenfalls einen Blick zurück. Ywein wirkte, als hätte er seine eigene Hinrichtung vor sich, so sehr ließ er den Kopf hängen. Verstohlen rieb er sich den Hintern, wahrscheinlich weil er den langen Ritt nicht gewohnt war.

»Gibt es dort ein Bad?«, verlangte er zu wissen, als wäre er der Kaiser von Rom.

»Natürlich gibt es dort ein Bad«, keifte Mordred genervt. »Was denkst du denn? Das ist Camelot und nicht irgendeine Hütte im Sumpf.«

Ywein war der Schlankere der beiden, und Mordred überragte ihn fast um Haupteslänge, obwohl er der Jüngere war. Tag und Nacht konnten nicht unterschiedlicher sein als diese beiden. Ywein schmal und dunkel, Mordred groß und mit kupfernem Haar. Ywein jammerte schon die ganze Reise vor sich hin, während Mordred sein Schicksal mit stoischer Ruhe zu ertragen schien.

Gawain erinnerte sich noch gut daran, wie er einst nach Camelot gekommen war, jünger als die beiden heute, voller Vorfreude, das Licht der Zukunft hell erstrahlend.

Für Ywein war es die erste Reise in den Süden überhaupt, doch Mordred war einst hier gewesen, wie Gawain sich entsann. Bei einem Fest, das Artus veranstaltete, hatte sich der Junge passabel im Mehrkampf geschlagen. Aber das verwunderte nicht bei dieser Statur. Er war der geborene Krieger. Gawain war gespannt darauf, was sie aus diesem rohen Eisen schmieden konnten.

»Bekomme ich meine eigene Kammer?«, wollte Ywein nun wissen. »Ich werde mir keine Unterkunft mit anderen teilen.«

»Hörst du endlich auf, dich wie eine kleine Prinzessin zu benehmen?«, fuhr Mordred ihn an. »Den ganzen Weg über jammerst du, wie schrecklich dein Schicksal ist, wie sehr du alle Menschen hasst … Himmel, verdammt und zugenäht. Denkst du, nur du hast eine bescheidene Kindheit gehabt? Meine Mutter hat mich weggegeben, da war ich nicht mal entwöhnt. Meinen Vater kenne ich nicht. Mein ganzes Leben lang war ich nur ein Mündel ... eine ungewollte Last.« Er deutete mit entschlossener Miene und ausgestrecktem Arm auf Camelot. »Das da ist unsere Zukunft. Ein Neuanfang. Hörst du? Von jetzt an bestimmen wir selbst, wie unser Leben aussehen soll! Und das lasse ich mir nicht von einem kleinen Bengel vermiesen, der die Hosen voll hat, weil sein Vater ihn nicht mehr bei sich haben will!«

Gaheris hob überrascht und amüsiert die Brauen, während Gawain sich innerlich auf die Wange biss, um nicht laut loszulachen. Er hätte es nicht besser ausdrücken können.

Zufrieden wandte er sich wieder dem Anblick Camelots zu und klopfte seinem Ross den Hals. »Danke, Wurzel. Du bist ein treuer Gefährte. Jetzt ist es nicht mehr weit zu den Stallungen und einer vorzüglichen Portion Hafer.«

Der einzig dunkle Fleck dieser strahlenden Tage war Agravaine.

Wider Gawains Vermutung war es sein rothaariger Bruder gewesen, der in Din Eidyn blieb. Agravaine hatte Gawain in ziemlich unversöhnlichem Ton zu verstehen gegeben, dass es dessen Schuld sei. Da sich Gawain seiner Verantwortung nicht stellte, musste er es tun. Er würde Lots ersehnter Thronfolger werden. Noch viel mehr, er würde eine Stammestochter der Pikten heiraten, um das Bündnis mit deren Vater zu festigen.

Gawain hoffte, dass sich Agravaine dennoch auf die Bruderschaft besann, wenn Lot einmal nicht mehr sein sollte. Wenn Agravaine König von Lothian würde, könnte er sein Bündnis mit Artus erneuern und es besser machen als der Vater.

Dennoch vermisste er seinen Bruder. Das ernste Gesicht und die wohlbedachten Worte. Die Übungskämpfe und die kleine Rivalität, die sie schon immer um Artus' Gunst ausgekämpft hatten. Vielleicht war auch das einer der Gründe für Agravaines Entscheidung gewesen. In Camelot war er zwar ein angesehenes Mitglied der Tafelrunde und seine Meinung zählte ebenso viel wie die eines jeden anderen. Aber er hatte doch nie zu Artus' engsten Vertrauten gezählt wie Lancelot, Artus' Ziehbruder Cai oder Gawain selbst. In Lothian aber war er nun der zukünftige König und der Stellvertreter Lots.

Eine Stellung, auf die Gawain gerne zu seinen Gunsten verzichtete.

Es grämte ihn nur, dass Lot es geschafft hatte, Agravaine so leicht zu überreden.

Andererseits – Gawain warf erneut einen Blick zurück zu dem hochgewachsenen Jungen, den er nach Camelot mitbrachte – war Lots vergrämtes Gesicht, als Mordred ihm mitteilte, er würde Gawain nach Camelot begleiten, mehr als eine Genugtuung gewesen. Lot hatte ihn all die Jahre behandelt wie einen kostbaren Welpen. Überallhin hatte er ihn mitgenommen, ihn persönlich im Kampf unterrichtet … Und nun wandte sich sein Lieblingshaustier einfach von ihm ab, ausgerechnet nach Camelot.

Dabei war es erstaunlich einfach gewesen, Mordred für diese Idee zu überzeugen. Gawain hatte ihn zur Seite genommen und ihn gefragt, ob er sich vorstellen könne, seine Kampfkraft für Britannien und Artus einzusetzen. Ob er für etwas Größeres einstehen wolle. Ob er seine Kampfkünste weiter trainieren wolle, um sie sodann gegen Angeln, Sachsen und Skoten einzusetzen.

Der Junge hatte nicht lange darüber nachdenken müssen. Womöglich hatte es ihm damals in Camelot gefallen und er sehnte sich danach, Mitglied der Tafelrunde zu werden. Womöglich war es aber auch der Gedanke, dass nunmehr nicht mehr er selbst an erster Stelle in der Gunst Lots stehen würde, da einer seiner leiblichen Söhne an dessen Seite stand.

Morgaine hatte dies mit Sorge betrachtet. Gawain hatte nicht herausfinden können, was ihr lieber war. Ihren Sohn weiterhin unter dem Dach des Königs von Lothian zu sehen oder in Camelot, wo Intrigen durchaus noch heftiger aufleben konnten.

Nachdem sie ihre Pferde in den Stallungen untergebracht und einen Teil ihres Gepäcks in die Obhut der Dienerschaft gegeben hatten, führte Gawain seine Schützlinge zur großen Halle Camelots. Noch bevor sie diese erreichten, kam ihnen Percival entgegen.

Sein ernstes Gesicht war ausnahmsweise von einem Lächeln geziert. »Gawain! Gaheris! Es ist eine Wohltat, euch wohlauf zu sehen.«

Gawain lachte und klopfte seinem Freund auf die Schulter. »Die Freude ist auf unserer Seite, Percy.«

»Endlich wieder vereint.« Gaheris strahlte und schloss Percy in eine Umarmung, was diesen etwas aus der Fassung brachte, da er ansonsten solche Gesten vermied.

»Wie geht es Artus? Und unseren Waffenbrüdern? Und der Königin?«, wollte Gawain wissen.

»Alle sind in bester Verfassung!«, erklärte Percy begeistert und erst jetzt fiel sein Blick auf die beiden Jungen, die etwas verloren mit ihrem Gepäck hinter Gawain und Gaheris standen.

Gawain legte Mordred einen Arm um die Schultern. Himmel, wie breit die waren. Irgendwann würde der Junge eine echte Gefahr auf dem Trainingsplatz für ihn sein. »Erinnerst du dich an Mordred? Morgaines Sohn. Und das hier ist Uryens Sohn, Ywein.« Gawain deutete mit einer Kopfbewegung auf Ywein.

Percival nickte den Burschen freundlich zu.»Willkommen in Camelot.«

Die beiden Jungen begrüßten Gawains Waffenbruder eher zurückhaltend, wohl eingeschüchtert von der Größe und Herrlichkeit Camelots.

Gawain stemmte zufrieden die Hände in die Hüften.»Wo finde ich Artus? Wir haben einiges zu besprechen.«

Percival deutete in die entsprechende Richtung.»In seinem Arbeitszimmer. Soll ich die Jungen zu Cai bringen?«

Gawain überlegte kurz, entschied aber, dass er sie direkt mit Artus bekannt machen wollte.»Nein, ich nehme sie mit. Gaheris, kommst du?«

»Natürlich, ich lasse mir nicht entgehen, unseren König persönlich zu grüßen.«

Artus war nicht nur sein König, er war sein Freund, sein Waffenbruder, mehr ein Vetter als ein junger Onkel.

Gawain räusperte sich dezent vor dem Vorhang, welcher das Arbeitszimmer von der kleineren Halle der Tafelrunde abgrenzte.»Mein König, wir sind zurück.«

Der Vorhang wurde zurückgezogen und Artus stand vor ihm, fröhlich strahlend. Sofort fand sich Gawain in einer festen Umarmung wieder.

»Gawain, Gott sei gedankt, dass du zurück bist.« Dann wurde sein Gesicht ernst.»Es tut mir leid, dass Morgause ...«

Gawain rückte von ihm ab und schüttelte den Kopf.»Sie wurde krank und der Tod war vermutlich eine Erleichterung für sie.«

»Möge ihre Seele Ruhe finden«, sprach Artus ehrlich, sodann erblickte er Gaheris und schloss ihn ebenfalls in eine bärenhafte Umarmung.»Mein jüngster Krieger, gut, dich wiederzusehen.«

»Wir haben keine guten Neuigkeiten von Agravaine«, eröffnete der Kleine sofort, noch fest in Artus' Umarmung steckend.

»Das erzählen wir gleich«, entschied Gawain und machte einen Schritt zur Seite, damit Artus die beiden Jungen sehen konnte. »Wir haben hier zwei vielversprechende Welpen.«

Überrascht musterte sein König die beiden und winkte sie alle sodann in seine Kammer. »Kommt, berichtet mir, was vorgefallen ist.« Den beiden Jungen klopfte er freundschaftlich auf die Schultern. »Mordred, mir scheint, du bist noch größer geworden seit unserem letzten Treffen. Bald hast du mich eingeholt. Und … du, wie lautet dein Name?«

»Ywein«, krächzte Uryens Sohn.

Artus lächelte erkennend. »Kommt, ihr beiden. Euch steht der Sinn gewiss nach einem guten Schluck Met.«

Der König ließ zunächst die beiden Jungen erzählen, was sie nach Camelot führte, und hörte ihnen aufmerksam zu. So war Artus. Er hörte zu. Immer und jedem, der etwas zu sagen hatte.

Mordred gestand freiheraus, dass er ein neues Leben anfangen wollte und danach strebte, eines Tages in der Tafelrunde aufgenommen zu werden. Artus bedachte dies mit wohlwollendem Nicken.

Ywein druckste mehr herum, bis er endlich gestand, dass er auf Geheiß seines Vaters hier war.

»Wir werden schon dafür sorgen, dass es dir in Camelot gut geht«, versprach Artus. An beide gewandt erklärte er: »Ihr werdet vermutlich nicht immer eine einfache Zeit hier haben. Wenn ihr zu Kriegern ausgebildet werden wollt, ist dies ein steiniger und harter Weg. In die Tafelrunde werden nur die besten aufgenommen. Jene, die nicht nur im Kampf glänzen, sondern mir ihre Treue beweisen. Doch wie auch immer euer Weg aussehen wird, zögert nicht, zu mir zu kommen, falls euch etwas schwer im Magen liegt.«

Mordred beugte ergeben das Haupt, eine Geste, die er wohl bei Lot gelernt hatte. Ywein indes zeigte zum ersten Mal seit ihrem Aufbruch so etwas wie ein Lächeln.

»Gut«, meinte Artus. »Gaheris, bring die beiden doch bitte zu Cai. Er wird sich um eine Unterkunft für sie kümmern.«

Als Artus und Gawain allein waren, bedeutete der König ihm, sich zu setzen.

»Wein?«, fragte Artus grinsend.

»Immer doch.« Gawain seufzte.

In einem der Regale, in denen auch Karten und Schriftrollen lagen, stand eine Karaffe mit Bechern. Artus stellte beides auf den Tisch und schenkte Gawain großzügig ein.

»Percy hat mir von dem grünen Gürtel erzählt.« Mit seinem Becher in der Hand ließ sich Artus in seinem Sessel nieder und lehnte sich gemütlich zurück.

»Das alte Waschweib.« Gawain grunzte und kostete von dem guten roten Tropfen. »Gallisch?«

Artus hob amüsiert die Brauen. »Aus Aremorica. Erst vor einer Woche eingetroffen.«

Artus betrieb über die Häfen im Westen Handel mit dem Festland. Einer der Gründe, weshalb Frieden mit der Nachbarinsel Erínn unabdingbar war.

Stunden saßen sie beisammen, unterhielten sich über Bertilak, über Lothian und alles, was Gawain auf seiner Reise erlebt hatte.

»Lance und Elayne waren in Din Eidyn«, fiel Gawain ein. »Zu Ehren meiner Mutter.«

Artus nickte wissend.»Es tut mir leid, dass ich nicht kommen konnte.«

»Ich weiß.«

Wäre es ihm möglich gewesen, wäre Artus selbst in den Norden gereist. Den genauen Grund, was ihn daran gehindert hatte, würde er Gawain erklären, wenn es in seiner Möglichkeit lag.

Gawains Grinsen wurde breiter.»Und die beiden haben Neuigkeiten mitgebracht. Nicht nur, dass sie sich eine eigene Festung bauen. Die Familie wird bald Zuwachs erhalten.«

Artus runzelte die Stirn, doch als er verstand, rief er begeistert aus:»Elayne erwartet ein Kind?«

Gawain schmunzelte.»Fleißig, unser Lancelot. Wer hätte es gedacht, da er doch nie großes Interesse an der Ehe hegte.«

Sein König prostete ihm amüsiert zu.»Liegt wohl an der richtigen Frau. Wenn sie in dein Leben schreitet, wandelt sich alles.«

»Hoffentlich passiert mir das nicht. Ich mag mein Leben so, wie es ist.« Abgesehen von der Tatsache, dass sein Vater ihn verachtete. Aber damit hatte er abgeschlossen.

Artus beugte sich ein wenig vor, die Lippen aufeinandergepresst, als müsste er über etwas nachdenken. Dann aber rückte er mit der Sprache heraus.»Möchtest du den Grund wissen, warum ich nicht nach Norden reisen konnte?«

Gawain hob erwartungsvoll die Brauen und nippte erneut an dem köstlichen roten Tropfen.

»Gwen ist der Grund. Ich konnte sie nicht allein lassen.«

Nun war es an Gawain, über die Bedeutung der Worte nachzudenken.»Sie …« Er dämpfte vorsichtshalber seine Stimme, damit niemand außerhalb des Vorhangs ihn hören konnte.»Sie erwartet ebenfalls ein Kind?«

Artus grinste wie ein Junge, der den Mund voller Honigkuchen hatte.

Gawain sprang auf, wobei er fast seinen Wein verschüttete, und umarmte seinen Freund herzlich. »Meine Güte, nach all der Zeit.«

»Und es sieht diesmal wirklich gut aus«, meinte Artus erleichtert. »Gwen schont sich natürlich, doch es geht ihr besser als je zuvor.«

Gawain stieß einen begeisterten Laut aus und ließ sich zurück in seinen Sessel fallen. Artus und Gwenhwyfar hatten oft schon Verluste erleben müssen. Bisher hatten sie kein Kind, keinen Erben. Obschon Artus' schöne Gemahlin bereits empfangen hatte, war es ihnen bisher nie gegönnt gewesen, dass das Kind lebte.

Zufrieden pustete Gawain die Luft aus. Es tat so gut, wieder in Camelot zu sein. »Dann ... dann werdet du und Lance gleichzeitig Väter«, fiel ihm auf. »Eure Kinder werden Brüder sein, so wie wir es sind. Oder heiraten, falls es ein Recke und eine Prinzessin wird.«

Etwas blitzte in Artus' graublauen Augen auf und er nahm einen kräftigen Schluck aus seinem Weinbecher. »Gut, dass du wieder da bist, Gawain. Die Tafelrunde war ohne dich beinahe langweilig.«

Gawain lachte auf. »Das kann ich mir gut vorstellen.«

Er fand schnell zurück in seinen Alltag.

Nach dem Frühstück trainierte er mit seinen Waffenbrüdern, behielt ein besonderes Auge auf Ywein und Mordred, und zu Mittag begab er sich zu Besprechungen an der Tafelrunde oder erledigte Besorgungen für Artus.

Der Friedensvertrag zwischen Artus und Bertilak fruchtete. Die Überfälle auf britische Ortschaften an der Westküste nahmen ab, was aber auch darauf zurückzuführen war, dass nun der Winter Einzug hielt. Die See zwischen Britannien und Erínn wurde wilder und bot weniger Gelegenheit zu Überfahrten. Dennoch schaffte es Artus, Vorräte nach Erínn bringen zu lassen, damit Bertilaks Volk nicht Hunger leiden musste.

Der Winter huschte offenbar nur kurz über Britannien. Noch bevor der erste Frühlingsstrahl über das Land schien, kamen Nachrichten von der Ostküste. Einige germanische Stämme hatten erneut Raubzüge gestartet. Lancelot hielt den Nordosten mit den britischen Stämmen, doch die Räuberbanden drangen nun tiefer ins Landesinnere vor.

Mit einer solchen Botschaft machte sich Gawain eines Morgens auf den Weg zu Artus' Kammer. Schon von draußen hörte er die Stimmen seines Freundes und seiner Gemahlin.

Gwyneth stand mit überkreuzten Armen vor der Tür. Gwenhwyfars jüngere Schwester, die ihr so sehr ähnelte und doch vom Wesen ganz anders war.

»Komme ich ungelegen?«, erkundigte er sich.

Sie musterte ihn von Kopf bis Fuß mit ihren rehbraunen Äuglein, wie sie es oft tat. »Solltest du nicht irgendwo Kämpfen üben und dich im Schlamm wälzen?«

»Solltest du nicht längst mit dem jütischen Königssohn vermählt sein?«

Trotzig hob sie das Kinn. »Die Verhandlungen zwischen unseren Vätern dauern noch an.« Undamenhaft schnaufte sie. »Außerdem habe ich keine Lust, den Mann zu heiraten. Er ist so … ungehobelt … so grob. Er kann keinen Satz geradeaus sprechen.«

Beinahe hatte er Mitleid mit dem jungen Ding. Wenn sie nicht so eine verzogene Göre wäre. Dennoch wünschte er niemandem, verheiratet zu werden, ohne Mitsprache zu haben. In diesem Fall war sogar Artus nicht ganz unschuldig. Er hatte die Verbindung zwischen Gwyneth und dem Sohn von König Bernhard angebahnt, da er sich den jütischen König als Verbündeten halten wollte.

Gwyneth leckte sich über die Lippen und ihr Blick blieb auf seinem Schritt hängen. Eine verlockende Geste, der er niemals in seinem ganzen Leben nachgeben würde.

Gawain räusperte sich, um ihre Aufmerksamkeit wieder in sein Gesicht zu lenken. »Nun, was geht dort vor sich?« Er nickte in Richtung der Tür.

»Irgendein Brief aus Caer Luel. Von Morgaine und Uryen.«

»Und du traust dich nicht hinein?«

»Traust du dich denn?«, wollte sie herausfordernd wissen.

Er grinste schief und klopfte an die Tür.

Die Stimmen verhallten, Schritte waren zu hören.

Artus öffnete die Tür, das kupferne Haar so verworren, als hätte er es sich tausendfach gerauft. Seine Aufmerksamkeit galt zunächst nur Gawain. »Ah, ein Mann mit Verstand. Komm herein, Gawain.« Dann sah er auch Gwyneth und hob die Brauen. »Gibt es etwas?«

»Ich wollte Gwen fragen, ob ich ein neues Frühlingskleid haben kann. Mein altes ist untragbar und am Saum total zerzaust.«

»Darüber reden wir später!«, erschallte es von drinnen. »Bitte geh zu Cai und besprich mit ihm, welche Vorräte wir noch benötigen.«

Artus' Ziehbruder Cai war der Mann, der den Überblick über ganz Camelot behielt. Unterkünfte, Bedienstete, Vorräte … Zahlen und Organisation waren genau sein Ding, weshalb Artus ihm hier ganz vertraute.

Gwyneth zog eine Schnute und machte auf dem Absatz kehrt. Dann fiel ihr noch etwas ein und sie warf einen herausfordernden Blick auf Gawain. »Sehen wir uns beim Abendessen?«

»Ich habe zu tun«, log er und das junge Ding wandte sich eingeschnappt ab.

»Sie gibt nicht auf«, bemerkte Artus teilweise belustigt.

»Und ich nicht nach«, beharrte Gawain.

Artus bat ihn, einzutreten. Die königliche Kammer war in einem ungewöhnlich desolaten Zustand. Das Bett nicht gemacht, Kleidungsstücke und Kissen lagen auf dem Boden herum. Hatten sich Artus und Gwen dermaßen gestritten, dass sie Kissen durch die Gegend warfen?

Mit hochgezogenen Brauen traute sich Gawain tiefer in die Kammer.

Seine Königin stand inmitten des Raumes, das goldene Haar offen über den Schultern bis zur Hüfte reichend. Sie trug noch ihr Schlafgewand aus hellem Tuch, das ihre Rundungen verhüllte. Die Rundung ihres Bauches jedoch trat deutlich hervor, zumal sie die Hände in den Rücken gestemmt hatte und sich ein wenig streckte.

»Gawain«, bemerkte sie erleichtert.

Er beugte respektvoll das Haupt. »Wenn ich ungelegen komme …«

»Nein, du kommst sehr gelegen«, entgegnete sie kopfschüttelnd.

»Bitte reg dich nicht weiter auf«, flehte Artus und ging auf sie zu, um sie zu umarmen.

Sie ließ es geschehen und presste fest die Lippen aufeinander, bevor sie sprach. »Gawain, du kannst uns in einer … Angelegenheit behilflich sein.«

»Wie kann ich helfen?«

Gwen warf ihrem Ehegatten einen herausfordernden Blick zu. »Artus meint, ich käme ohne ihn nicht zurecht.«

»So habe ich das nicht gesagt«, verteidigte sich der Angeklagte. »Ich meinte nur, dass ich dich nicht allein lassen werde.«

»Mir geht es gut«, erklärte sie.

Und es stimmte. Ihre hellen Wangen waren rosig, ihr Haar glänzte wie Gold und sie hatte sehr vorteilhafte Rundungen angesetzt, die Gawain natürlich nur nebenbei bemerkte, ohne weitere Gedanken dazu auszuspinnen. In keiner ihrer Schwangerschaften, die so leidvoll geendet hatten, hatte sie so gesund und lebhaft gewirkt wie in dieser. Und, wenn Gawain mit seinen bescheidenen Kenntnissen über dieses Thema es beurteilen konnte, so war sie auch noch nie so weit gekommen.

»Warum solltest du sie allein lassen?«, hakte Gawain in eine Richtung nach, die ihm sicherer erschien.

Gwen schritt zu ihrem Arbeitstisch und wedelte mit einem Papier. »Deswegen. Morgaine bittet um seine Hilfe.«

Gawain runzelte die Stirn und hielt seinerseits die Schriftrolle von Lancelot in die Höhe. »Hier gibt es ebenfalls Neuigkeiten.«

Er tauschte seinen Brief mit dem der Königin und begann zu lesen.

Die germanischen Räuber waren bis in das Reich von Uryen vorgedrungen. Morgaine bat Artus im Namen ihres Ehegatten um Unterstützung. Der Brief war recht förmlich gehalten, sodass man ihn durchaus auch als direkte Bitte des Unterkönigs selbst betrachten konnte.

»Uryen bittet Artus, seinen Schwager … nicht Lot, seinen Bruder, um Hilfe«, stellte Gawain fest und kratzte sich nachdenklich am Bart.

»Was schreibt Lance?« Artus stellte sich hinter Gwen und schaute ihr über die Schulter, wobei er ihr liebevoll von hinten die Hände auf den gewölbten Leib legte.

Gawain wandte diskret den Blick ab und las noch einmal die Zeilen, die das bestätigten, was Lancelot geschrieben hatte.

Die Germanen wurden zu einem größeren Problem, als es derzeit die skotischen Piraten waren. Uryen hatte ein Bündnis mit Artus. Und im Gegensatz zu seinem machthungrigen Bruder war er sehr darauf bedacht, dieses Bündnis zu halten. Dennoch benötigte es nur einen kleinen Hanfhalm, dass sich Uryen auf die Seite seines Bruders stellte.

»Lass mich nach Caer Luel gehen«, bat Gawain. »Mit ein paar Mann kann ich Uryen die Unterstützung bieten, die er benötigt.«

»Ich weiß.« Artus seufzte. »Aber … Gwen denkt, dass Uryen mich persönlich dort sehen will.«

»Mit Lot auf Abwegen und König Pelles im Tiefschlaf solltest du dir Uryen als Verbündeten halten«, sprach Gwen nachsichtig.

»Ich weiß.« Artus seufzte noch einmal.

»Und mir geht es wirklich gut. Die Hebamme sagt, es sind noch drei Monate bis zur Geburt. Das ist ausreichend Zeit für dich, in den Norden zu reiten, deinem Verbündeten zu helfen und zu mir zurückzukehren.«

Artus hielt sie weiterhin in seinen Armen, warf jedoch einen Blick gen Gawain. »Wie ist deine Meinung? Will Uryen mich persönlich sehen?«

Gawain las die Zeilen der Botschaft noch einmal durch. Es war Morgaines Schrift, doch Uryens Worte klangen hindurch. »Es wäre mir ein großes Anliegen, deine Unterstützung in dieser Angelegenheit zu erhalten.« Er sah auf. »Gwen hat recht, Uryen möchte, dass du persönlich kommst.«

146

Artus zögerte und wandte nachdenklich den Blick ab, bevor er schließlich seine Gemahlin losließ und nachgab. »Also gut. Dann wird es wohl für mich Zeit, meinem Schwager einen Besuch abzustatten. Gawain, begleitest du mich?«

»Jederzeit, mein König.« Gawain grinste und er spürte das Kribbeln eines neuen Abenteuers im Nacken.

CAER LUEL

S ie hatten Percy und Ywein vorausgeschickt, um ihr Kommen anzukündigen. Artus hielt es für ratsam, den Jungen mitzunehmen. Es ging schließlich um seinen Vater und sein Königreich.

Auf der Römerstraße, die sich von Süden nach Norden zog, kamen sie gut voran. In Sichtweite der Festung von Caer Luel zügelte Artus sein Ross und Gawain ließ Wurzel ebenfalls anhalten.

»Ich hatte vergessen, wie hoch die Mauern sind«, murmelte Artus.

Gaheris ritt an seine andere Seite. »Hat Uryen die Festung erbauen lassen?«

Der König schüttelte den Kopf. »Das waren die Römer. Doch Uryen hat die Mauern verstärkt, sie noch höher bauen lassen.«

»Sieht uneinnehmbar aus«, fand Gaheris.

Gawain setzte sich in seinem Sattel zurecht und begann, sich umzusehen. »Keine Festung ist uneinnehmbar.«

Er beobachtete einen Händler mit seinem Karren, der etwas vor ihnen die Straße nach Caer Luel entlanglief, zwei bewaffnete Krieger geleiteten ihn.

Artus griff nach dem Wasserschlauch, der an der Seite seines Sattels befestigt war, und trank mehrere Schlucke.

Gawain sah sich weiterhin um. Die Felder wirkten nicht so, als wären sie in letzter Zeit bewirtschaftet worden, obschon es Frühling war und die Bauern ihr Saatgut aussäen sollten. Bis zum Fluss, an dem die Festung lag, breiteten sich außerdem Wiesen und einzelne Hütten aus. Doch aus den Katen drang kein Rauch, obwohl es noch immer kalt war in diesen Tagen. Kein Vieh weidete draußen, keine Kinder spielten zwischen den Hütten.

»Was siehst du, Gawain?«, wollte Artus wissen.

Er blickte seinen König ernst an. »Sie haben ihre Häuser verlassen, ihre Habseligkeiten und Tiere mitgenommen.«

Artus runzelte die Stirn. »Sie sind geflohen.«

Von der Mauer aus war ihre Ankunft bereits beobachtet worden. Die Wachen am Tor hatten entsprechende Befehle erhalten, sie passieren zu lassen, wobei sie sich ehrfurchtsvoll vor ihnen verbeugten.

Auf dem Innenhof kamen ihnen Burschen entgegen, um ihnen mit den Pferden behilflich zu sein. Aber nicht König Uryen begrüßte die Gäste, sondern dessen Sohn, Ywein. Der junge Mann mit dem dunklen Haar und gut aussehenden Gesicht beugte respektvoll das Haupt, wenn auch eine Anspannung in seiner Haltung lag, die Gawain nicht recht deuten konnte.

»Willkommen in Caer Luel, König Artus«, sprach er ernst. »Willkommen auch euch, meine Vettern.«

Gawain nickte ihm zu und übergab Wurzels Zügel einem Burschen. Seinem Ross klopfte er noch einmal gegen die Flanke. Er würde ihm später eine Möhre bringen. Sein treuer Gefährte hatte gute Arbeit geleistet.

»Danke, Ywein«, entgegnete dafür Artus. »Wo kann ich deinen Vater finden?«

»Er ist … unpässlich«, wich der junge Mann aus.

»Und meine Schwester?«

»Morgaine ist bei ihm.« Ywein atmete tief durch. »Ich wurde angewiesen, euch zunächst Erfrischungen anzubieten.«

Gawain begegnete Artus' Blick. Sie beide ahnten, dass etwas nicht stimmte. »Wo kann ich Percival finden?«, erkundigte sich Gawain daher bei dem Jungen.

»Er betet in der Kapelle.«

Artus' Kiefer spannte sich an, bevor er auf Uryens Erben zuging, der ihm lediglich zur Nasenspitze reichte. Aber Artus war ein großer Mann, und Ywein hatte erst zwanzig Sommer gesehen. Der König legte ihm eine Hand auf die Schulter und sah ihn eindringlich an.

Gawain kannte diesen Gesichtsausdruck. Er hatte sich fast in die Hose gemacht, als er seinem jungen Onkel Artus zum ersten Mal begegnet war. Aber Artus hatte ihn einfach nur angesehen, genickt und ihm zugezwinkert, und sofort hatte Gawain seine Angst verloren. Artus hatte diese Fähigkeit, sofort Vertrauen zu erwecken.

Ywein räusperte sich. »Es tut mir leid, mein König. Man wollte dich nicht damit belasten. Nicht sofort jedenfalls.« Er sah auf seine Füße. »Mein Vater wurde verletzt. Es steht nicht gut um ihn. Seine Frau …« Er hielt kurz inne, da ihm wohl bewusst wurde, dass diese Frau König Artus' Schwester war. »Morgaine weicht nicht von seiner Seite.«

»Darf ich ihn sehen?«, fragte Artus ruhig. »Bitte?«

Ywein stimmte zögerlich zu. »Folge mir, ich führe dich zu ihm.«

Gaheris wollte den beiden nachgehen, doch Gawain legte ihm eine Hand auf die Schulter. »Lass uns Percy suchen, er wird wissen, was hier los ist.«

Einer der Burschen erklärte ihnen, wo sie die Kapelle finden konnten. Es war kaum mehr als ein einfacher Unterstand mit einem Steinaltar, auf den jemand Herbstblumen gelegt hatte. Immerhin war das Kreuz aus Stein gehauen und mit einem Flechtmuster verziert. Davor kniete ihr Waffenbruder, in ein inniges Gebet vertieft.

Gaheris wollte etwas sagen, doch Gawain schüttelte den Kopf. Er zog seinen Bruder an Percys Seite und kniete sich ebenfalls nieder. Wenn er etwas in seiner Freundschaft mit dem jüngeren Mann gelernt hatte, dann, dass man ihn niemals im Gebet stören sollte.

Gawain sah das Kreuz an und fragte sich, was die Menschen dazu brachte, einen Mann zu verehren, der sich hatte kreuzigen lassen, statt sich mit einem Schwert zur Wehr zu setzen. Percival hatte einmal versucht, es ihm zu erklären. Aber all diese Gedanken um einen Sohn, der von seinem Vater geopfert wurde, um die Menschen zu retten, waren ihm zu abstrakt.

Gawain glaubte lieber an die Dinge, die er selbst sehen und fühlen konnte. Freundschaft zum Beispiel. Und Percy war sein Freund. Deswegen respektierte er dessen Glaube und machte sich nicht über ihn lustig. Wenn es auch schon hin und wieder merkwürdig aussah, wenn sein Waffenbruder da vor einem Stück Stein kniete und leise vor sich hin murmelte.

Obwohl ihm von der langen Reise die Beinmuskeln schmerzten, wartete er, bis Percy sein Gebet beendet hatte, was sich in einem inbrünstigen »Amen« äußerte.

»Ihr seid angekommen«, stellte sein Freund leise fest.

»Offensichtlich«, stimmte Gawain zu.

Gaheris konnte seine Neugier nicht länger zurückhalten. Er beugte sich vor, um an Gawain vorbeisehen zu können. »Was ist hier los? All die Menschen hier ... sie wirken so ängstlich.« Das hatte sein kleiner Bruder sehr gut beobachtet.

Percival erhob sich und wartete, bis sein Besuch es ebenfalls getan hatte. »Es gab einen Überfall hier in der Nähe. Ein ganzes Dorf wurde ausgerottet, die Frauen und Kinder verschleppt, die Ernte und das Vieh gestohlen.«

Gawains Herz raste. Das erklärte, warum die Menschen ihre Hütten verlassen hatten und sich innerhalb der schützenden Mauern zusammenpferchten. »Germanen?«, vermutete er. »Oder Skoten?«

Percy presste kurz die Lippen aufeinander, die hellblauen Augen wirkten traurig. »Angeln oder Sachsen. So genau weiß das keiner.«

»So weit im Westen?«, entfuhr es Gaheris.

»Uryen hat offenbar die Verfolgung aufgenommen. Aber sie gerieten in einen Hinterhalt und er selbst wurde verwundet«, erklärte Percy.

»Dann kommen wir genau zum rechten Zeitpunkt«, meinte Gawain und kratzte sich am Kinn. Er legte die Arme um seinen Freund und seinen Bruder. »Ein Kampf steht uns bevor. Wir sollten uns stärken.«

In der Halle wurden sie mit Speis und Trank versorgt. Wenige Momente später kam Morgaine zu ihnen. Sie trug ein abgetragenes Alltagsgewand, und unter ihren grünen Augen lagen dunkle Schatten.

»Meine lieben Neffen«, begrüßte sie Gawain und Gaheris voller Wärme, umarmte erst den Jüngeren und dann Gawain. »Es ist eine große Erleichterung, dass ihr gekommen seid. Wir befinden uns in einer ernsten Lage.«

Gawain erwiderte die Umarmung seiner Tante und machte ihr auf der Bank Platz, damit sie sich neben ihn setzen konnte.

»Ihr hättet Lot um Hilfe bitten sollen«, wandte Percy ein. »Er wäre schneller hier gewesen.«

Sie schüttelte bedauernd den Kopf. »Uryen wollte es nicht. Er wollte ein Zeichen setzen. Sicher, hätte Artus abgelehnt, dann hätte er Nachricht an seinen Bruder gesendet. Aber die Dinge stehen momentan nicht gut zwischen den beiden. Lots Ambitionen, den ganzen Norden zu unterwerfen, schmecken meinem Gemahl ganz und gar nicht.«

»Glaubt er, dass Lot auch Rheged vereinnahmen will?«

Morgaine seufzte tief. »Er hat ihm angetragen, eure kleine Schwester mit Ywein zu verheiraten und somit die Königreiche zu vereinen. Allerdings nicht unter Yweins Krone, sondern unter der seinen.«

Gawain hüstelte dezent, da er nicht wusste, ob er lachen oder weinen sollte. Die kleine Thaney trug noch Windeln und sollte jetzt schon versprochen werden? Wie weit gingen die Ambitionen seines Vaters noch? Womöglich war er längst auf der Suche nach einer neuen Frau für sich selbst, um weitere Bündnisse zu schmieden.

Morgaine ließ ihnen Wein bringen und trank selbst aus ihrem Becher, bevor sie weiter berichtete. »Bisher konnte Uryen sein Königreich beschützen, sowohl vor Lots Intrigen als auch vor den Angriffen der Skoten und Pikten. Aber da nun die Angeln vordringen, muss er sich auf sein Bündnis mit Artus verlassen.«

Gawain nickte. »Genau dazu wurde es doch geschmiedet, um sich gegenseitig zu unterstützen.«

Percy wandte sorgenvoll ein: »Was ist mit Corbenic? Sind die Angeln auch dorthin vorgedrungen?«

»Ich weiß es nicht«, gestand Morgaine. »König Pelles lebt noch immer von der Welt abgeschieden.«

»Elayne hat nach ihrer Hochzeit zwanzig Männer in die Festung ihres Vaters schicken lassen«, erinnerte Gawain seinen Freund. »Die Verteidigung müsste damit gesichert sein.« Dennoch wäre es wohl angeraten, einen Boten in das südlich angrenzende Corbenic zu senden, damit die Männer dort vor Angriffen gewarnt wurden und sich vorbereiten konnten.

»Ist Artus bei Uryen?«, vergewisserte sich Gawain.

Morgaine nickte. »Sie unterhalten sich über den Angriff und was nun getan werden kann.«

Gawain erkannte die Sorge in ihren Augen und griff nach ihrer Hand. »Wie geht es deinem Mann?«

Sie lächelte müde. »Er wurde an der Schläfe getroffen und war zwei Tage ohne Bewusstsein. Aber sein Dickschädel ist härter als jede Waffe. Er wird wieder auf die Beine kommen.«

Aus einem Impuls heraus drückte er seiner Tante einen festen Kuss auf die Stirn. »Du solltest schlafen gehen.«

Sie erwiderte den Druck seiner Hand, und ein leichtes Flackern erhellte ihre Augen. »Ich kann jetzt nicht schlafen. Es ist so erleichternd, dass ihr hier seid. Ich möchte jeden Moment mit euch genießen.«

Und dann huschte die Sonne über ihr Gesicht, als Artus die Halle betrat. Sofort fanden sich ihre Blicke und auch er lächelte zaghaft. Er kam zu ihnen, setzte sich an Morgaines andere Seite und ließ sich einen Krug Met reichen, von dem er einen tiefen

Schluck nahm, bevor er seine Männer entschlossen ansah, einen nach dem anderen.

»Uryen hat mir alles über den Angriff erzählt ... zumindest das, was er weiß. Es ist keine große Gruppe, vielleicht zwanzig Mann. Sie haben Gefangene und die gestohlenen Sachen bei sich, kommen vermutlich also nur langsam voran.«

»Du willst sie verfolgen?«, vergewisserte sich Percival.

Artus nickte und trank einen weiteren Schluck Met. »Als Uryen sie verfolgte, wussten sie, dass er kommen würde, und lockten ihn und seine Männer in einen Hinterhalt. Mit uns werden sie nicht rechnen.«

»Wir sind nur vier«, gab Gaheris zu bedenken.

»Wir versammeln die fähigsten von Uryens Männern um uns.« Artus runzelte die Stirn.

Morgaine griff nach seiner Hand. »Nimm auch Ywein mit dir.«

»Er hat nicht genügend Kampferfahrung.« Artus schüttelte den Kopf.

»Bitte«, flehte Morgaine leise. »Er ist ... schwierig gewesen in seinen Jugendjahren. Erst durch seinen Aufenthalt in Camelot scheint er zur Vernunft gekommen zu sein. Nun wurde sein Vater verletzt. Er hat es verdient, sich zu beweisen. Es würde den Männern von Rheged zeigen, dass der Thronfolger durchaus in der Lage ist, in die Fußstapfen seines Vaters zu treten. Und vor allem würde es ihm selbst zeigen, dass er respektiert wird und dass er wichtig ist.«

Solche Worte konnte nur Morgaine von sich geben, dachte Gawain. Er hatte davon gehört, dass Ywein sie als Stiefmutter nie akzeptiert hatte. Noch dazu neigte er dazu, respektlos und uneinsichtig zu sein. Aber so war er ihnen am heutigen Tag nicht begegnet. Vielleicht brauchte er noch etwas Feinschliff, doch für welchen Jüngling galt das nicht? Nicht jeder Held wurde als Held geboren.

»Ywein soll seine Chance haben«, pflichtete Percy bei.

Nun, außer Percival, der das Heldentum vermutlich mit der Muttermilch aufgesogen hatte.

Artus nickte. »Also gut, er soll mitkommen. Alt genug ist er allemal und wir haben ihn in Camelot gut ausgebildet.« Er warf Gawain einen Blick zu. »Morgen früh zeigen wir den Männern, was im Kampf gegen die Angeln zu beachten ist. Sie sind die Speere der Pikten und die Kurzschwerter der Skoten im Kampf gewohnt. Aber die Gewalt der Angeln und Sachsen mit ihren Äxten und Hämmern ist ihnen fremd.«

»Danke«, flüsterte Morgaine.

»Danke mir erst, wenn wir die Aufgabe erledigt haben, Schwester. Und wenn wir die Kerle bis an die Ostküste verfolgen müssen, wir werden sie kriegen und zurückholen, was Rheged gehört.«

DIE VERBOTENE

JAGD

Die Angeln hatten zwei Tage Vorsprung. Doch sie waren belastet mit den Waren, die sie gestohlen, und den Gefangenen, die sie ergriffen hatten. Artus nahm die Verfolgung nicht nur auf, um seinem Schwager zu helfen.

Die Frauen und Kinder, die sie aus britischen Dörfern entführten, wurden oft zu Sklaven. Artus war der König aller Briten. Er fühlte sich persönlich für das Wohl seiner Untertanen verantwortlich. So war es schon immer gewesen.

Gaheris war ein hervorragender Fährtenleser, weshalb sie ihn vorausschickten, um die Spur aufzunehmen. Eine Gruppe von solcher Größe musste leicht aufzufinden sein. Dennoch war die Gefahr nicht zu unterschätzen.

Gawain hatte nicht mitgezählt, wie oft er gegen Banden wie diese gekämpft hatte. Es waren immer solche Gruppen, die die

Überfälle auf britische Dörfer begingen. Seit der Schlacht vom Berg Badon, bei der Artus und Lancelot die vereinten Kräfte Britanniens gegen die Angeln und Sachsen geführt hatten, hatte es keine Armee der Gegner mehr gegeben. Die Zahl der Krieger war gering, es fehlte an einer einheitlichen Führung. Diejenigen, die die Schlacht überlebt hatten, hatten sich in ihre Siedlungen zurückgezogen, lebten abgeschieden von dem Rest Britanniens in kleinen Gebieten an der Ostküste.

Diese Gruppe hier stammte vermutlich aus den Sumpflanden. Dort befand sich die nächstgelegene anglische Siedlung. Unwirtliches Gefilde, kaum mit Pferden zu durchqueren, schon gar nicht mit einer Armee. Der Sumpf bot ihnen Schutz und war Fluch zugleich. Gawain konnte sich nicht vorstellen, dass man dort Getreide anzubauen vermochte oder es genügend Grasflächen für die Viehhaltung gab.

Sein Blick fiel auf Percival, der an seiner Seite ritt. Percivals Vater entstammte der alten Königslinie von Ebrauc. Vor langer Zeit, als die Sumpflande noch bewohnbar und mit fruchtbaren Feldern ausgestattet waren, hatten Percivals Vorfahren über dieses Land geherrscht. Demnach wäre er nun der Herrscher der Sumpflande. Gawain hatte keine Ahnung, ob sich sein Freund dessen bewusst war.

Seine Gedanken wurden unterbrochen, als Artus vor ihnen sein Ross zügelte und die Hand hob, damit sie ebenfalls anhielten. Sie befanden sich auf grünem Gelände, saftige Wiesen, gutes Weideland, lag unbebaut vor ihnen, sanfte Hügel ragten empor und versperrten den Weg gen Osten.

Gawain erkannte seinen Bruder, der einen dieser Hügel hinabgeritten kam. Sie warteten, bis er bei ihnen war. Stramm zügelte er sein Pferd vor Artus.

»Sie sind zehn Meilen östlich«, erklärte Gaheris nach Atem ringend. Er hielt sich die Hand auf die Brust und schnaufte durch. »Dort ist ein Wald. Sie rasten und haben ein Lagerfeuer entfacht. Die Rauchsäule steigt über die Baumwipfel empor.«

Gawain ritt an seine Seite. »Das könnte eine Falle sein.«

Artus hob die rötlichen Augenbrauen. »Oder sie sind sich sicher, dass sie nicht verfolgt werden.« Er wandte sich im Sattel um und überschaute die Reiter, die sie begleiteten. »Sie haben Uryens Männer besiegt. In zwei Tagesritten ist niemand sonst, der sie verfolgen könnte. Daher rechnen sie nicht damit, ein weiteres Mal angegriffen zu werden.«

Gawain richtete sich in seinem Sattel auf und versuchte, sich zu orientieren. Westlich und südlich erhoben sich steilere Schatten des Gebirges, das den Norden von der Mitte Britanniens trennte. Jenseits der westlichen Hügel erstreckten sich die Wälder, durch die er geritten war, als er auf dem Weg nach Caer Luel gewesen war.

Wenn die Angeln ein Lager im Zauberwald aufgeschlagen hatten, steckten sie in Schwierigkeiten. Ein Umstand, der ihm hätte gleichgültig sein können. Aber sie hatten die britischen Frauen und Kinder bei sich.

Ein kalter Schauder lief ihm vom Nacken bis zum Hintern, als er an den Zauberwald dachte. Beinahe spürte er das Kitzeln des Nebels auf seiner Haut.

»Gawain?« Artus sah ihn mit gerunzelter Stirn an.

Er schüttelte sich, um die Erinnerung abzuwerfen. »Wir sollten zum Anbruch der Nacht am Waldrand angekommen sein. Diese Wälder sind gefährlich.«

Artus schien darüber nachzudenken, entschied dann aber anders. »Wir rasten hier und brechen bei Sonnenuntergang auf.

Dann erreichen wir den Wald in der frühen Nacht und haben den Überraschungseffekt auf unserer Seite.«

Percival gab die entsprechenden Befehle weiter an die Männer.

»Das hast du gut gemacht«, lobte Artus den jungen Gaheris und klopfte ihm auf die Schulter. »Nun ruh dich aus, bis wir weiterreiten.«

Gaheris presste fest die Lippen aufeinander, den Blick auf den Boden gerichtet, und sagte nichts weiter.

Artus hob erneut die Brauen und sah Gawain vielsagend an. Dieser nahm sich Gaheris zur Seite, nachdem sie abgestiegen waren und die Pferde versorgt hatten. Er reichte seinem Bruder eine Holzflasche mit Met. »Hier, trink einen guten Schluck davon.«

Gaheris schüttelte den Kopf. »Ich muss einen klaren Kopf bewahren. Wo ist das Wasser?«

Gawain drückte ihm die Flasche an die Brust. »Es beruhigt die Nerven.«

Ywein war in Hörweite und kam zu ihnen, die Arme vor der Brust verschränkt. »Was hast du gesehen? Außer dem Lagerfeuer?«

»Nichts«, antwortete Gaheris und wandte sich ab, den Blick fest auf seine Fußspitzen geheftet.

»Das sind meine Leute, die gefangen genommen wurden«, knurrte Ywein. »Sag es mir!« Sein Ton ähnelte jedoch eher dem eines trotzigen Kindes als dem eines wütenden Kriegers. Er wollte Gaheris gegen die Schulter boxen, doch Gawain packte seinen Arm und hielt ihn in der Bewegung ab.

»Schlage niemanden, wenn du keinen guten Grund dazu hast«, ermahnte er den Jungen.

»Ich habe sie schreien gehört«, murmelte Gaheris nun und wagte immer noch nicht, jemanden anzusehen.

»Wen?«, wollte Ywein wissen.

Gaheris sog scharf die Luft ein. »Die Frauen.«

Verwirrung zeichnete sich in dem feinen Gesicht des jungen Thronfolgers ab, dann Erkenntnis. Er wurde blass.

Gawain räusperte sich. »Nehmt am Feuer Platz, esst und trinkt etwas. Wir müssen ausgeruht sein, bevor wir in den Kampf ziehen.«

Gaheris nickte betrübt und Ywein folgte ihm, als wäre seine Seele selbst zu den Toten gegangen.

Gawain lief zu Artus, der sich noch mit seinem Pferd beschäftigte. »Ich habe meine Zweifel, ob es gut war, den Jungen mitzunehmen.«

Artus warf einen Blick über seine Schulter zu den beiden jungen Männern, die sich zu den anderen Kriegern ans Feuer setzten. »Er hält sich bisher gut, findest du nicht?«

»Es würde mich nicht wundern, wenn er beim ersten Anblick einer anglischen Axt den Schwanz einzieht und zurück zu Papi rennt.«

Artus runzelte die Stirn. »So schätze ich ihn nicht ein. Er trägt Stolz und Trotz in sich. Er wird nicht kneifen.« Er seufzte. »Aber wir wissen nicht, ob sein Training in Camelot ausreichend war, ob er all das anwenden kann, was wir ihm beigebracht haben. Es ist sein erster Kampf. Ich wäre dir dankbar, wenn du in seiner Nähe bleibst.« Artus sah noch einmal zu den jungen Kriegern hinüber. »Was ist mit deinem Bruder? Er hatte bisher niemals Angst vor den Kämpfen.«

Das stimmte. Sein Leichtsinn glich dem von Gawain, als er selbst noch in diesem Alter gewesen war. »Er hat noch niemals erlebt, wie Frauen und Kindern Gewalt angetan wurde.«

Artus' Kiefer spannte sich an. »Ist es das, was er gesehen hat?«

»Er hat ihre Schreie gehört.«

Der Blick des Königs traf den seinen. Sie hatten viele Kämpfe Seite an Seite bestritten und Dinge gesehen, die man am liebsten in die Welt der Albträume verbannen würde. Aber sie waren real. Kinder wurden hingerichtet, Frauen vergewaltigt, Männer ausgeweidet. In beiden Lagern, wenn es schlecht kam. Artus hatte es seinen Männern verboten. Als Strafe standen das Abtrennen der Schwerthand und die Verbannung. Artus selbst hatte erleben müssen, zu welchen Gräueln Männer im Blutrausch fähig waren. Deswegen duldete er diese nicht unter seinen eigenen Leuten.

»Behalte beide Jungen im Blick«, bat Artus.

Gawain nickte. Er würde auf sie aufpassen. So gut es ihm möglich war.

Sie erreichten den Wald noch in der Abenddämmerung. Es war gerade noch so viel Licht vorhanden, dass sie sich orientieren konnten.

Artus ließ seine Truppe anhalten und nahm den Waldrand in Augenschein. »Vermutlich haben sie Wachen aufgestellt.« Er sah zurück zu seinen Männern.

»Gaheris ist leichtfüßig«, überlegte Gawain.

Doch sein König verneinte. »Wir schicken nicht unsere Jüngsten vor.« Er winkte Percival herbei. »Wir zwei gehen vor und schalten die Wachen aus.« Er sah Gawain mit einem Blick an, der keine Widerrede duldete. »Du hast das Kommando. Wir werden euch ein Zeichen geben, wenn wir die Wachen ausgeschaltet haben. Hört ihr Schreie, stürmt sofort den Wald.«

Es gefiel Gawain gar nicht, seinen König als Vorhut in den Wald ziehen zu sehen. Aber so war Artus. Er blieb niemals zurück im Kampf. Daher nickte Gawain zähneknirschend.

Artus und Percy ließen ihre Pferde zurück und während Percy mit gezücktem Schwert loszog, beließ Artus seine Klinge in der Scheide und schulterte seinen Bogen nebst Köcher. Ein schneller Tod, kein Lärm von Klingen, welcher die Feinde auf sie aufmerksam machen würde.

Ywein trieb sein Pferd an Gawains Seite. »Sollte ein König nicht zurückbleiben und den Kampf von einem sicheren Posten aus lenken?«

Gawain grinste. »Artus hält sich selten an solche Regeln.« Er winkte Gaheris herbei. »Ihr beiden bleibt in meiner Nähe, wenn es losgeht.«

»Aber …«, wollte sein Bruder widersprechen.

Doch Gawain unterbrach ihn mit warnender Miene. »Wir wissen nicht genau, was uns in diesem Wald erwartet.«

Folgsam nickte Gaheris, und Ywein murrte, dass er verstanden habe.

Gawain gab den anderen Männern Anweisung, dass auch sie zu zweit bleiben sollten. Einer allein war zwischen den Bäumen ein zu leichtes Opfer für Hinterhalte.

Sie warteten eine kaum aushaltbare Zeit. Gawain wurde unruhig. Immer wieder sah er zurück zu den Männern, die ihn in den Kampf begleiteten. Einige von ihnen zeigten entschlossene Gesichter, andere wirkten eher so, als würde ihre eigene Hinrichtung bevorstehen. Und wer mochte es ihnen verdenken? Wessen Leben war in diesem Kampf schon sicher? Es konnte jeden von ihnen treffen, selbst Gawain. Ein unglücklicher Treffer und sein Leben wäre in dieser Nacht noch vorüber.

Er hatte ein gutes Leben geführt. Er war zufrieden und würde mit Ehre und Mut in den Tod gehen. Was auch immer danach kommen würde, er brauchte sich nicht zu fürchten. Gute Freunde warteten dort auf ihn, sein Bruder Gareth, seine Mutter … Dennoch gab es diese kleine Ecke seines Herzens, die flüsterte, dass es nicht alles gewesen sein konnte. Etwas hatte in seinem Leben gefehlt. Etwas sehr Bedeutendes.

Das Lächeln einer Frau, wenn er von einer langen Reise nach Hause kehrte.

Liebevolle Streitereien am heimischen Feuer.

Geflüsterte Worte, die nur für ihn bestimmt waren.

Das glockenhelle Lachen eines Kindes.

Bei allen Göttern, wann war das passiert? Wann hatte er angefangen, sich das zu wünschen?

Vielleicht in jenem Moment, als er Lothian und damit den Ort seiner Geburt verlassen hatte. Vielleicht in jenen Monaten, als er ein Onkel für Elaynes Sohn geworden war und sich um den kleinen Mann gekümmert hatte.

Gawain wusste, dass er niemals ein guter Ehemann sein würde. Trotzdem sehnte sich eine kleine Ecke seines Herzens genau danach. Verrückt.

»Gawain!«, zischte Gaheris an seiner Seite und deutete gen Himmel.

Ein schneller Schatten hob sich von dem dunklen Blau ab und bohrte sich zehn Schritte von ihnen entfernt in den Boden.

Gawain stieg von Wurzel ab und eilte zu dem Pfeil. Dieser wies die grünen Federn auf, die Artus für seine Pfeile verwendete. Das war das Zeichen.

»Vielleicht ist es eine Falle?«, murmelte Ywein, als er mit dem Pfeil in der Hand zu den Kriegern zurückkehrte.

Gawain schüttelte den Kopf. »Nein, niemand außer Artus ist in der Lage, diesen Bogen zu spannen.«

Er wies die Männer an, von ihren Pferden abzusteigen und die Waffen bereitzuhalten. Sie mussten so lautlos wie möglich in den Wald gelangen. Der Moment der Überraschung musste ihnen erhalten bleiben.

Zwei Männer ließ er zurück, um die Pferde zu bewachen und als Nachhut. Er wählte die Jüngsten unter ihnen.

Doch auch Ywein zeigte erste Anzeichen der Nervosität. Der junge Thronfolger schritt an Gawains linker Seite, während Gaheris sich rechts von Gawain hielt. Immer wieder musste der Bursche sein Schwert neu greifen und fuhr sich mit der freien Hand über die Stirn.

Gawain hätte ihm gerne Mut zugesprochen, doch je weniger sie redeten, desto besser. Jedes unbedachte Geräusch hätte ihr Herannahen verraten können. Er gab Zeichen, sich zwischen den Bäumen zu verteilen.

Gaheris fand die Spuren, die zu dem Lager führten, obschon das Licht nun immer schneller schwand. Die guten Augen seines Bruders hätten einer Wildkatze Ehre gemacht.

Noch bevor sie das Licht des Lagerfeuers zwischen den Bäumen aufleuchten sahen, hörten sie die Stimmen der Männer. Einige lachten, andere erzählten Geschichten in einer Sprache, die Gawain zwar nicht verstand, die er aber oft gehört hatte. Es war eine der germanischen Sprachen.

Das Weinen eines Kindes drang zu ihm durch und die beruhigende Stimme einer Frau. Das Wimmern einer anderen Person, das Fluchen einer weiteren.

Gawain wartete, bis alle seine Gefährten in Sichtweite waren.

Dann hob er sein Schwert, zählte innerlich bis drei und ließ es ruckartig sinken.

Um ihn herum erschall das Brüllen seiner Männer, die zum Angriff übergingen. Sie stürmten zwischen den Bäumen hindurch auf die Lichtung zu. Gawain selbst war einer der Ersten, die das Lager erreichten. Sein erster Gegner war so überrascht, dass er nicht einmal nach einer Waffe greifen konnte. Gawain rammte ihm seine Schwertknäufe gegen die Schläfen und schaltete ihn so aus.

Der nächste Gegner trug wenigstens ein Schild und stürmte mit dessen Kante zuvorderst und einem manischen Brüllen auf Gawain zu. Dieser wich mit einem Schritt zur Seite aus, hob das Bein und verpasste dem Mann einen Tritt in die Kniekehlen. Als der Feind zu Boden ging, ließ Gawain seine Klingen über die Oberschenkel des Feindes gleiten. Er würde die Verletzung höchstwahrscheinlich überleben, aber er würde ihnen nicht mehr folgen können.

Gawain sah sich nach dem nächsten Angreifer um, doch alle waren bereits in Kämpfe verwickelt, denn sie befanden sich in der Unterzahl. Er bemerkte eine Gruppe Frauen, die sich wimmernd aneinanderschmiegte. Ihr Zustand war mehr als desolat, ihre Kleidung hing teilweise nur noch in Fetzen an ihnen.

Gaheris näherte sich ihnen, seine Klinge bereits von Blut rot gefärbt, und versuchte, ihnen Mut zuzusprechen und ihnen klarzumachen, dass sie kamen, um sie zu retten.

Ein anderer Germane hatte eine Frau gepackt und hielt sie als Schild vor sich, während der junge Ywein langsam auf ihn zuschritt, den Griff seines Schwertes mit beiden Händen fest umklammernd.

Der Gegner grinste dreckig, als sich ein Schatten aus den Bäumen löste und auf Ywein zustürmte.

»Verdammt«, knurrte Gawain und rannte ebenfalls los, sprang über einen leblosen Körper, stieß einen Korb mit Nahrungsmitteln um und hechtete zu seinem Gefährten.

Zu spät, der Gegner hatte Ywein erreicht und schlug mit einer Axt auf ihn los. Der junge Mann hob ächzend sein Schwert, um die Hiebe abzuwehren. Der andere, der die Frau als Schild gehalten hatte, stieß diese nun weg. Gawain kam noch rechtzeitig, um dessen Klinge mit seinen beiden Schwertern aufzuhalten, bevor er Ywein in den Rücken fallen konnte.

Der bärtige Kerl grunzte entrüstet auf und legte sein ganzes Gewicht in seinen nächsten Schlag, den Gawain wiederum mit beiden Klingen abwehrte. Sein Gegner war fast einen Kopf größer als er und doppelt so breit. Mit übel verzogener Fratze legte er sein Gewicht in seine Klinge und gegen Gawains Schwerter.

Gawain hielt dagegen, doch schon bald zitterten seine Arme vor Anstrengung. Der Mann grinste und sprach in gebrochener britannischer Sprache: »Bist du zu schwach, kleines Mädchen?«

»Stark genug«, ächzte Gawain und wich zur Seite aus. Doch sein Gegner schien diesen Schritt vorausgeahnt zu haben.

Der Kerl behielt sein Gleichgewicht, grinste und holte zu einem weiteren Schlag aus.

Gawain tänzelte um ihn herum, schaffte es, ihm sein Schwert aus der Hand zu winden. Indes stürmte gerade, als er mit der rechten Klinge zustechen wollte, der Mann brüllend auf ihn los und warf ihn um, sodass er mit ganzem Gewicht auf Gawain landete.

Kurz wurde ihm schwindelig und er nahm die Geräusche um sich herum nur noch gedämpft wahr. Bei dem Aufprall hatte er das Schwert aus der Rechten verloren, doch der Griff seines anderen Schwertes lag noch immer in der linken Hand. Der Koloss lachte triumphierend und tastete nach seiner Waffe, die unweit von ihm lag. Dazu richtete er sich ein wenig auf und Gawain nutzte die Chance und hob die ihm verbliebene Klinge.

Auch dies schien der Kerl erahnt zu haben, denn mit einer seiner kräftigen Pranken packte er Gawains Arm und drückte ihn fest zu Boden. Die eigene Klinge hatte er erreicht und presste sie gegen Gawains Kehle.

Ein Zischen sauste an Gawains Ohr entlang. Der triumphierende Gesichtsausdruck seines Gegners wich Überraschung. Dann schrecklicher Erkenntnis. Mit beiden Händen packte er den Pfeil, der sich seitlich durch seine Kehle gebohrt hatte.

In Gawains Gesicht troff Blut, das er angewidert wegwischte, bevor er all seine Kraft zusammennahm und den Koloss von sich fortschob.

Der Pfeil in der Kehle trug grüne Federn.

Gawains Blick huschte in die Richtung, aus der er gekommen war, und er erkannte Artus, der mit gespanntem Bogen am Rande der Lichtung stand und auf einen weiteren Gegner zielte. Einen Hünen, der einen ihrer Männer an den Haaren packte und ihm die Kehle durchschneiden wollte.

Binnen eines Augenblicks hatte der Pfeil den Brustkorb des Feindes durchbohrt und er ließ den Jungen los.

»Ywein!«, rief Gawain entsetzt aus und eilte an die Seite des jungen Mannes.

Sein Bein wies eine üble Verletzung durch die Axt auf. Auf wundersame Weise aber lebte der Thronfolger Rhegeds noch.

»Haben wir … haben wir gewonnen?«, wollte Ywein verwirrt wissen.

Gawain presste seine Hände auf die blutende Wunde. »Haben wir. Und du hast dich tapfer geschlagen.«

Artus war plötzlich an seiner Seite. »Er muss nach Caer Luel zurückgebracht werden. Meine Schwester kann ihm helfen.«

»Zuerst müssen wir die Blutung stoppen«, murmelte Gawain.

Gaheris kam ebenfalls zu ihnen und hatte eine der geretteten Frauen dabei.

Diese riss ein Stück ihres Kleidsaumes ab, kniete sich neben Gawain und begann, die Wunde zu verbinden. Eine weitere Frau eilte herbei und unterstützte sie. Sanft schob sie Gawains Hände fort und lächelte ihn erschöpft an.

»Ihr habt uns gerettet. Jetzt ist es an uns, euch zu helfen.«

Er nickte und wich zur Seite, damit die erfahreneren Hände genügend Platz hatten.

»Artus!«, rief Percival vom Rande der Lichtung.

Ihr König sah alarmiert auf, als der Waffengefährte nahte.

»Zwei von ihnen sind entwischt. Sie haben Ponys und drei oder vier Frauen mit sich genommen und sind in Richtung Süden geflohen.«

Artus kontrollierte seinen Köcher. Er hatte noch einige Pfeile übrig. »Wir verfolgen sie. Sie werden nicht weit gelangen.«

Gawain richtete sich auf und wischte die Hände an der Hose ab. »Lass mich mit Percy gehen.«

Doch Artus schüttelte den Kopf. »Ich übergebe dir die Verantwortung für unsere Männer und die geretteten Frauen.« Eindringlich legte er Gawain eine Hand auf die Schulter und sah ihn fest an. »Sie müssen in Sicherheit gebracht werden. Geleite sie nach Caer Luel.«

Gawain hatte kein gutes Gefühl dabei. »Artus ...«

»Bitte«, flüsterte Artus. »Bring Ywein zu meiner Schwester.«

Artus wollte keinen von den Feinden laufen lassen. Er wollte jeden einzelnen zur Verantwortung ziehen. Und keine der Frauen sollte zurückgelassen werden, das erkannte Gawain in dem eindringlichen Blick der graublauen Augen.

Also nickte Gawain seufzend. »Ist gut, ich kümmere mich darum, dass alle nach Hause kommen.«

Doch wenn Artus etwas geschah … Gawain würde selbst nie zurückkehren können nach Camelot, um Gwenhwyfar zu berichten, dass er ihren Ehemann hatte gehen lassen.

Dankbar drückte Artus noch einmal Gawains Schulter und wandte sich dann an Percival. »Wir müssen die Pferde holen, wenn wir die Männer einholen wollen.«

»Ja, mein König.«

Artus und Percy machten sich sofort auf den Weg, während Gawain versuchte, sich einen Überblick zu verschaffen.

Einige der Frauen waren schwer verletzt. Von den Männern, die sie aus Caer Luel mitgebracht hatten, waren ebenfalls einige verwundet. Er hoffte, es waren nur Prellungen und leichte Abschürfungen.

Der Moment der Überraschung war auf ihrer Seite gewesen. Ein Vorteil, der ihnen zu einem raschen Sieg verholfen hatte.

»Sammelt ein, was ihr tragen könnt«, wies Gawain die Männer und Frauen in seiner Nähe an. »Wir müssen, so schnell es geht, aufbrechen.« Sein Blick fiel auf einen umgekippten Karren und er winkte einen der Männer herbei, um das Gerät auf die Räder zurückzubringen.

Die nächsten Stunden verbrachten sie damit, im Schein des Lagerfeuers alles zu bergen, was sie tragen konnten, und die Verletzten auf den Karren zu hieven.

Es würde leichter werden, wenn sie zu den Pferden gelangten.

Doch bei Anbruch des Morgens erkannte Gawain, dass die Frauen eine Pause brauchten. Sie hatten ein Pferd vor den Karren gespannt und jeder, der nicht mehr laufen konnte, saß auf dem Rücken eines Rosses.

Fern des Waldes, in dem sie gefangen gewesen waren, ließ Gawain ein kleines Lager errichten. Wunden mussten frisch verbunden werden. Sie mussten essen und vor allem trinken, um wieder zu Kräften zu kommen.

Insbesondere aber wollte Gawain Artus und Percy die Möglichkeit geben, sie einzuholen. Das merkwürdige Gefühl, das bei Aufbruch der Freunde aufgekommen war, verstärkte sich mit jeder Stunde.

Die Sonne hatte bereits ihren Zenit überschritten, als Percival mit drei der Frauen zu ihnen stieß. Zwei von ihnen teilten sich ein Lastenpony, die dritte saß hinter Percy im Sattel und klammerte sich verzweifelt an ihn.

Erleichterte Rufe wurden laut, als man die kleine Gruppe sah. Frauen und Kinder fielen sich in die Arme und weinten vor Freude.

Gawain packte Percy am Arm. »Wo ist Artus?«

»Es geht ihm gut«, versicherte sein Freund und löste sich aus seinem Griff. »Die Frauen müssen versorgt werden. Ihnen wurde Übles angetan.«

Gawain warf einen Blick zu den drei Frauen, die in noch schlimmerem Zustand waren als die anderen. Sie vermochten kaum die Blöße ihrer geschundenen Körper zu verdecken, ihre Haare waren zerzaust und Blätter hatten sich in ihnen verfangen. Eine der Frauen hatte blutig geschlagene Lippen, eine andere den Schnitt einer Klinge an der Wange und die dritte einen verdächtigen Fleck in dem, was von ihren Röcken übrig geblieben war. Doch die anderen Frauen kümmerten sich bereits um sie.

»Wo ist unser König?«, betonte Gawain seine Frage.

Percy seufzte und wischte sich mit dem Ärmel über das Gesicht. Auch er hatte sich verausgabt, um diese Menschen zu retten. »Wir haben die beiden Männer im Kampf getötet und befanden uns bereits auf dem Weg mit den Frauen hinaus aus dem Wald. Artus sah plötzlich etwas zwischen den Bäumen aufblitzen. Wir dachten, es könnte ein weiterer Gegner sein. Ohne zu zögern, legte Artus den Bogen an und schoss einen Pfeil ab.« Müde begegneten seine hellblauen Augen Gawains Blick. »Es war nur ein Hirsch. Wir sahen ihn, als er sich durch das Dickicht kämpfte. Artus' Pfeil steckte in seiner Flanke und das Blut rann wie ein Bach über das weiße Fell. Artus erklärte, dass er das Tier nicht leiden lassen konnte, und nahm die Fährte auf, um es von seinem Leid zu erlösen. Ich sollte die Frauen zurückbringen.« Sehnsüchtig schaute er hinüber zu dem Lagerfeuer, an dem ein Krug mit Wasser herumgereicht wurde. »Artus versprach, vor Einbruch der Nacht zurück zu sein.«

Gawain sah in die Richtung, aus der Percy gekommen war. »Welcher Wald?«

»Was?« Sein Freund war mehr als müde, er machte einen erschöpften Eindruck.

Aber Gawain musste es wissen. Sie hatten den Wald bereits hinter sich gelassen. Die beiden Angeln waren gen Süden geflohen.

»Dieser Wald, von dem du uns erzählt hast«, bestätigte Percy seine Befürchtung. »Die Angeln waren dorthin geflohen, aber wir holten sie rasch ein.«

»Verdammt!«, fluchte Gawain und erhielt dadurch einen tadelnden Blick seines Freundes. Er musste handeln. Sofort. »Bring sie nach Caer Luel, sobald alle wieder reisefähig sind«, sprach er. »Ich suche Artus.«

»Aber …« Percy besann sich. Offensichtlich erkannte er, dass Gawain recht hatte. »Gut. Sobald wir können, brechen wir auf.«

Gawain eilte zu Wurzel und überprüfte den Sitz seiner Waffen. Da sie bereit sein mussten, jederzeit weiterzureisen, hatte er ihn nicht abgesattelt. »Tut mir leid, mein Freund«, murmelte er. »Sieht so aus, als müssten wir noch einmal in diesen wilden Wald reiten.«

Das Ross reagierte mit einem leisen Schnauben, als hätte es Gawains Worte verstanden, und erteilte so seine Zustimmung. Gawain schwang sich in den Sattel und trieb Wurzel zum Galopp an. Jeder Moment, den er zögerte, war ein verlorener Moment.

Er ritt so lange, bis er die ersten Bäume des Zauberwaldes erkennen konnte. Finster erhob sich das Gehölz vor ihm und er zügelte sein Ross.

Irgendwo dort drinnen befand sich sein Freund und König. Und steuerte vermutlich auf eine ähnlich gefährliche Lage zu wie er selbst vor einigen Monden.

Gawain ließ den Blick über den Waldrand wandern auf der Suche nach einem Anzeichen seines Freundes.

»Artus!«, rief er schließlich und Wurzel zuckte unter ihm zusammen. »Artus!«

Gawain schluckte. Keine Antwort. Natürlich nicht. Er lenkte Wurzel den Waldrand entlang und suchte nach Spuren. Irgendwo mussten Percy und die Frauen herausgekommen sein. Dort würde er mit der Suche nach Artus beginnen.

Er war zunächst dem falschen Weg gefolgt. Das bemerkte er, als er das Ross wenden ließ, an einer Gabelung den anderen Pfad nahm und dort eine Gestalt ausmachte, groß gewachsen, mit kupfernem Haar, das im Licht der untergehenden Sonne hell leuchtete.

»Artus!«, rief Gawain erleichtert aus und drückte Wurzel die Hacken in die Flanken. Kurz vor Artus glitt er aus dem Sattel und kam vor ihm zum Stehen. Der größere Mann sah ihn verwirrt an.

»Bei allen Göttern«, entfuhr es Gawain. »Artus!«

Der Kummer in den graublauen Augen seines Königs war so tief, dass Gawains eigenes Herz schmerzte. Artus' Kleidung wirkte zwar mitgenommen, aber unversehrt. Doch seine Hände waren voller Blut. Hektisch packte Gawain ihn an den Armen.

»Es ist nicht mein Blut«, erklärte Artus leise. Seine Stimme war gefasst, doch seine Trauer hörte man heraus.

»Was ist geschehen?«, wollte Gawain wissen. »Wo ist dein Pferd?«

Artus runzelte die Stirn, als müsste er erst einmal über die Bedeutung dieser Worte nachdenken. Dann nickte er und zeigte in den Wald. »Dort drinnen. Wir … ich habe mich verlaufen.«

Gawain lachte hysterisch auf. »Oh ja, das Gefühl kenne ich. Aber … was ist passiert?«

»Ein Hirsch«, erklärte sein König, und sein unruhiger Blick suchte den Wald ab. »Ein weißer Hirsch, sein Fell strahlend wie frisch gefallener Schnee. Er war auf einmal da … Ich habe den Pfeil abgeschossen, bevor ich erkannte, was es war. Ich dachte, es wäre ein weiterer anglischer Krieger.«

»Ja, so etwas hat Percy berichtet.«

»Ich bin ihm nachgeeilt, als ich meinen Fehler erkannte. Ich konnte ihn nicht leiden lassen … Er … er …« Artus schluckte.

Gawain hatte ihn noch nie so unsicher und verwirrt erlebt. Das Rufen eines Uhus drang aus dem Wald zu ihnen. Die Sonne war noch tiefer gesunken und das Zwielicht beherrschte das Gelände. Der Wald erwachte.

»Wir müssen von hier fort«, entschied Gawain. »Du kannst mir auch später erklären, was passiert ist.«

Artus lebte, das war das Wichtigste. Sie mussten zurückkehren in die sicheren Mauern von Caer Luel, und Gawain selbst wollte so weit fort von diesem Wald, wie es ihm möglich war.

Kritisch betrachtete er Wurzel. Dessen stämmige Gestalt konnte nun durchaus von Vorteil sein.

»Steig auf«, bat Gawain. »Er kann uns beide tragen.«

»Mein Pferd«, entgegnete Artus und sah zurück in den Wald. »Es wird den Weg schon herausfinden. Glaube mir, Tiere haben einen viel besseren Fluchtinstinkt als wir selbst. Nun los, bevor die Nacht ganz hereinbricht.«

»Es war der Königshirsch«, murmelte Artus, während Gawain Wurzel in jene Richtung lenkte, aus der sie gekommen waren. Artus saß hinter Gawain und hielt sich lediglich mit einer Hand an seiner Schulter fest. »Niemand tötet den Königshirsch, ohne den Preis dafür zu zahlen.«

Erneut überzog eine Gänsehaut Gawains Rücken.

Der König hatte den Königshirsch getötet. Er hatte keine Ahnung, was die alten Legenden darüber sagten. Doch er selbst ahnte, dass dies nur Unheil bringen konnte.

ARTUS' UNMÖGLICHE

AUFGABE

S ie holten die anderen ein, als der Mond bereits hoch am
Himmel stand.

Gawain erkannte, dass Wurzel an seine Grenzen kam.
Zwei ausgewachsene Männer zu tragen, kostete zu viel Kraft. Er
würde keinen weiteren Ritt überleben, wenn er nicht jetzt sofort
eine Pause bekam. Entgegen Gawains Anweisung hatte Percy
die Gruppe nicht weiter nach Caer Luel geführt.

»Ywein hat Fieber«, erklärte der Jüngere Gawain und Artus.
»Er kann nicht weiter.«

Einige der Frauen kümmerten sich um Ywein. Artus ging zu
ihm, um dessen Zustand zu betrachten. Gawain verschaffte sich
indes einen Überblick über die Situation.

Sie hatten nicht viele der Vorräte retten können. Das meiste
war im Kampf unbrauchbar geworden. Weizen, der sich mit
blutiger Erde mischte, Milch, die sich in Pfützen ergossen hatte,

waren ungenießbar. Etwas Gemüse war zu retten gewesen, auch ein paar Hühner und eine Kuh, die ihr Vorankommen jedoch verlangsamen würde. Sie hatten nur einen Karren. Auf dem transportierten sie die geretteten Lebensmittel und diejenigen der Frauen und Kinder, die selbst nicht mehr laufen konnten.

Gawain trat an Artus' Seite und musterte den Jungen, der vor ihnen auf einer Wolldecke lag.

»Er hat sich tapfer geschlagen«, murmelte Artus.

Gawain grummelte etwas Zustimmendes, verschränkte jedoch die Arme. »Wir müssen ihn auf den Karren zu den anderen tragen. Wir wissen nicht, ob noch einzelne Angeln entkommen sind und uns nun verfolgen.«

Artus nickte. »Percival und Gaheris müssen unsere Nachhut bilden. Wir werden nur langsam vorankommen.«

»Sollen wir heute Nacht hier schlafen?«

»Alles andere wäre sinnlos. Wir würden Ywein verlieren und vermutlich noch eine der Frauen, die es am schlimmsten erwischt hat.«

Gawain hatte sie gesehen. Ein junges Ding mit wundervollem goldenen Haar. Ein Schnitt verlief quer über ihr Gesicht. Viel schlimmer aber war, dass sie blutete und nicht aufhörte zu bluten. Die anderen Frauen sagten, sie habe ein Kind getragen. Das Kind hatte die Vergewaltigung nicht überlebt. Und wenn es schlecht lief, würde auch die Mutter es nicht überstehen.

Gawain kam sich nutzlos vor, als er sah, wie sehr sich die Frauen um die Verletzten kümmerten. Sie vergaßen ihren eigenen Schmerz, das Leid, das sie gerade erlebt hatten, und schenkten all ihre Kraft denen, die sie noch mehr brauchten. Eine von ihnen wachte an Yweins Seite und kühlte seine Stirn mit nassen Tüchern.

Er wusste – würden sie erst einmal Caer Luel erreichen, konnte man ihnen helfen. Morgaine war auf Avalon ausgebildet worden. Ihre Fähigkeiten als Heilerin waren in ganz Britannien bekannt.

Aber in dieser Nacht mussten sie ruhen, sonst würden auch diejenigen zusammenbrechen, die noch auf eigenen Füßen laufen konnten.

Artus schien einen ähnlichen Gedankengang gehabt zu haben. »Verteile die Vorräte«, bat er Percival. »Wir müssen wieder zu Kräften kommen.«

Der König verschaffte sich selbst einen Überblick über die Verletzten, bis er sich erlaubte, am Feuer Platz zu nehmen. Gawain reichte ihm eine Schale mit Kräutersuppe. Sie war sehr dünn, aber schmeckte ganz gut. Dazu gab es trockenes Brot, das mehr einem Steinbrocken glich. In die Suppe eingetunkt war es genießbar.

»Wir hatten schon schlimmeres Essen«, meinte Gawain und brachte Artus damit zum Schmunzeln.

»Stimmt. Und ich erinnere mich an Zeiten, da hatten wir gar nichts.«

»Oh ja«, pflichtete Gawain bei. »Der Winter, in dem wir Schnee aßen. Wie lange ist das her?«

Artus schnaubte. »So viele Winter. Ich weiß es nicht mehr. War Merlin noch bei uns?«

Gawain schüttelte den Kopf. »Aber es kann nicht so lange her sein. Wir sind doch nicht alt.«

Artus grinste nun beinahe. »Du bist ohnehin jünger.«

»Nur ein wenig. Auch meine Knochen knacksen, wenn ich morgens aufstehe, und ich verbringe die Abende lieber am warmen Feuer als draußen im Schnee auf der Suche nach dem nächsten Abenteuer.«

Sein Freund nickte nachdenklich und richtete den Blick in die Flammen.

Gaheris kümmerte sich gerade um das Lagerfeuer. Er wirkte erschöpft, etwas blass, aber gefasst. Gawain würde später mit ihm reden. Jetzt war es Artus, um den er sich sorgte. Was war ihm im Zauberwald widerfahren? Was hatte ihn so sehr verstört, dass er nicht einmal darüber reden konnte?

Gawain war sehr dankbar für die Metflasche, die nun herumgereicht wurde. Er trank nicht zu viel davon, da er für alle reichen sollte. Die Wärme, welche sich in seinem Magen ausbreitete, war wohltuend und er atmete erleichtert aus.

Artus nahm ebenfalls einen kräftigen Schluck aus der Flasche, bevor er sie weiterreichte. »Wenn Merlin doch hier wäre …«, flüsterte er.

Er hatte seit Jahren nicht von ihm gesprochen. Zumindest hatte Gawain es nicht gehört. Und Merlin war kein Krieger. Artus' Wunsch musste also mit dem Zauberwald zu tun haben.

»Hast du dich in den Wilden Bäumen verfangen?«, wagte Gawain einen Vorstoß.

»Wilde Bäume? Nein … was auch immer das sein soll.« Artus lächelte traurig.

Gawain beobachtete ihn und ließ ihn seine Gedanken weiter sortieren, bis sein Freund diese aussprechen konnte.

»Die Lieder vom Schönen Volk«, murmelte Artus. »Hast du je daran gedacht, dass sie wahr sein könnten?«

Gawain überkam erneut eine Gänsehaut. Das Schöne Volk lebte in der Anderswelt. Gemäß den Liedern ihrer Vorfahren hatten sie jedoch einst ganz Britannien bevölkert. Nun jedoch weilten sie in dieser anderen Welt, deren Zugang für Normalsterbliche versperrt war. Aber wenn Wilde Bäume real waren … warum dann nicht auch das Schöne Volk?

Er musste sich räuspern. »Ja, habe ich«, gestand er.

Überrascht hob Artus den Blick. »Bist du ihnen begegnet?«

»Nein. Du?«

Der Vorstoß saß. Sein Freund starrte erneut ins Feuer. »Ich glaube … ich bin heute jemandem von ihnen begegnet. In diesem Wald.«

Gawain richtete sich auf. »Wie … wie sah er aus?«

»Groß … sehr groß. Und schlank wie ein junges Mädchen. Aber es war ein Mann. Seine Stimme war wohlklingend und bedrohlich zugleich. Sein Haar war silbrig weiß und reichte ihm bis zu den Knöcheln.«

Gawain runzelte die Stirn. »Sag, zog Nebel auf, bevor du ihn gesehen hast?«

Artus sah überrascht auf. »Woher weißt du das?«

»Nur so eine Vermutung. Sprich weiter. Hat der Fremde dich angegriffen? Ist es sein Blut, das über deine Hände lief?«

Artus schüttelte den Kopf und betrachtete seine Finger, die er zwischenzeitlich versucht hatte zu reinigen. Noch immer waren Blutreste zu sehen, besonders unter den Nägeln. »Nein, das ist das Blut des Hirschkönigs.« Er presste fest die Lippen aufeinander und schluckte, bevor er noch einmal von vorne begann. »Ich verfolgte den Hirsch durch das Unterholz, bevor das arme Wesen unter einer alten Eiche zusammenbrach. Als ich bei ihm ankam, atmete es hektisch, die Augen weit aufgerissen. Mein Herz schmerzte bei diesem Anblick. Sein Fell war silbrig weiß und das Blut an seiner Seite wirkte so … unwirklich. Aber es war sein Blut und es lag in meinen Händen, ihn von seinem Leid zu erlösen. Also nahm ich meinen Dolch, sprach ein Gebet unserer Vorväter und schnitt ihm die Kehle durch. Das Blut sickerte in den Boden, tränkte die Wurzeln des Baumes und ich vernahm einen schrillen Schrei. Als ich mich erschrocken aufrichtete, sah ich ihn. Er ritt auf einem anderen weißen Hirsch. Einem gewaltigen Tier mit silbrigem Geweih.

›Du hast den König des Waldes getötet‹, sprach der Fremde und ließ sich von seinem Reittier gleiten. Mit fließenden Gewändern kam er auf mich zu. In diesem Moment bemerkte ich auch den Nebel, der aufgezogen war.

›Es tut mir leid‹, entgegnete ich. ›Ich habe nicht gesehen, dass es kein Mensch war.‹

›Oh, einen Menschen zu töten, ist also besser?‹, höhnte der Mann.

›Natürlich nicht. Aber ich befand mich in einem Kampf mit Räubern, habe meine Leute befreit und dachte, der Schatten, den ich gesehen habe, sei einer von ihnen.‹

Das Wesen kam an meine Seite, überragte mich noch um eine Haupteslänge und kniete vor dem toten Tier nieder. ›Du hast ihn getötet‹, wiederholte es. ›Du hast den König getötet und wirst die Strafe dafür zahlen müssen.‹

›Ich wünschte, ich könnte es ungeschehen machen. Bitte sag mir, was ich tun kann. Es lag nicht in meiner Absicht, noch mehr Leid zuzufügen.‹

Er hob den Arm und legte seine schmale Hand auf meine Brust.

Gawain, ich glaube, in diesem Moment wäre ich selbst beinahe gestorben.

Doch dann nahm er seine Hand fort und nickte. ›Ich sehe, du hast ein gutes Herz und du sprichst die Wahrheit. Gleichwohl, was du getan hast, kann nicht ungesühnt bleiben.‹«

»Hast du nicht daran gedacht, ihm zu sagen, wer du bist?«, unterbrach ihn Gawain. »Dass du selbst ein König bist. *Der König?*«

Artus verneinte. »Es ist nur ein Titel. Das wurde mir in diesem Moment bewusst. Meine Krone ist lediglich ein Schmuckstück. Alles Schein ... nichts im Vergleich zu dem Wesen, das vor mir stand. Nichts im Vergleich zu dem Wesen, das ich gerade getötet hatte.«

»Was ist dann geschehen?«

»Der Fremde forderte mein Leben ... im Tausch gegen den Königshirsch.«

»Bitte?!«, entfuhr es Gawain entsetzt.

Doch Artus hob einfach nur die Schultern. »Er gab mir die Möglichkeit, mein Leben zu wahren. Er erklärte mir, dass es ein Rätsel gibt, das es zu lösen gilt. Und wenn mir dies bis Vollmond gelingt, verschont er mein Leben.«

Gawain schüttelte fassungslos den Kopf. »Wer ist dieser Mann?«

»Er nennt sich Gromer Somer«, erklärte Artus. »Ein merkwürdiger Name für einen merkwürdigen Mann.«

Sie schwiegen eine Weile, starrten gemeinsam in die Flammen und versuchten in der Stille zu verstehen, was geschehen war.

»Wie lautet das Rätsel?«, fiel Gawain dann ein.

Artus atmete tief durch und antwortete, ohne seinen Freund anzusehen. »Was ist es, das Frauen am meisten begehren?«

Gawain runzelte die Stirn. Hatte er richtig gehört? »Was ist das für eine Frage? Warum will er das wissen? Kennt er die Antwort und stellt dich auf die Probe?«

Artus sah kurz auf und dann zurück ins Feuer. »Womöglich. Doch sein Gesicht in dem Moment, als er die Worte aussprach, war … hoffnungsvoll. Als hätte er sich die Frage schon lange selbst gestellt und die Antwort nicht gefunden.«

»Bis ein Fremder in seinen Wald taumelt, der mehr von der Frauenwelt versteht als er«, spann Gawain diese Vermutung fort.

Sein Freund und König nickte nachdenklich.

Gawain kam nicht umhin, einen belustigten Laut von sich zu geben. »Bei allen Göttern, wenn diese Frage das größte Problem ist, das diesen Gromer Somer quält, ist er wahrlich verloren.«

Artus verzog das Gesicht. »Nun hat er sein Problem zu meinem gemacht.« Er grinste schief. »So bin ich ebenfalls verloren.«

Die Verletzten überlebten den Weg nach Caer Luel.

Ywein lag noch immer im Fieber. Morgaine nahm sich sofort seiner an und wich nicht mehr von der Seite ihres Stiefsohnes.

Artus war in diesen Tagen sehr still. Gawain wusste, was ihn quälte. Mehr als einmal schlug er ihm vor, Caer Luel und diesen vermaledeiten Zauberwald hinter sich zu lassen.

Was wollte Gromer Somer schon unternehmen? Mit einer Streitmacht nach Camelot ziehen?

Andererseits waren schon aus niederen Beweggründen Kriege entstanden. Und Artus hielt stets sein Wort. Es war sein Vorbild, das Gawain in dieser Hinsicht geprägt hatte, mehr als sein Vater, mehr als seine Mutter. Artus, sein junger Onkel, der mehr wie ein Vetter oder Bruder für ihn war, hatte ihm vorgelebt, was Ehre bedeutete … was Freundschaft bedeutete … was Bruderschaft bedeutete.

Ohne ihn wäre er versoffen und ohne Kleider am Leib in irgendeiner Gosse gelandet.

Artus würde sein Versprechen halten. Und Gawain würde ihm dabei helfen.

Tage verbrachte er damit, sich unter den Bediensteten der Festung von Caer Luel umzuhören.

Was war es, das Frauen am meisten begehrten?

Doch es machte den Anschein, als hätte jedes weibliche Wesen eine eigene Antwort darauf.

Reichtum war oft zu hören oder auch Kinder. Einen Mann, der für einen sorgt. Eine Tochter, unter deren Dach man stets willkommen war. Schönheit wünschten sich manche. Keine der Antworten konnte Gawain überzeugen. Trotzdem berichtete er Artus des Abends, was er gehört hatte, und dieser wurde mit jedem Tag stiller.

So still, dass selbst seine Schwester es bemerkte.

Drei Abende, bevor die Frist für Artus ablief, setzte sie sich endlich zu ihnen, um mit ihnen zu essen. Sie wirkte selbst erschöpft, hatte sie sich doch seit Tagen nur um ihren verletzten Gatten und nun zusätzlich um ihren Stiefsohn gekümmert. Dunkle Schatten lagen unter ihren sonst strahlend grünen Augen, und in ihren braunen Locken schienen sich mehr silberne Fäden zu befinden als noch zuvor.

Sie berichtete, dass Ywein das Fieber überstanden habe, und auch Uryen ging es besser. Die Nachricht vom Sieg über die Angeln hatte wie ein Heilmittel für ihn gewirkt. Morgaine hatte ihm zwar verboten, einen Schritt in seine Halle zu setzen, doch von seinem Krankenlager aus gab er bereits wieder Befehle und verlangte von seinen Hauptmännern und Bediensteten Berichte über die Vorgänge in seiner Festung und im Umland.

Artus wurde die Ehre zugesprochen, die ihm gebührte, doch er nahm diese mit viel Demut entgegen. Weder zu Weingelagen noch zu fröhlichem Tanz wollte er sich überreden lassen.

Niemand war in Hörweite außer Gawain, als Morgaine ihrem Bruder sacht eine Hand auf die Schulter legte. »Was betrübt dich so sehr? Du hast Uryen und seinem Volk Gerechtigkeit getan. Jeder Mann und jede Frau im Umkreis von drei Tagesritten hat bereits davon Kenntnis erlangt. Sie sprechen von dir wie in den alten Tagen, als du gerade erst die Schlacht von Badon gewonnen hattest.«

Artus lächelte müde. »Es tut mir leid, dass ich eurer Freude nicht gerecht werden kann. Doch … ich denke seit Tagen über etwas nach und mir will die Lösung nicht einfallen.«

Morgaine setzte sich zu ihnen und ließ sich Speis und Trank servieren. »Hast du Nachricht aus Camelot erhalten? Geht es Gwen gut?«

»Ihr geht es gut und soweit ich weiß, ist in Camelot alles bestens.«

Artus wich ihrem Blick aus und Gawain überlegte, ob es an ihm war, etwas zu erklären.

Als Morgaine ihn fragend ansah, konnte er es nicht mehr für sich behalten.

»Artus steckt in Schwierigkeiten.«

Sie runzelte die Stirn. »Welche Art von Schwierigkeiten?«

Ihr Bruder schüttelte den Kopf. »Es ist nichts weiter …«

»Nichts weiter?«, wiederholte Gawain leise. »Es ist nicht nichts. Es ist ziemlich … verzweifelnd. Und wenn der Kerl es ernst meint, lebensbedrohend.«

Morgaine machte ein erschrockenes Gesicht, sodass Artus rasch nach ihrer Hand griff. »Keine Sorge, ich bekomme das wieder hin.«

»Genau so siehst du nicht aus«, sprach sie besorgt. »Erzählt es mir bitte.«

»Es ist … nur ein Rätsel, das ich lösen muss.«

Gawain lachte unwillkürlich auf, sodass er sich einen tadelnden Blick von Artus einhandelte. »Verzeih mir, mein König. Aber das ist deine Schwester. Du hast selten Geheimnisse vor ihr … und sie ist eine Frau. Womöglich kennt sie die Lösung.«

»Ich möchte sie nicht beunruhigen.«

»Dazu ist es zu spät.« Gawain trank von seinem Met und holte tief Luft, als er den Becher wieder absetzte. »Erzähl es ihr.«

Artus zögerte, doch Morgaine wartete geduldig, sah ihn einfach nur mit dieser Mischung aus geschwisterlicher Liebe und Beunruhigung an, die Gawain schon immer in ihren Augen erkannt hatte, wenn sie ihren Bruder betrachtete.

Seine Schwester Cundrie hatte ihn auch oft so angesehen. Als ahnte sie, was ihm die Zukunft bringen würde, und als könnte sie ihn doch nicht davor retten …

Die Erinnerung erfasste ihn wie ein nasskaltes Tuch, das man ihm über den Rücken warf. Gawain schüttelte sich, um das unangenehme Gefühl loszuwerden.

Schließlich raffte sich Artus zusammen und erzählte ihr, was sich im Zauberwald zugetragen hatte. Morgaine lauschte aufmerksam, ohne ihn ein einziges Mal zu unterbrechen.

Gawain leerte in der Zeit seinen Becher und winkte den Diener mit dem Metkrug herbei, damit er ihnen allen nachschenkte. Nachdem Artus seinen Bericht geendet hatte, sahen die Männer Morgaine erwartungsvoll an.

»Was sagst du dazu?«, wollte Gawain wissen. »Kennst du womöglich die Antwort?«

Sie runzelte die Stirn. »Die Frage ist doch vor allem, warum der Mann eine solche Frage stellt.«

»Genau das habe ich auch gesagt«, erinnerte sich Gawain. »Er hätte alles fordern können: Gold, eine Krone ... doch er will wissen, wonach sich Frauen am meisten sehnen.«

»Sehr eigentümlich«, murmelte Morgaine. »Die Antwort kann man nur erfahren, wenn man den Grund dieses Rätsels erkennt.«

»Und wie soll ich das anstellen?« Artus fuhr sich müde durch das kupferfarbene Haar.

»Du musst zurückkehren in den Wald und mehr über diesen Gromer Somer herausfinden«, riet ihm Morgaine. »Alles deutet darauf hin, dass dieser Mann nicht von unserem Volk ist.«

»Ist er von den *tylwyth teg*?«, sprach Artus leise.

»Womöglich ja. Es heißt, sie leben zurückgezogen jenseits des Nebels, in der Anderswelt.« Sie nippte an ihrem Met, den Blick abgerückt in die Ferne. »Die Herrin vom See sprach von ihnen, als wären sie gute Freunde. Doch niemand hat sie seit Langem mit eigenen Augen gesehen. Sie leben nur noch in unseren Liedern und Erzählungen.«

Der Zauberwald ... trug er diesen Namen, weil dies der letzte Ort Britanniens war, an dem wirklich Magie existierte? Gawain wagte kaum, daran zu glauben, dass der Nebel und die Bäume dort wahrlich magisch waren.

»Könntest ... könntest du nicht eine Vision hervorholen, um die richtige Antwort herauszufinden?«, schlug Gawain vor.

Morgaine verneinte traurig. »So einfach ist das nicht mit Visionen. Sie kommen von selbst, ich konnte sie noch nie beherrschen oder willentlich herbeiführen. Es tut mir sehr leid, mein Bruder«, sprach sie sanft und legte erneut ihre Hand auf seine. »Ich befürchte, dass ich dir nicht helfen kann. Wenn es die Lage erlaubte, würde ich mit dir gehen und des Rätsels Lösung erkunden. Doch Caer Luel … mein Gemahl, er braucht mich jetzt.«

Artus nickte und ließ die Schultern hängen.

»Doch wenn du mich fragst«, flüsterte sie, dass Gawain sie kaum hören konnte, denn ihre Worte waren für Artus allein bestimmt. »Dann ist die richtige Antwort: *Liebe*.«

»Ich kenne jemanden, der uns helfen könnte«, fiel Gawain ein. »Jemanden, der im Zauberwald lebt und Gromer Somer womöglich kennt.« Er schalt sich selbst, weil es ihm nicht früher eingefallen war.

Ragnelle.

Er hoffte, sie wäre bereit, mit ihnen zu sprechen. Der Abschied war so merkwürdig ausgefallen. Aber Monde waren seither vergangen. Die alte Dame hatte hoffentlich vergessen, weshalb sie wütend auf ihn gewesen war. Er verstand es selbst bis heute nicht. Und wenn sie es ihm erklärte, so würde er alles dafür tun, um es wiedergutzumachen.

RAGNELLES

HILFE

Verloren wie zwei kleine Jungen standen Gawain und Artus vor der ersten Baumreihe des Zauberwaldes. Percival und Gaheris warteten in der Nähe. Sie hatten die Pferde bei ihnen gelassen.

»Du kannst noch immer bei den anderen warten«, meinte Artus.

Gawain schüttelte den Kopf. »Nein, meine Entscheidung steht. Ich lasse dich nicht allein, mein König.«

Artus grinste ihn an. »So förmlich?«

»Ich würde auch meinen Onkel und erst recht nicht meinen Freund allein in diesen merkwürdigen Wald laufen lassen«, betonte Gawain. »Aber als Mitglied der Tafelrunde habe ich einen Eid geschworen. Und der lautet, dass wir uns niemals im Stich lassen.«

Artus nickte nachdenklich. Dann seufzte er tief. »Es bringt wohl nichts, wenn wir weiterhin hier stehen und die Bäume anstarren.«

Diesmal war es Gawain, der grinste. »Folge mir, ich bilde mir ein, den Weg zu kennen.«

Sie waren nur wenige Momente den Pfad entlanggelaufen, da umschloss sie der Wald bereits von allen Seiten. Gawain atmete vorsichtig die würzige Luft ein. Feuchte Blätter und Dung schwängerten die Luft, doch wenigstens roch er keinen Nebel. Die Sonne stand noch immer hoch am Himmel und einige Strahlen fielen durch das Blätterdach. Das Singen eines Vogels drang an sein Ohr, während es irgendwo im Gebüsch quiekte, als lebte dort ein ganzer Staat von Waldmäusen.

Der Pfad war noch breit genug, damit die beiden Männer nebeneinander gehen konnten.

»Wie friedlich es hier ist«, fiel es Artus auf. »Beim letzten Mal verfolgte ich einen blutenden Hirsch durch das Dickicht. Da war es nicht so geruhsam.«

»Solange der Nebel nicht kommt, sind wir in Sicherheit«, erklärte Gawain und suchte mit Blicken noch einmal die freien Stellen zwischen den Baumstämmen ab. Außer einem Eichhörnchen, das sich hektisch einen Baum emporhangelte, war nichts zu sehen. Und keine der Wurzeln zeigte sich besonders lebhaft.

»Der Wald erstreckt sich bis zu den Bergen«, dachte Artus laut nach. »Ein riesiges Gebiet. Ein Wunder, dass weder die Stämme noch einer der Könige diesen Wald für sich beanspruchen.«

Gawain prustete belustigt. »Jeder, der diesen Wald beanspruchen will, muss ihn zunächst roden. Und *das* würde er nicht überleben.«

Artus atmete tief durch. »Dennoch wünschte ich, es würde mehr solcher Orte in Britannien geben. Vor langer Zeit war vielleicht die ganze Insel mit solchen Wäldern bedeckt.«

»Bevor die Römer kamen?«

»Bevor unsere Vorfahren kamen. Die Stämme. Merlin erzählte mir, dass einst vermutlich die Insel allein dem Schönen Volk gehörte, das eins war mit der Natur und den Tieren.«

Solche Gedanken verwirrten Gawain. Was konnte er schon wissen über das Leben, das vor tausend Sommern geführt worden war? Er war froh, wenn er sein eigenes auf die Reihe bekam. Aber es passte zu Artus, dass er sich darüber Gedanken machte, was einst gewesen war und was die Zukunft bereithielt. Er hatte einen Weitblick, der so manchem Unterkönig in Britannien gutgetan hätte.

Gawain hingegen konzentrierte sich auf jeden Tag, den er lebte. Woher sollte er wissen, was das Morgen brachte? Er konnte in die Axt eines Sachsen laufen oder über eine Wurzel fallen und sich den Hals brechen. Kritisch fixierte er mit dem Blick eine besonders hoch aufragende Wurzel am Wegesrand. Ein Halsbrecher, fürwahr.

Seine Sorge aber sollte nicht sich selbst gelten, sondern seinem Freund. Was wäre, wenn Ragnelle ihnen nicht helfen konnte? Was, wenn sie auf Gromer Somers eigentümliche Frage nicht die richtige Antwort lieferten? Würde er wirklich Artus' Leben fordern?

Nun, sollte er es wagen. Gawain trug die entsprechende Problemlösung über Kreuz auf seinem Rücken. Die Klingen wären wohl Antwort genug.

»Bist du dir sicher, dass dies der richtige Weg ist?«, riss Artus ihn aus seinen Gedanken und sah sich zweifelnd um. »Ein Baum sieht aus wie die andere.«

Gawain schnaufte belustigt. Genau dasselbe hatte er bei seinem ersten Besuch in diesem Wald gedacht. »Dort vorn müsste sich der Weg gabeln, dann gehen wir nach links.«

Als er von Ragnelle fortgeschickt worden war, hatte er versucht, sich den Pfad so gut wie möglich einzuprägen. Vorteil war, dass es wenige Pfade in diesem Wald gab. Der Nachteil: Sie sahen alle gleich aus, genau wie Artus gesagt hatte.

Aber rechts von ihnen gab es einen Baum mit einem besonders dicken Stamm, und Gawain meinte sich daran zu erinnern, dass er auf seinem Weg daran vorbeigekommen war.

Es erstaunte und beunruhigte ihn zugleich, wie gut sie vorankamen. Nachdem sie der Weggabelung gefolgt waren, hörten sie nach einer Weile ein Plätschern, das Gawain innehalten ließ. Seltsam. An einen Bachlauf erinnerte er sich nicht.

Auch Artus hielt inne, um einen Schluck aus dem Wasserschlauch zu nehmen, den er an der Seite trug und sodann an Gawain weiterreichte. Mit dem Ärmel wischte er sich über den Mund. »Wie weit ist es noch?«

Gawain hob den Blick gen Blätterdach, was nicht weiterhalf. Die Sonne konnte er nicht ausmachen und daher nicht abschätzen, wie lange sie schon hier im Wald herumliefen und wie tief sie vorgedrungen waren. Aber das wenige Licht, das durch die Blätter drang, war hell und daher neigte sich die Sonne wohl noch immer nicht dem Abend.

»Ich weiß es nicht«, gestand er.

Sie gingen weiter und entdeckten einen Teich zwischen den Bäumen. Das Wasser war trüb und wurde gespeist von einer Quelle, die sie zwar hörten, aber nicht sahen.

Gawain blieb stehen. »Wir sind den falschen Weg entlanggelaufen.« Er seufzte. »Der Teich war hier beim letzten Mal nicht.«

Artus sah ihn an, die kupfernen Brauen hoch erhoben. Dann schüttelte er den Kopf. »Ich glaube, in diesem Wald gibt es weder falsche noch richtige Wege.«

Nun war es Gawain, der die Stirn runzelte. »Wie meinst du das?«

Artus trat an den Teich und kniete sich nieder. »Es scheint mir, als wäre dieser Wald ... lebendig.« Er warf Gawain einen Blick über die Schulter zu. »Ich habe keine Ahnung, wie ich es anders ausdrücken soll. Aber es ist ... ein Gefühl.«

Unbehaglich sah sich Gawain um. In Artus' Adern floss das Blut eines Pendragon, der alten Drachenlinie Britanniens. Noch dazu das Blut von Igraine, die wiederum einer alten Druidenlinie entstammte. Kein Wunder, dass er den Zauber dieses Waldes spürte. Gawains Vater entstammte den römischen Eroberern, aber seine Mutter Morgause war Artus' Schwester gewesen und ebenfalls eine Tochter Igraines. War es ihre gemeinsame Abstammung, die sie empfindsam machte für den Zauber?

In Gawains Nacken kribbelte es. Alarmiert zog er eines seiner Kurzschwerter.

Artus kniete noch immer am Teich, starrte in das schlammige Wasser, als könnte er dort etwas sehen.

»Artus«, alarmierte Gawain ihn. »Artus, steh auf.«

Aber es war, als hörte ihn sein König gar nicht. Fasziniert streckte dieser seine Hand nach der Wasseroberfläche aus.

»Artus!«, rief Gawain erneut und dann sah er den Nebel, der sich am anderen Ufer des Teiches zu bilden begann.

Mit zwei Schritten war Gawain bei seinem Onkel und packte ihn an der Schulter. »Steh auf! Siehst du den Nebel nicht?«

Artus guckte verwirrt auf und blinzelte. »Was?«

Gawain deutete mit der Spitze seines Schwertes auf die Mitte des Teiches, an der sich weitere Nebelschwaden zeigten. »Lass uns schnell weitergehen, ich habe keine Lust, dass wir uns im Nebel verirren.«

Sein Freund nickte und richtete sich auf. »Das haben wir wohl beide nicht.« Sie hatten keine fünf Schritte getan, da hörten sie ein gedämpftes Kichern. Diesmal zog auch Artus sein Schwert. Excalibur glänzte silbrig auf, als freute sich die Waffe, endlich wieder ans Tageslicht zu kommen.

Hinter einem der Bäume trat eine verwahrloste Gestalt hervor, das silbrige Haar wirr und filzig, die dunklen Augen blitzten auf vor Schalk.

»Ragnelle«, entfuhr es Gawain erleichtert und er ließ sein Schwert sinken.

»Sieh an, wer den Weg zurück in den Wald gefunden hat«, sprach sie mit spöttischer Stimme. »Mein Dummling. Und er hat sogar einen Freund mitgebracht.«

Gawain grinste. »Das ist K…«

»Artus«, stellte sich sein Onkel selbst vor und neigte das Haupt. »Es freut mich, dass wir dich gefunden haben, Ragnelle. Gawain hat Gutes von dir berichtet.«

Die struppigen Augenbrauen der alten Dame hoben sich bis zu ihrem Haaransatz. »Hat er das?«

»Habe ich«, bestätigte Gawain und hörte auf zu grinsen, denn er meinte es ernst.

Ragnelle schnalzte mit der Zunge. »Und was führt euch beiden in den Wald? Hab ich nicht gesagt, dass dies kein Ort für dich ist, Dummling?«

Gawain sah etwas verlegen auf seine Stiefelspitzen, doch Artus war in diesem Fall nicht zögerlich. Er machte einen Schritt auf die alte Dame zu und legte die Hand auf seine Brust. »Liebe Dame Ragnelle, es tut mir sehr leid, dass wir dich hier stören. Aber ... ich stecke in großen Schwierigkeiten und Gawain erklärte, dass womöglich du eine Lösung für diese Schwierigkeiten kennst.«

Die Frau verzog das Gesicht, als hätte sie Zahnschmerzen. »Welch schwülstige Worte sich deinem Mund entringen.« Ihr Blick wanderte über seinen groß gewachsenen Körper. »Aber stattlich bist du und dein Haar glänzt so schön kupfern. Bist bestimmt besser zu gebrauchen als der da.« Sie deutete mit einem Nicken in Gawains Richtung und dieser musste fest die Lippen aufeinanderpressen, um nicht laut loszulachen.

Er wollte sich nicht über sie belustigen, obwohl es ganz den Anschein hatte, dass sie sich sehr wohl auf seine Kosten einen Spaß erlaubte.

»Also gut.« Sie schwenkte ihren Korb. »Ihr könnt euch direkt nützlich machen. Ich sammele Pilze.«

Welch Zufall, dass ausgerechnet wieder das Pilzesammeln sie zu ihnen geführt hatte. Gawain verschränkte die Arme und sah sie mit ebenjener Frage im Gesicht an.

»Was denn?«, wollte sie schnippisch wissen, da sie seine Miene richtig deutete. »Ich mag Pilze nun einmal.« Dann wich sie seinem Blick aus und begab sich bereits auf den nur ihr bekannten Weg zwischen den Baumstämmen. »Außerdem haben mir die Blätter davon gesungen, dass zwei Dummlinge durch den Wald irren.« Kurz wandte sie sich um. »Kommt ihr jetzt, oder wollt ihr auf den Nebel warten? Der ist übrigens giftig, falls ihr es nicht bemerkt habt. Er verwirrt die Sinne derer, die dafür empfänglich sind.«

Gawain fing den vorwurfsvollen Blick seines Freundes auf.

»Entzückende Dame«, murmelte Artus mit amüsiertem Lächeln und steckte Excalibur zurück in die Scheide.

»Sagte ich das nicht?«, erwiderte Gawain und folgte Ragnelle.

Wie zwei Knirpse gehorchten sie der Greisin und taten, worum sie gebeten hatte. Artus Pendragon, Hochkönig von Britannien, und Gawain, der Lichtfalke von Lothian, sammelten Pilze.

»Kann man den essen?«, fragte Artus unsicher und hielt ein weißes Exemplar mit rundem Kopf in die Höhe.

»Essen kann man alles«, erklärte Ragnelle. »Die Frage ist, ob man davon Durchfall bekommt wie braune Suppe oder sich das Leben aus dem Leibe kotzt.« Sie kniff die Augen zusammen, um besser sehen zu können. »Doch, der ist genießbar.« Zufrieden nahm sie ihn entgegen und legte ihn zu den anderen in ihr Körbchen.

Gawain missachtete einen gelben Pilz am Fuße eines hohen Baumes, da er wusste, wie giftig diese Sorte war. Hierfür erhielt er ein anerkennendes Nicken Ragnelles und freute sich wie ein Bub, der den ersten richtigen Schlag mit dem Holzschwert ausgeführt hatte.

Ragnelle führte die beiden Männer allmählich zu ihrer Behausung, die besten Pilze wuchsen ohnehin dort am Rand der Lichtung. Bald schon erkannte Gawain das kleine Rauchfähnchen, das sich aus ihrer Hütte über die Baumwipfel hochzog.

Zufrieden hielt er Ausschau nach weiteren Pilzen, die er geflissentlich in Ragnelles Korb legte. Diese ließ es sich nicht nehmen, jedes einzelne Exemplar nochmals zu begutachten.

»Das soll wohl reichen«, meinte sie schließlich. »Kommt. Ihr habt euch die Suppe verdient.«

Ragnelle brachte sie zu ihrer Lichtung und wies sie an, sich erst am Brunnen zu waschen, bevor sie in ihr Haus kamen, was die Herren artig befolgten.

Ihr weniges Gepäck und ihre Waffen stellten sie neben der Tür ab, sobald sie die Hütte betreten hatten.

Ragnelle rührte bereits in dem Kessel, der über der Feuerstelle hing und einen köstlichen Duft verbreitete. »Gawain, biete deinem Freund doch bitte etwas von dem Kräuterwasser an.«

Kräuterwasser ... er erinnerte sich. Der Tropfen, der in der Kehle brannte wie Feuer, war alles andere als Wasser. Er würde den Magen wärmen und das konnten sie nun gut gebrauchen.

Er überließ Artus einen der Hocker und setzte sich selbst auf eine Matte am Boden. Gawain schenkte auch Ragnelle einen Becher ein und reichte ihn ihr. Als sie ihn entgegennahm, lächelte sie ohne Spott.

»Also ... Artus ist dein Name, hm?«, erkundigte sie sich. »Artus ... Aaaah, der Bengel«, fiel ihr ein und sie musterte ihn erneut. »Gawain hatte recht, bist ein stattlicher Kerl geworden.« Sie hielt in ihrer Bewegung inne und runzelte die Stirn. »Sollte ich mich nun verbeugen oder so etwas? Du bist ein König.«

Artus lachte. »Nein, keine Umstände. Hier bin ich nur ein unbeholfener Gast.«

»Oh, so demütig. Das mag ich.« Sie zwinkerte in Gawains Richtung und deutete mit dem Kochlöffel auf ihn. »Würde dir auch guttun.«

Artus lachte noch lauter und stieß Gawain gegen die Schulter. »Du hast mir nicht erzählt, wie humorvoll Ragnelle ist.«

»Ja, sehr komisch«, gab Gawain ihm halbherzig recht.

»Ihr müsst mir unbedingt erzählen, wie ich euch helfen kann«, meinte Ragnelle. »Aber erst essen wir. Mit leerem Magen spricht es sich so mühselig.«

Wenigstens hierin stimmte Gawain ihr zu.

Die Suppe war noch köstlicher als beim ersten Mal, und Gawain und Artus aßen hungrig. Auch Ragnelle griff tüchtig zu, bis sie sich zufrieden seufzend über den Bauch strich.

»Das war gut, nicht wahr?« Sie setzte sich aufrecht hin und sah erwartungsvoll vom einen zum anderen. »Und nun erzählt mal. Was treibt euch zu mir?«

Artus warf Gawain einen kurzen Blick zu und berichtete, wie er versehentlich den Königshirsch mit seinem Pfeil traf, wie er ihn von seinem Leid erlöste, wie der Fremde auftauchte und ihm mit dem Tode drohte.

Die alte Dame hörte aufmerksam zu. Nur bei dem Namen Gromer Somer zuckte sie kurz zusammen und lauschte sodann mit gerunzelter Stirn.

»Kennst du diesen Mann?«, fragte Gawain vorsichtig nach, nachdem Artus seinen Bericht beendet hatte.

»Ob ich ihn kenne?« Sie verzog ihren Mund zu einer Schnute. »Kann man wohl sagen. Aber welches Rätsel ist es, das er dir stellte?«

Nun wurde Artus wieder unsicher. Die Geschichte machte ihn sichtlich verlegen. *Was ist es, das Frauen am meisten begehren?«*

Ragnelle lachte laut auf. »Diese Frage also hat er dir gestellt?«

Artus nickte und sah auf seine Fußspitzen.

»Kennst du die Lösung?«, hakte Gawain nach. »Weißt du, warum er Artus ein solch merkwürdiges Rätsel stellt?«

»Vor einer Woche ist das geschehen?« Sie schürzte die Lippen. »Mich interessiert doch sehr, welche Antworten euch auf diese heikle Frage in den Sinn gekommen sind.« Auffordernd sah sie zunächst Artus, dann Gawain an, auf dem ihr Blick haften blieb.

Gawain kratzte sich mit dem Daumennagel am Kinn. »Uns sind einige mögliche Antworten eingefallen. Schöne Kleider ... Reichtum ... ewiges Leben.«

Sie schüttelte tadelnd den Kopf. »Das stellst du dir also unter den Wünschen aller Frauen vor?«

Gawain hob entschuldigend die Schultern. »Jede Frau scheint andere Wünsche zu hegen.«

Sie grummelte vor sich hin und sah zurück zu Artus. »Kamt ihr denn nicht auf die Idee, eine Frau nach der Lösung zu fragen, wenn ihr schon nicht selbst darauf kommt?«

»Das haben wir«, beeilte sich Artus zu sagen. »Wir haben uns umgehört, doch die Auskünfte waren unterschiedlich.« Er räusperte sich kurz, bevor er fortfuhr. »Wir haben auch meine Schwester befragt.«

»Und wie lautete ihre Lösung für dieses Rätsel? Mach es doch nicht so spannend, junger König.«

Seine Wangen röteten sich etwas. »Liebe. Das war ihre Antwort.«

Ragnelles Augen weiteten sich. »Liebe?«

Artus nickte betreten.

Die alte Dame hielt sich den Bauch und bekam einen regelrechten Lachanfall. Sie quiekte und grunzte, sodass sogar der Schnodder aus ihrer Nase kam, was sie noch mehr zum Lachen brachte. Beinahe fiel sie rückwärts vom Hocker, konnte sich aber gerade noch halten.

Artus und Gawain tauschten verschämte Blicke und trauten sich nicht, noch etwas zu sagen, bis Ragnelle sich allmählich erholte und mit dem Ärmel über ihr Gesicht wischte.

»Bei den grünen Kobolden. Eine solche Antwort kann nur von einer Frau kommen, die sich nach einer bestimmten Liebe sehnt.«

Artus' Gesicht färbte sich noch rötlicher. »Meine Schwester ist seit langer Zeit verheiratet.«

»Oh, die Arme. Vermutlich unglücklich, denn die Liebe hat sie in ihrer Ehe nicht gefunden, wieso sollte sie sich sonst danach sehnen?« Ragnelle schniefte und griff nach der Tonflasche, um ihnen allen von ihrem guten Tropfen einzuschenken. »Ihr versteht es wirklich nicht, oder? Entweder man liebt jemanden oder nicht. Wenn man jemanden liebt, bei dem man ist, ist man glücklich. Wenn man jemanden liebt, der nicht bei einem ist, sehnt man sich nach Liebe. Es gibt keinen anderen Grund, sich nach ihr zu sehnen, außer da wäre jemand, den man nicht haben kann.«

Ragnelle nahm einen tiefen Schluck aus ihrem Becher und seufzte zufrieden auf. »Artus, geh noch einmal tief in dich. Den Dummling dort drüben brauche ich wohl nicht zu fragen.«

Gawain runzelte die Stirn. Ihre Worte versetzten ihm einen Stich im Herzen. Auch wenn sie scherzhaft gemeint waren.

»Hast du ein Eheweib?«, wollte Ragnelle nun von Artus wissen.

»Ja, ich bin seit vielen Jahren verheiratet. Glücklich«, fügte er noch hinzu.

Sie nickte. »Das sehe ich. Deine Augen leuchten auf, wenn du an sie denkst wie gerade jetzt. Ich gehe davon aus, dass sie dich ebenfalls liebt. Aber gibt es nicht etwas, das sie noch glücklicher machen würde als eure gemeinsame Liebe?«

Artus biss sich auf die Unterlippe, als er über diese Frage nachdachte. »Sie hat sich immer ein Kind gewünscht.«

Ragnelle legte den Kopf schief. »Hm, das wird sie wohl glücklich machen. Für andere Frauen mag das aber nicht gelten. Sie verfluchen ihre Bälger und setzen sie auf den Hügeln aus.« Ihr Gesicht war ernst und sie sah den König mit ihren schwarzen Augen eindringlich an. »Gibt es nichts anderes, was sich deine Königin noch mehr ersehnt als Liebe und ein Kind?«

Artus fuhr sich angespannt mit einer Hand durch das kupferne Haar.

Schließlich seufzte Ragnelle resignierend. »Nun gut. Es scheint, ihr seid beide keine großen Denker.«

Gawain beugte sich leicht nach vorn. »Bitte, Ragnelle, kannst du uns nicht helfen? Oder uns wenigstens etwas über diesen Gromer Somer erzählen? Warum stellt er eine solche Frage? Und wird er wirklich Artus töten, wenn er nicht die richtige Antwort liefert?«

»Gromer macht keine falschen Versprechungen. Wenn er Artus bezahlen lassen möchte für den Tod des Königshirsches, dann wird er es auch tun. Und wenn er versprochen hat, ihm zu vergeben, sofern er die richtige Lösung nennt, dann wird er auch das tun.« Sie trank ihren Becher leer, bevor sie aufstand und das leere Geschirr einsammelte. »Geht nach draußen, ich muss nachdenken.«

»Kennst du denn die Antwort?«, hakte Gawain nach.

Sie sah ihn lange an, bevor sie nickte. »Geht jetzt. Hackt mir etwas Holz und holt frisches Wasser aus dem Brunnen.«

ARTUS'

ERLÖSUNG

G awain nahm die Axt mit hinaus, die Ragnelle stets im Inneren aufbewahrte. Draußen zeigte er Artus, wo sie das Holz lagerte. Im Licht der untergehenden Sonne sah Gawain, dass sein Freund auf einmal lächelte.

»Was ist?«, fragte er verwirrt.

Artus wog das Gewicht der Axt in seiner Hand und deutete auf die Äste, die Ragnelle gesammelt hatte. »Ich kann mich nicht daran erinnern, wann ich zuletzt selbst Holz hacken musste.«

Nun grinste auch Gawain. »Das einfache Leben ist dir fremd geworden.«

Artus setzte einen besonders kräftigen Ast auf den Klotz und schlug zu. Das Holz wurde sauber in zwei Hälften geteilt. Gut, der König würde sich also nicht vor Ungeschick verletzen.

Gawain indes ließ den Eimer in den Brunnen, um Wasser heraufzuziehen. Solange sie noch etwas sehen konnten, sollten sie kräftig anpacken. Es war ein Wunder, dass Ragnelle allein zurechtkam. Holzhacken, schwere Wassereimer tragen … sie sah viel zu alt aus, um das alles allein zu schaffen, auch wenn sie die Arbeit gewohnt war. Oder half ihr der Bruder, den sie einmal erwähnt hatte? Wenn Gawain es richtig erfasst hatte, standen sie sich nicht besonders nah.

Gawain füllte das Wasser in einen anderen Eimer und trank einen Schluck von dem herrlich frischen Nass.

Als er zurück zu Artus ging, hatte dieser bereits einen guten Stapel Holz zerkleinert und Gawain zog anerkennend die Brauen hoch. Er bot ihm etwas Wasser an und sein Freund nahm dankend an.

Artus wischte sich den Schweiß von der Stirn und sah sich zufrieden um. »Ist es nicht merkwürdig, inmitten dieses seltsamen Waldes ein so friedliches Plätzchen zu finden?«

»Genau meine Gedanken.«

»Hier könnte man es aushalten.«

Gawain nickte und ließ den Blick über die Baumwipfel schweifen, die in orangefarbenes Licht getaucht wurden. »Woran hast du vorhin gedacht?«

Artus zog die Brauen zusammen. »Wann?«

»Am Teich. Du hast in das Wasser gestarrt, als könntest du dort etwas sehen.«

Sein Freund vermied es, ihn direkt anzuschauen. »Nur eine Sinnestäuschung. Ausgelöst durch den Nebel.«

»Oder eine Vision«, vermutete Gawain.

»Visionen überlasse ich lieber meiner Schwester«, meinte Artus belustigt und schüttelte den Kopf. »Ich sah … einen Drachen, der gegen einen Wolf kämpfte. Was mag das schon bedeuten?«

Gawains Herz wurde schwer. Das konnte alles bedeuten. Artus selbst war der Drache, der letzte Pendragon Britanniens. Doch der Wolf? Trug Gromer Somer einen Wolf als Wappentier? Bevor er Artus danach fragen konnte, lenkte dieser ab. »Sieh doch, der Mond ist aufgegangen. Lass uns hineingehen. Vielleicht wird deine Freundin uns nun ihr Geheimnis verraten.«

»Sie ist nicht …« Gawain hielt inne.

Doch, sie war seine Freundin. Wie vermochte er einen Menschen, der ihm das Leben gerettet hatte, nicht seinen Freund zu nennen?

Artus betrat vor ihm die Hütte, sodass Gawain nicht mehr dazu kam, ihn nochmals nach der Vision zu fragen.

Ragnelle empfing sie mit verschränkten Armen, und Gawain stellte den Eimer mit frischem Wasser bei ihrer Feuerstelle ab.

»Danke«, antwortete sie knapp und etwas unsicher.

Gawain musterte sie überrascht. Sie war doch sonst nicht auf den Mund gefallen, warum die Anspannung? Möglicherweise wollte sie ihnen nun kundtun, dass sie ihnen doch nicht helfen konnte. Das wäre wirklich bitter.

Sie räusperte sich leise und deutete auf die drei Becher, die sie erneut aufgefüllt hatte. »Trinkt bitte, eure Kehlen sollten nicht trocken bleiben bei dem, was ich euch zu erzählen habe.«

»Also kennst du die Antwort?«, fragte Artus hoffnungsvoll.

Sie nickte. »Und ich werde euch die Antwort gleich mitteilen.« Sie atmete tief durch. »Trinkt doch bitte.« Ragnelle nahm selbst einen großzügigen Schluck aus ihrem Becher und bedeutete ihnen, sich hinzusetzen. »Wisst ihr, die Lösung ist so einfach … und offensichtlich, doch unlösbar für jemanden, der nicht in die Tiefen der Seele schaut. Ich hatte gehofft, einer von euch würde von selbst auf die Antwort kommen. Ihr seid zwei rechtschaffene Kerle, fürwahr.«

Artus ließ sich auf dem Hocker neben ihr nieder und folgte gebannt ihren Worten, während sich Gawain auf den Boden setzte.

»Einst kam hier ein alter Recke vorbei. Er hatte sich verlaufen, so ähnlich wie ihr beiden. Ich fand ihn zwischen den Bäumen herumirrend, halb verdurstet und fiebrig. Also brachte ich ihn in die Hütte, um ihn gesund zu pflegen. Nach drei Tagen ging es ihm besser. Und wie dankte er es mir?« Sie schnaubte abfällig. »Er stahl mir meine Vorräte, dieser Mistkerl.« Ragnelle seufzte. »Und ein anderes Mal fand ich ein Mädchen am Waldrand. Von den Eltern der Kleinen weit und breit keine Spur. Ich kümmerte mich lange um sie und sie hatte es gut bei mir. Nach Monden kam ihr Vater in den Wald und behauptete, ich hätte sie entführt und ihr Gewalt antun wollen.« Sie schüttelte gedankenverloren den Kopf. »Das arme Ding weinte, als ihr Vater es mit sich schleppte, und ich konnte hören, wie er ihr eine Tracht Prügel androhte, sollte sie weiterflennen.« Sie warf erst Artus und dann Gawain vorsichtige Blicke zu. »Ihr seid gute Leute, das weiß ich nun. Und deswegen möchte ich euch helfen.«

»Oh, danke, Ragnelle! Tausendfach sei dir gedankt!«, rief Artus erleichtert aus.

»Doch meine Hilfe hat einen Preis«, fügte sie rasch hinzu.

»Wir bezahlen dir jeden Preis«, versicherte Artus.

»Sicher?« Ragnelle sah Gawain an.

Dieser nickte. Was sonst sollte er tun?

»Also gut.« Sie richtete sich auf und reckte stolz das Kinn vor. »Dafür, dass ich euch die Antwort auf Gromer Somers Frage verrate und dir, König Artus von Britannien, das Leben rette, verlange ich Gawain zum Ehemann.«

Gawain verschluckte sich an dem Tropfen, den er gerade zu sich nehmen wollte, und er war sich ziemlich sicher, dass diesmal aus seiner Nase Schnodder kam. Mit Tränen in den Augen wischte er sich mit dem Ärmel über das Gesicht.

»Verzeihung, aber … warum willst du mich heiraten?«, brachte er mit brüchiger Stimme zustande.

Sie hob eine Schulter, als ginge es nur darum, sich für Fisch oder Fleisch zu entscheiden. »Vielleicht möchte ich einfach nicht mehr allein sein? Und du bist ein guter Kerl und ganz angenehm anzusehen.«

Artus schüttelte den Kopf. »Das geht nicht. Auf diesen Handel kann ich mich nicht einlassen.«

»Das Leben des Königshirsches gegen das Leben des Hochkönigs gegen das Leben des Lichtfalken«, sinnierte Ragnelle. »Du gewinnst mehr, als du verlierst.«

Der König prustete entrüstet. »Er ist mein Freund, das kann ich nicht von ihm verlangen.«

»Ach nein? Was wäre, wenn du eine Tochter hättest? Würdest du sie nicht für diplomatische Beziehungen oder mehr Macht oder Reichtum im Handel einsetzen?«

Gawain packte Artus am Arm, bevor dieser noch etwas entgegnen konnte. »Komm mit raus.«

Überrascht sah sein Freund auf, nickte aber dann.

»Ja, geht und überlegt gut, wie ihr entscheidet«, rief Ragnelle ihnen hinterher. »Der Mond ist bereits aufgegangen, also beeilt euch.«

Gawain führte Artus vor das Haus. »Wir sollten dieses Angebot nicht abschlagen.«

»Du willst sie wirklich heiraten? Gawain, sie ist alt!«

»Ich kann euch hören!«, war aus der Hütte zu vernehmen.

Sie gingen noch etwas weiter auf die Lichtung hinaus und Gawain senkte die Stimme. »Sie kennt die Antwort auf Gromer Somers Frage. Da bin ich mir ganz sicher.«

»Und wenn schon?« Artus verschränkte die Arme vor der Brust. »Ich kann nicht dein Leben dafür opfern.«

Gawain verzog das Gesicht. »Es ist nicht mein Leben. Es ist nur meine ...« Er suchte nach dem richtigen Wort. Manneskraft? Nein. »... meine Gesellschaft. Für eine geraume Zeit.«

Artus fuhr sich aufgebracht durch das kupferne Haar, das im Vollmondlicht dunkler wirkte.

Gawain packte beide seiner Arme und sah ihn fest an. »Du bist mein König. Mein Freund. Mein Waffenbruder. Du hast an mich geglaubt, als ich dumm wie Stroh und vorlaut wie ein Gockel nach Camelot kam und mich unbedingt der Tafelrunde anschließen wollte. Jeder verachtete mich, weil ich Lots Sohn war. Aber du ... du hast mich nie dafür bestraft, aus wessen Lenden ich entsprungen bin.« Er atmete tief durch und ließ ihn los. »Du hast mir ein Leben gegeben. Die Möglichkeit, meine Tapferkeit zu beweisen, meine Kampfkraft für sinnvolle Aufgaben einzusetzen, für ein höheres Wohl. Gib mir nun auch die Gelegenheit, dein Leben zu retten.«

»Nein«, antwortete Artus knapp. »Das kann ich nicht von dir verlangen.«

»Verdammt, Artus! Was willst du sonst tun?!«

»Kämpfen. Ich fordere Gromer Somer zu einem Zweikampf heraus.«

»Argh!«, entfuhr es Gawain verzweifelt und er drehte sich einmal im Kreis, sich die Haare raufend. »Nein! Du willst den Tod in Kauf nehmen? Deinen oder den dieses Fremden? Statt mir zu erlauben, mich für dich herzugeben?«

Artus' Kiefer spannte sich an und er sah zu Boden.

»Sieh es doch mal so«, fuhr Gawain etwas ruhiger fort. »Sie ist eine alte Dame. Warum sollte ich ihr den Wunsch verwehren, in ihren letzten Jahren einen Gefährten zu haben? Ich tauge ohnehin nicht als Ehemann. Vielleicht schickt sie mich nach ein paar Wochen wieder heim, weil sie meiner leid ist.«

In Artus' Wange zuckte es. »Du bist unmöglich, weißt du das?«

Gawain grinste. »Wohl wahr. Deswegen magst du mich von allen am liebsten. Ich bin der Witzigste. Denk nur, Cai wäre an meiner Stelle. Er würde den Kopf zwischen die Beine nehmen und lamentieren, wie schrecklich das Schicksal ist. Oder Percy. Er würde den ganzen Tag beten und um göttliche Erlösung flehen.«

Jetzt lachte Artus doch laut auf und Gawain wusste, dass er gewonnen hatte.

Sein König sah gen Himmel, der hier viel dunkler und intensiver wirkte als im Süden, sodass die Sterne noch kräftiger leuchteten. »Es ist Zeit, meine Abmachung mit Gromer Somer zu erfüllen.«

»Doch zunächst schließen wir den Handel mit Ragnelle ab«, sprach Gawain zufrieden. »Ich brenne darauf zu erfahren, was sich wirklich jede Frau am sehnlichsten wünscht.«

»In der Tat, es muss etwas wahrlich Großes sein.«

Ragnelle erwartete sie vor ihrer Tür. Sie hatte es offensichtlich nicht ausgehalten, in ihrer Hütte auf ihre Entscheidung zu harren. Wie ein junges Mädchen hatte sie die Hände hinter den Röcken verschränkt und biss sich auf die Unterlippe.

Ihr Anblick verwirrte Gawain. Er wusste, warum er sie heiraten würde. Weil er Artus helfen wollte. Außerdem mochte er die alte Dame und konnte sich ein schlimmeres Schicksal vorstellen, als ein paar Monde oder Jahre auf dieser friedlichen Lichtung zu leben und die Geheimnisse des Waldes zu erkunden. Aber ... warum bei allen Göttern wollte sie ihn heiraten? Tatsächlich nur aus Einsamkeit?

Gawain fand, dass es Zeit für eine Geste war. Mit ihrem Wissen war sie in der Lage, Artus zu retten, was es angemessen zu würdigen galt.

Er beugte ein Knie vor ihr und senkte den Kopf. »Ragnelle, es wäre mir eine Ehre, dein Gemahl zu werden.«

Sie räusperte sich verlegen. »Dann soll es so sein, Gawain.«

Er sah lächelnd auf und sie schlug die Augen nieder, was noch weniger zu ihr passte.

»Artus, die Antwort, die du Gromer schuldest, lautet: Selbstbestimmung. Das ist es, wonach sich Frauen am meisten sehnen.«

Gawain runzelte die Stirn und erhob sich, den Blick auf Artus gerichtet.

Dieser nickte und legte seine Hand auf sein Herz. »Ich danke dir, Ragnelle. Und du hattest recht: Wir hätten selbst auf diese Antwort kommen können. Es tut mir leid, dass wir uns so dämlich angestellt haben.«

»Das macht nichts, immerhin bekomme ich so einen Ehemann«, meinte sie nicht mehr so verlegen, sondern recht vergnügt. »Der Vollmond steht an höchster Stelle. Es ist Zeit für dein Treffen mit Gromer Somer.«

»Wo kann ich ihn finden?«

Sie deutete in Richtung des Waldrandes. »Er ist dort. Er war es die ganze Zeit.«

Artus machte einen Schritt in jene Richtung, hielt dann aber inne. »Gawain, folge mir nicht nach. Egal, was passiert.«

»Aber …«

»Das ist ein Befehl!«

Gawain neigte das Haupt. »Ja, mein König.« Als er wieder aufsah, war Artus bereits weitergegangen, festen Schrittes, ohne zu zögern.

Gawain ballte die Hände zu Fäusten. Erstaunt sah er zu Ragnelle, als sich ihre Finger um seine schlossen.

»Er muss diesen Weg selbst gehen«, hauchte sie und lächelte zaghaft.

Gawain erwiderte das Lächeln und nahm ihre zerbrechlich knochige Hand fest in die seine. Dann richtete er den Blick zum Waldrand.

Noch während Artus darauf zuging, löste sich ein Schatten aus dem Wald. Ein groß gewachsener Mann trat hervor und das Mondlicht spiegelte sich silbern auf dessen langem, hellem Haar. An seiner Seite trug er ein Schwert in seltsam gebogener Form. Gawain fiel erst jetzt auf, dass Artus unbewaffnet losgegangen war.

»Er rennt in sein Unheil«, murmelte Gawain.

»Tut er nicht«, flüsterte Ragnelle. »Gromer wird sein Wort halten.«

Sie sahen, wie die beiden Männer aufeinandertrafen. Der Fremde groß und schmal, Artus sogar noch überragend, der jedoch breitere Schultern hatte und kürzeres Haar trug. Sie sprachen miteinander, aber ihre Worte waren nicht zu hören.

Gawain schluckte angespannt.

Hatte er Artus im Stich gelassen? War es falsch gewesen, ihn allein und unbewaffnet mit dem Mann reden zu lassen? Verdammt, wenn Artus etwas geschah, würde er sich das niemals verzeihen. Gwen würde ihm niemals verzeihen. Die Tafelrunde würde ihn verstoßen. Kummer und Krieg würden über Britannien ziehen.

Er holte tief Luft, als der schmale Fremde das Gespräch beendete und langsam auf sie zukam.

Hinter ihm stand Artus und hob ahnungslos die Hände. Er wusste auch nicht, was nun geschehen würde.

Beim Näherkommen bemerkte Gawain, dass Gromer Somers dunkle Augen in Ragnelles Richtung sahen. Sein Körper wirkte nicht minder angespannt als Gawains.

»Ist es wahr?«, sprach er mit einer Stimme, die leise klang und doch den ganzen Wald zu erfüllen vermochte. Ehrfürchtig – ganz ähnlich wie Gawain selbst zuvor – ging der Fremde vor Ragnelle in die Knie und senkte das Haupt. »Selbstbestimmung? Ist das die Lösung?«

»Mach dich nicht lächerlich und steh auf«, meinte Ragnelle pikiert. »Und du solltest die Antwort geben und nicht danach fragen.«

Er sah hoch und Gawain bemerkte, dass seine Augen genauso dunkel waren wie Ragnelles. »Selbstbestimmung, danach sehnst du dich.«

Sie seufzte. »Na endlich.« Dann nickte sie und legte ihre runzelige Hand auf seine jugendliche Wange. »Erhebe dich«, sprach sie mit plötzlicher Sanftheit. »Lerne Gawain kennen, den Mann, den ich heiraten werde.«

Erst jetzt schien der Fremde dessen Anwesenheit zu bemerken. Seine dunklen Augenbrauen zogen sich zusammen, bildeten aber keine Runzeln auf seiner glatten Stirn. »Gawain, es … es ist mir eine Ehre, deine Bekanntschaft zu machen.« Langsam erhob er sich und beugte das Haupt. »Mein Name ist Gromer Somer.«

»Er ist mein Bruder«, fügte Ragnelle hinzu.

Verblüfft starrte Gawain erst den Fremden und dann Ragnelle an. Nun verstand er gar nichts mehr.

»Schau nicht so, Dummling«, kommentierte seine Versprochene seinen Gesichtsausdruck. »Ich habe dir doch erzählt, dass ich einen Bruder habe.«

Gawain räusperte sich. »Natürlich. Es ist mir ebenso eine Ehre, Gromer. Ich hoffe … ich kann deine Schwester …« Nein, irgendwie hörte sich das falsch an. Eigentlich wusste er nicht, was er sagen sollte. Daher presste er fest die Lippen aufeinander und zog die Schultern entschuldigend in Ragnelles Richtung hoch.

Sie rollte mit den Augen, stellte sich auf die Zehenspitzen und hauchte ihm einen Kuss auf die Wange. »Ich werde mit Gromer gehen. Morgen Abend zu Sonnenuntergang werden wir heiraten. Warte hier mit Artus.«

Gawain nickte, unfähig, noch etwas anderes zu sagen, und starrte den beiden nach, die Arm in Arm über die Lichtung davonschritten.

Artus kam ihnen entgegen, neigte das Haupt und nahm dann an Gawains Seite seinen Platz ein. »Wohin gehen sie?«

»Sie bereiten die Hochzeit vor«, erklärte Gawain tonlos.

Artus legte ihm einen Arm um die Schulter. »Wir können immer noch fortlaufen.«

»Nein. Wir sind die Tafelrunde. Wir halten unser Wort.«

Artus seufzte. »Wo sind wir da nur hineingeraten?«

HOCHZEITSNACHT

Sie machten es sich mit dem Kräutertrank in Ragnelles Hütte gemütlich.

»Was hat Gromer zu dir gesagt, als du ihm die Antwort verraten hast?«, wollte Gawain wissen und legte ein Holzscheit nach.

»Er war überrascht und dann … ich weiß nicht …« Artus schüttelte den Kopf. »Ich glaube, er hat sehr lange nach der richtigen Antwort gesucht.«

»Denkst du, sie hat ihm selbst dieses Rätsel gestellt?«

»Womöglich. Aber warum?«

Gawain seufzte. »Vielleicht erfahren wir es morgen. Bei meiner Hochzeit.« Er prustete laut. »Ich heirate. Stell dir das vor.«

»Kann ich nicht.« Artus nahm einen tiefen Schluck aus seinem Becher. »Mir das vorstellen, meine ich. Für mich bist du mein Neffe, der immer nur Schalk im Sinn hat und doch jeden um den Finger wickelt.«

»Hrmpf. Wird wohl Zeit, dass ich erwachsen werde.«

»Aber …« Artus sah ihn schräg an. »Macht es dir nichts aus, dass sie älter ist?«

»Ich glaube nicht, dass sie darauf aus ist, diese Ehe auch im Bett zu vollziehen.« Er rülpste leise, da der Kräutertropfen in seinem Magen rumorte. »Aber wenn doch … dann brauche ich mehr von diesem Tropfen.«

Artus blinzelte verunsichert. »Davon brauche ich jetzt schon mehr.«

»Lass uns den Krug leeren. Es ist die letzte Nacht, die ich als freier Mann verbringe.«

Sie wurden im Morgengrauen geweckt, lange bevor sie ihren Rausch ausschlafen konnten. Gedämpfte Stimmen waren von der Lichtung zu vernehmen.

Gawain hielt sich den Kopf und tastete mit der freien Hand nach einem seiner Schwerter. Auch Artus wirkte reichlich mitgenommen und verzog angeekelt das Gesicht, als er die Augen öffnete.

»Wir bekommen Besuch«, flüsterte Gawain.

»Nicht noch mehr Überraschungen«, flehte Artus, erhob sich jedoch langsam.

Mit ihren Schwertern stellten sie sich rechts und links neben die Tür und lauschten. Die Stimmen klangen weiterhin gedämpft zu ihnen. Es war besser, auf das Schlimmste vorbereitet zu sein. Räuber oder gar Angeln konnten sich hierher verirrt haben.

Die Stimmen kamen näher und Gawain ging in Verteidigungsstellung. Erst klopfte es zaghaft an der Tür. Dann, als niemand antwortete, wurde diese langsam geöffnet.

Eine Klinge schob sich durch den Türspalt. Gawain zögerte nicht weiter. Mit einer raschen Bewegung hatte er den Angreifer entwaffnet und drückte ihm seine Klinge an den Hals.

Hellblaue Augen sahen ihn entsetzt an.

Artus lachte laut auf. »Wie kommt ihr beiden hierher?«

Percy schluckte und Gawain ließ schnaufend die Klinge sinken.

»Wir haben angeklopft«, verteidigte sich Gaheris, der sich dicht hinter Percival hielt.

Selbst Artus lachte nun auf. »Wie habt ihr uns gefunden?«

Gawain öffnete die Tür ganz, damit die beiden eintreten konnten.

Percival sah sich kritisch in der kleinen Hütte um, während Gaheris zufrieden grinste. »Eure Fußstapfen waren durch den ganzen Wald zu verfolgen.«

Gawain klopfte ihm auf die Schulter. »Mein Bruder, der Fährtenleser. Gut gemacht.«

»Aber was tut ihr hier?«, wollte Percival wissen, die Hände in die Hüften gestemmt. »Wir haben Ewigkeiten am Waldrand gewartet.«

Artus nickte. »Es tut mir leid, dass wir euch nicht benachrichtigen konnten. Alles ist gut. Und ihr kommt gerade rechtzeitig ... zu Gawains Vermählung.«

»Was?!«, entfuhr es Percival und Gaheris wie aus einem Munde.

Gawain trat hinaus an die frische Luft und streckte die verspannten Glieder. Die Freunde hatten die Pferde mitgebracht. Sie grasten friedlich inmitten der Lichtung. Sein Bruder lief ihm hinterher.

»Was soll das heißen ... Vermählung?«

»Nichts anderes, als dass ich bei Sonnenuntergang eine Frau heiraten werde.«

»Einfach so? Wer ist sie?« Gaheris klang besorgt und anklagend zugleich.

Gawain atmete tief durch. »Das ist eine lange Geschichte.« Artus und Percival kamen ebenfalls hinaus.

»Lasst uns etwas zu frühstücken suchen und dann darüber sprechen, was geschehen ist«, schlug Artus vor.

Gawain nickte. Die Geschichte mit dem Königshirsch war Artus' Angelegenheit. Die Hochzeit ... die seine.

Weder Gaheris noch Percival konnten glauben, was sie ihnen berichteten. Bis die Sonne sich gen Baumwipfel neigte und eine Gestalt zwischen den Bäumen hervortrat.

Gromer Somer war selbst gekommen, um den Bräutigam seiner Schwester abzuholen. Sein langes Haar glänzte silbern und seine Gestalt war aufrecht und elegant wie die des Waldkönigs selbst.

»*Tylwyth teg*«, entfuhr es Gaheris. Das Schöne Volk.

»Mir scheint, es sind weitere Gäste angekommen«, sprach Gromer Somer freundlich und beugte das Haupt in Richtung der beiden Neuankömmlinge.

»Sie gehören zu meinen besten Männern«, verkündete Artus. »Percival und Gaheris. Dürfen sie bei der Hochzeit dabei sein?«

Gromer Somer schritt langsam um die Gruppe der Männer herum und begutachtete sie. »Dieser hier sieht dir sehr ähnlich, Gawain.« Er deutete auf Gaheris.

»Er ist mein Bruder.«

Der groß gewachsene Fremde legte zustimmend den Kopf schief. »Dann sollen dein Bruder und dein Freund ebenfalls an der Hochzeit teilnehmen, auf dass es eine würdige Feierlichkeit wird. Doch lasst die Waffen zurück. Sie sind nicht gestattet an dem Ort, zu dem ich euch nun führe.«

Percival räusperte sich und warf Gawain einen zweifelnden Blick zu, doch dieser beruhigte ihn.»Wir benötigen keine Waffen. Nicht auf meiner Hochzeit.«

Ihnen drohte keine Gefahr, dessen war er sich ganz sicher. Gromer hatte ausreichend Gelegenheit gehabt, einen von ihnen zu töten. Und Ragnelle würde es niemals zulassen.

Gromer Somer führte die Männer in den Wald über Pfade, die nur er selbst sehen konnte. Das Licht veränderte sich, nicht nur weil die Sonne unterging.

Gawain sah ein Schimmern, das er sich nicht erklären konnte. Sie passierten einen hoch aufragenden Stein inmitten dieses unwirklichen Waldes und von nun an waren sie nicht mehr allein. Er sah kleine Gesichter, die hinter Baumstämmen hervorlugten und kicherten. Schatten waren oben in den Bäumen auszumachen. Bis sie eine Lichtung erreichten, die zwar von der Größe jener von Ragnelle ähnelte, aber doch mit einem Blätterdach überzogen war. Als hätten die Bäume sich die Äste gereicht, um diesen Ort zu schützen.

Hier wurden sie von anderen Wesen wie Gromer empfangen. Schlanke Gestalten, jung und alt, die meisten von ihnen mit silbrigem Haar, doch auch tiefschwarzes und lichtblondes Haar war auszumachen. Sie alle hatten dunkle Augen und betrachteten die Neuankömmlinge neugierig, wobei sie tuschelten.

Zwischen den Blättern leuchteten kleine Lichter auf, deren Ursprung Gawain nicht ausmachen konnte. Auf der Lichtung selbst standen mehrere Hütten, aus ähnlichem Geäst und Blättern gebaut wie Ragnelles kleines Haus.

»Welch zauberhafter Ort«, staunte Gaheris, während dieser Anblick den anderen die Sprache verschlug.

Gawain hatte mit einer geheimnisvollen Festung oder Ähnlichem gerechnet. Nicht aber damit, dass Gromer Somer sie zu einer Lichtung führte, in deren Mitte ein hoch aufragender Stein stand.

»Wir werden gleich beginnen«, versprach Gromer. »Wartet dort bei dem heiligen Stein der Vorfahren.«

Sie stellten sich nebeneinander auf, Gawain direkt neben dem Stein, an seiner Seite Artus, dann Gaheris und schließlich Percival. Gawain verschränkte nervös die Hände ineinander. Sein Herzschlag ähnelte dem Lauf eines trabenden Ponys. Er würde heiraten. Jetzt gleich. Er konnte es noch immer nicht fassen.

Die Bewohner dieser Lichtung versammelten sich vor dem Stein, tuschelten weiterhin miteinander und warfen den fremden Männern immer wieder Blicke zu. Aber wer konnte es ihnen verdenken? Umgekehrt wäre es genauso.

Die Nacht hatte Einzug gehalten. Lediglich die Lichtpunkte zwischen den Blättern spendeten Licht.

Dann begann das Summen. Ein leichtes melodisches Summen, das ihm einen wohligen Schauer über die Arme jagte. Er hörte Gaheris aufseufzen und Artus räusperte sich dezent.

»Das … das ist wirklich schön«, murmelte sein Onkel.

Gawain nickte, unfähig, etwas zu sagen.

Die Menge teilte sich und gab einen Gang frei. Gromer befand sich am Ende dieses Ganges und an seiner Seite seine Schwester.

Ragnelles Haar stand nicht mehr so wirr ab, Blätter und Blüten waren damit verflochten worden. Ihre Haltung war noch immer aufrecht und elegant wie die ihres Bruders. Sie trug ein Gewand aus silbrigem Stoff, der im Schein der kleinen Lichter glänzte. Das Gewand reichte bis zu ihren nackten Füßen und kleidete sie sehr gut. Für eine alte Dame war sie wirklich anschaulich, dachte Gawain und lächelte warm.

Sie würden einige gute Jahre miteinander verbringen. Er hoffte, er würde sich als guter Ehemann anstellen. Daran hatte er immer gezweifelt. Doch für Ragnelle würde er sich Mühe geben.

Feierlich führte Gromer Ragnelle zu ihm, überreichte ihm ihre knochige Hand und beugte kurz das Haupt.

Die Braut sah verlegen zu Boden und wagte nicht, den Blick zu heben.

Gawain neigte den Kopf zur Seite, legte ihr einen Finger unter das Kinn und brachte sie so dazu, ihn anzuschauen. Die Unsicherheit in ihren weisen Augen überraschte ihn.

»Ist alles in Ordnung?«, flüsterte er an ihrer Wange.

Sie nickte und antwortete mit zitternder Stimme. »Ich dachte, du würdest nicht kommen.«

Er lächelte liebevoll. »Aber hier bin ich. So wie ich es versprochen habe.«

Ragnelle erwiderte sein Lächeln verlegen und wandte ihre Aufmerksamkeit ihrem Bruder zu, der sich an die Menge richtete, die Hände erhoben.

Das Summen wurde leiser, bis es ganz verstummte.

»Die zweite Vollmondnacht hat begonnen«, sprach er feierlich. »Und wir feiern die Hochzeit meiner Schwester Ragnelle. Diese feinen Männer sind zu uns gekommen, zunächst als Feinde und erwiesen sich doch als Freunde. Ihr Schicksal ist mit dem unseren verwoben. Einer von ihnen wird Ragnelle heiraten.«

Gromer nickte Gawain zu. »Bist du aus freiem Willen hier?«

Gawain räusperte sich. »Ja, das bin ich.«

»Willst du dich mit Ragnelle aufs Leben verbinden?«

»Ja, das will ich.«

Gromer atmete tief durch und Gawain meinte, so etwas wie Erleichterung in seinen Augen zu erkennen.

»Ragnelle, bist du aus freiem Willen hier?«

»Das bin ich ganz und gar«, sprach sie mit nicht mehr ganz so zitternder Stimme.

»Willst du dich mit Gawain aufs Leben verbinden?«

»Ja, das will ich.« Sie sah zu Gawain auf, der ihr aufmunternd zulächelte.

Seltsam. Sollte nicht er der Zögernde in dieser Situation sein? Aber das war er nicht, denn alles fühlte sich richtig an.

Gromer hob den Blick. Gawain sah ebenfalls nach oben und erst jetzt fiel ihm die Lücke direkt über dem heiligen Stein auf. Durch diese fiel das Licht des Vollmondes und hüllte ihn und Ragnelle in silbrigen Glanz.

»Legt eure Hände ineinander«, bat Gromer.

Gawain nahm Ragnelles Hände in die seinen.

»Wer ist hier, um diese Verbindung zu bezeugen?«, fragte Gromer Somer.

»Ich«, antwortete Artus mit fester Stimme. »Artus Pendragon.«

»Ich auch! Gaheris von Lothian.«

Gawain warf einen Blick über seine Schulter zu seinem Bruder und zwinkerte ihm dankbar zu.

»Ich ebenso.« Percy hüstelte leicht. »Percival … von Ebrauc.« Es war das erste Mal, dass Gawain ihn dies sagen hörte.

Gromer nickte zufrieden. »Und auch ich, Gromer Somer, bezeuge diese Verbindung meiner Schwester Ragnelle mit Gawain, dem Lichtfalken.«

Ein Mädchen trat zu ihnen mit goldenem Haar, Gawain bemerkte es nur im Augenwinkel. Es überreichte Gromer ein silbern geflochtenes Band.

»Im Angesicht des Mondes verbinde ich euch ...« Er legte das Band zunächst über die einen, dann über die anderen Hände.

»... Ragnelle und Gawain. Eure Seelen sollen einander lauschen, eure Herzen sollen im Einklang schlagen und wenn der eine schwach ist, soll der andere stark sein. Bis ans Ende eures Lebens.«

Erneut überkam Gawain eine Gänsehaut. Aus einem Impuls beugte er sich nach vorn und hauchte einen Kuss auf Ragnelles Stirn.

Sie aber wandte sich beschämt ab und abermals wunderte er sich, was mit ihr los war.

»Amen«, hörte Gawain seinen Freund Percy flüstern.

Zufrieden seufzte Gromer. »Eure Leben sind nun miteinander verbunden.«

Die anwesenden *tylwyth teg* begannen erneut zu summen.

Ragnelles Bruder löste das Band mit dem Schnitt einer silbernen Klinge.

»Die Bänder bleiben an euren Handgelenken, bis sie sich von selbst lösen. Solltet ihr sie entfernen, bevor es an der Zeit ist, bedeutet dies Unglück.«

Gawain nickte und schenkte Ragnelle ein warmes Lächeln. Diese wich aber aus.

»Entschuldige mich«, bat sie, raffte ihr Gewand und verließ die Zeremonie.

Verwirrt sah Gawain ihr nach.

»Gib ihr einen Moment«, riet Gromer. »Die Hochzeit kam doch etwas überraschend.«

»Ach«, entfuhr es Gawain, doch Artus legte beruhigend eine Hand auf seine Schulter.

»Wir werden diese Hochzeit gebührend feiern«, versprach sein König. »Wie ist es bei euch Tradition? Ich würde gern mehr darüber erfahren.«

»Ich werde dich herumführen«, schlug Gromer vor.

Eine ältere Dame kam zu ihnen und bot den Gästen an, sich auf eine der Bänke zu setzen, die nunmehr aufgebaut wurden. Andere eilten umher mit Schüsseln und Krügen.

»Gefeiert wird hier wohl gar nicht so viel anders als bei uns«, staunte Gaheris.

Das Essen bestand aus Früchten des Waldes, Honig, Brot aus Nüssen und Kräutermischungen. Kein Fleisch fand seinen Weg auf die Tische, doch es wurde auch nicht vermisst, so reichhaltig war das Angebot. An Getränken wurde kaltes Quellwasser sowie eine ungewöhnliche alkoholische Flüssigkeit in der Farbe von klarem Bernstein gereicht, die sehr nach Honig schmeckte, aber doch herber war als der Met, den Gawain kannte.

Die anfängliche Zurückhaltung ihrer Gastgeber schwand. Man stellte ihnen neugierige Fragen über das Leben jenseits des Waldes.

Die *tylwyth teg* schienen hier in einfachsten Verhältnissen zu leben. Dabei fehlte es ihnen an nichts, sofern Gawain das in dieser kurzen Zeit festzustellen vermochte. Ihre Kleidung bestand oftmals aus Leinenfasern, Blättern oder anderen Fäden, die er nicht zuordnen konnte. Sie hegten eine Abneigung gegen Eisen, doch Silber, Gold und Bronze waren sie zugetan.

Auch Gaheris und Percival fand er in tiefgehenden Gesprächen, während Artus noch immer mit Gromer Somer die Siedlung besichtigte.

Gawain selbst sorgte sich aber um Ragnelle. Wieso war sie so plötzlich verschwunden? Hatten sich in ihr Zweifel an ihrer Verbindung entwickelt? »Verzeihung«, sprach er die Dame an, welche die silbernen Bänder zur Trauung gereicht hatte. »Hast du meine Braut gesehen?«

Sie nickte eifrig und deutete auf eine der Hütten. Gawain lächelte dankbar und erhob sich, um nach Ragnelle zu suchen.

»Ragnelle?«, rief er besorgt, als er an dem Vorhang aus Blättern, kleinen Steinen und Kristallen stand, der den Eingang zur Hütte verbarg. »Ich bin es.«

»Höre ich doch«, erklang es von innen. »Komm herein, ich habe auf dich gewartet.«

Gawain biss sich auf die Unterlippe. Was würde ihn dort erwarten? Sie würde doch nicht ... hatte doch nicht vor, diese Ehe ... War sie deswegen so verlegen gewesen?

Mit einem Räuspern nahm er seinen Mut zusammen und trat durch den Vorhang.

Im Inneren war es dunkler als auf der Lichtung. Nur eine Öffnung im Dach ließ das Mondlicht herein. Gawain wartete, bis sich seine Augen an die Düsternis gewöhnt hatten.

»Ich bin hier«, half sie ihm auf die Sprünge.

Ihre Stimme klang auf irgendeine Art anders ... was womöglich an dem Honigtropfen lag, den er getrunken hatte.

Ihre Umrisse zeichneten sich von der Dunkelheit ab, da sich das Mondlicht in ihrem Gewand und ihrem Haar spiegelte. Sie lag auf etwas, das wohl eine Bettstatt sein mochte.

Unsicher blieb Gawain stehen und kratzte sich am Kinn.

Sie seufzte und erhob sich. »Mein lieber Dummling, traust du dich nicht, mich anzusehen?«

»Nein ... doch, natürlich traue ich mich. Es ist nur ... etwas finster.«

Sie trat vor in die Mitte des Raumes, sodass das Mondlicht sie beschien.

Gawain starrte sie an und konnte nicht glauben, was ... wen er sah. Verwirrt zog er die Stirn kraus. Sollte diese wunderschöne junge Frau seine Ragnelle sein? Ihre Haut wirkte so glatt im silbernen Schein des Mondes, ihr Haar glänzte ohne jedes Zeichen seiner vorherigen Struppigkeit, ihr dreieckiges Gesicht war makellos von der glatten Stirn über die kleine Nase bis hin zu ihrem spitzen Kinn.

»Ragnelle?« Er machte einen zaghaften Schritt auf sie zu.

Sie grinste und das Funkeln ihres Wesens trat in ihre schwarzen Augen. Sie streckte ihre Hand aus und legte sie auf Gawains Wange. »Du hast mich erlöst«, sprach sie geheimnisvoll. »Als ich dich das erste Mal sah, so verloren und fast getötet durch die Wilden Bäume, ahnte ich nicht, dass du derjenige sein würdest.«

»Erlösen?« Gawain verstand es immer noch nicht.

Sie stellte sich auf die Zehenspitzen und küsste ihn sacht auf die Wange. »Ein Fluch lag auf mir. Gelöst werden konnte er nur durch einen ehrenhaften Mann.«

Er lachte entrüstet auf. »Du verlangst, dass ich das glaube?«

Sie hob die Handgelenke, an denen die silbernen Bänder ihrer Eheschließung prangten.

Dennoch wich er einen Schritt zurück. »Verzeih mir, doch ich bin nicht überzeugt. Ich gab mein Wort Ragnelle und an mein Wort halte ich mich. Du magst schön und verlockend vor mir stehen, doch meine Treue gilt ihr. Unsere Leben sind miteinander verbunden.«

Sie lächelte noch tiefer. »Und ehrenhaft bist du, Lichtfalke.«

»Wo ist sie? Ich möchte mit ihr reden. Ihr geht es womöglich nicht gut.«

»Ihr geht es sehr gut«, sprach die Schönheit. »Besser als je zuvor. Was kann ich tun, um dich zu überzeugen, dass ich *ich* bin?« Sie verschränkte die Arme vor der Brust und presste fest die Lippen aufeinander. »Erinnerst du dich, was ich zu dir gesagt habe, als du an jenem Morgen neben mir lagst?«

»Als du mich fortgeschickt hast?« Gawain witterte eine weitere Falle. »Sag du es mir. Wenn du Ragnelle bist, wirst du es wissen.«

»Ich sagte, dass ich dich ein weiteres Mal vielleicht nicht retten könnte.« Sie trat auf ihn zu, hinaus aus dem Licht des Mondes. »Erkennst du mich denn wirklich nicht?«

Er zögerte, kämpfte mit seinen Gefühlen. Er wollte glauben, dass diese schöne Frau Ragnelle war, mit der er nun verheiratet war. Doch er hatte so viel Ungemach in seinem Leben erlebt, dass er es einfach nicht konnte. Wieso sollte ausgerechnet ihm dieses Glück widerfahren? War es nicht viel eher ein neuerlicher Test des Lebens oder des Schicksals? Und überhaupt … Flüche, Magie … wie konnte er daran glauben? Sie waren ihm niemals zuvor begegnet. Sie gehörten in die Lieder der Barden, denen er gerne am Feuer lauschte, mit einem guten Tropfen in der Hand. Nicht aber in sein Leben, das erfüllt war von Kampf, Intrigen und dem täglichen Hadern mit sich selbst.

»Schließ die Augen«, flüsterte sie.

Er nickte und folgte ihrer Bitte.

»Dein Name ist Lichtfalke, weil deine Schwester dir diesen gab. Deine Schwester war eine Seherin … ein Rabe. Du bist nach Camelot gegangen, weil du fern der Festung deines Vaters nach einer eigenen Aufgabe, deiner Bestimmung, gesucht hast. Du fandest sie an der Seite von Artus und in der Tafelrunde. Der grüne Gürtel, den du trägst, war ein Geschenk eines hohen Mannes aus Erínn. Er und seine Frau stellten dich auf die Probe. Du hast sie bestanden. Du liebst deine Brüder und deine Gefährten der Tafelrunde. Du hast deine Mutter geliebt, mit all ihren Fehlern. Du liebst deinen König, deine Nichte und deren Kind. Aber du hast niemals eine Frau geliebt, wie ein Mann eine Frau lieben sollte. Du, mein lieber Dummling, bist der Lichtfalke von Britannien. Du trägst das Licht in dir. Ich konnte es in deinen Augen sehen, in jenem Moment, als wir gemeinsam in meiner Hütte erwachten und ich in deinen Armen lag. In diesem Moment wusste ich, dass ich dieses Licht für mich haben wollte. Ich wollte jeden Morgen in deinen Armen erwachen. Aber wie ... wie verdammt bei allen Käfern und Würmern in den Leibern unserer Vorfahren ... wie konnte ich mir anmaßen, das Licht eines Falken einzusperren, für mich zu behalten in meiner kleinen Hütte? In meinem verfluchten Leben? Beherrscht von einem Fluch, der vielleicht niemals gelöst werden könnte? Wie sollte ich mir anmaßen, einen Mann wie dich dazu zu verurteilen, mit einer alten Frau zusammenzuleben? Ich ... Ragnelle ... Tochter der *tylwyth teg*, verflucht auf alle Zeiten dazu, alt und hässlich zu bleiben.«

Zögernd öffnete er die Augen. Sie stand noch immer vor ihm. Nur ihre Umrisse waren zu erkennen. Ihre Körpergröße, ihre aufrechte Haltung ... sie glichen Ragnelle. Doch was ihn schließlich überzeugt hatte, waren ihre Stimme – sie klang zwar jünger, doch noch immer ein wenig rau – und die Worte, die sie gesprochen hatte. Denn all das hatte er ihr in jener Nacht erzählt, als sie gemeinsam vor ihrer Feuerstelle saßen und sich ihren Kräutertrank schmecken ließen.

Sanft nahm er sie an den Schultern und schob sie zurück in das Mondlicht.

»Tritt mich doch der Esel«, staunte er, als er ihr jugendliches Aussehen bewunderte.

Sie prustete laut aus beim Lachen, was beinahe wie ein Grunzen wirkte.

Oh ja, das hier war *seine* Ragnelle.

Sanft schloss er sie in die Arme und schmiegte seine Wange an ihr weiches Silberhaar. »Ragnelle«, murmelte er. »Meine Ragnelle.«

Zögerlich legte sie ihre Arme um ihn. »Mein Dummling.«

»Jetzt weiß ich, warum du mir nichts aus deinem Leben erzählt hast. Du hattest ein Geheimnis ... diesen Fluch. Berichte mir alles darüber, denn wirklich verstehe ich es nicht.«

»Der Fluch ist nicht ganz gebrochen«, sagte sie betrübt. »Bei Sonnenaufgang musst du dich entscheiden.«

Sein Herz sank ihm in die Stiefel. Er hatte geahnt, dass dieses Glück nicht perfekt sein konnte. Stirnrunzelnd schob er sie von sich. »Für was entscheiden?«

»Dadurch, dass du mich ... das alte Weib ... geheiratet hast, steht dir die Wahl zu. Möchtest du mich in der Nacht als junge Frau erleben und dafür am Tag als altes Weib? Oder am Tage den Anblick meiner Schönheit genießen und dafür in der Nacht die Alte neben dir liegen haben?«

»Welcher Schafskopf lässt sich einen solchen Fluch einfallen?«, knurrte er verzweifelt und wütend zugleich.

»Einer, den ich sehr zornig gemacht habe«, erklärte sie.

Gawain nahm Ragnelles Hand und führte sie zur Bettstatt, wo er sich mit ihr hinsetzte und einen Arm fest um sie legte, während er mit der anderen Hand die ihre hielt. »Erzähl mir davon … bis zum Morgengrauen ist noch viel Zeit.«

»Vor vielen Jahren stellte mich mein Bruder einem Freund vor, einem mächtigen Herrscher der *tylwyth teg,* die im Norden in den Hügeln leben. Mein Bruder erhoffte sich eine Bindung zwischen unseren beiden Stämmen, denn … die Magie hier im Wald beginnt zu schwinden. Sie entgleitet uns, da unser Wald immer kleiner, die Natur immer schwächer wird. Im Norden aber lebt eine größere Zahl unserer Art und sie verfügen noch über den vollständigen Zugang zu ihren Kräften. Dieser Mann war ein herrschsüchtiger, selbstgefälliger Kerl, wie ich feststellen musste. Gromer bat mich inständig, dem Herrn eine Chance zu geben. Doch je mehr Zeit ich mit ihm verbrachte, umso sicherer wurde ich, dass ich mich niemals an einen Mann wie diesen binden konnte. So lehnte ich seinen Antrag ab. Er wurde wütend, wollte wissen, warum ich ihn ablehnte, und konnte meine Entscheidung nicht akzeptieren. Über meinen Kopf hinweg wollte er gemeinsam mit meinem Bruder Pläne für die Zukunft schmieden. Setzte den Tag unserer Verbindung fest … wollte bestimmen, wo wir gemeinsam leben sollten, obwohl ich bereits abgelehnt hatte. An jenem Tag, als ich gefragt wurde, ob ich aus freiem Willen diese Verbindung eingehen wollte, antwortete ich wahrheitsgemäß mit ›Nein‹. Der Herr wurde so zornig, dass er mich beinahe schlug, doch mein Bruder trat dazwischen. Ich eröffnete dem Herrn, dass ich niemals sein Weib sein könnte, dass ich über mein Leben selbst bestimmen möchte, wie es auch jedem anderen Wesen zusteht. Für mich bedeutete diese Selbstbestimmung mehr als alles andere. Denn es ist *mein* Leben und *meine* Zukunft. Der Mann aber entbrannte in Zorn und verfluchte mich. Verfluchte mich dazu, auf ewig hässlich zu sein, da ich niemals einen Mann finden würde, der mir diese Selbstbestimmung geben würde, und deswegen wäre meine Schönheit ohnehin nutzlos für diese Welt. Und selbst wenn ich einen Mann fände, so würde doch er darüber bestimmen, wann ich alt und wann ich jung sein sollte. So kehrte ich als altes Weib zurück in meinen Wald. Ich war so wütend auf Gromer, weil er mich in diese Situation gebracht hatte, obwohl er meine Bedenken doch kannte, und dennoch über meinen Kopf hinweg eine Verbindung ausgehandelt hatte. Deswegen verließ ich meinen Bruder und warf ihm an den Kopf, dass er genauso wenig verstand wie der Herrscher aus dem Norden. Er bat mich tausendfach um Verzeihung und flehte mich an, zu ihm zurückzukehren. Er wollte eine Möglichkeit finden, den Fluch zu brechen. Aber ich lehnte ab und sagte ihm, ich würde erst wieder zu ihm zurückkommen, wenn er mir die Frage beantworten konnte, die meinen Fluch verursacht hatte.«

»Was ist es, das Frauen am meisten begehren?«, murmelte Gawain.

»Ganz genau«, seufzte Ragnelle. »Die Jahre gingen dahin. In eurer Welt noch viel schneller als hier bei uns im Wald. Menschen und andere *tylwyth teg* kamen hin und wieder in unsere Gegend. Doch mein Bruder fand niemals eine Antwort. Erst an jenem Tag, an dem Artus den Königshirsch tötete, verspürte er Zuversicht.« Sie streichelte Gawain sanft über die Wange. »Er sah einen ehrenhaften Mann und erhoffte sich, so die Lösung herauszufinden, damit ich wenigstens wieder zurück zu ihm käme.«

Gawain streichelte über ihre Schulter. »Aber wieso hast du uns die Antwort verraten?«

Sie richtete sich ein wenig auf und er erkannte, dass sie ihn ansah. »Weil Artus ein guter Mann ist und wegen eines Streits zwischen Geschwistern nicht in Schwierigkeiten geraten sollte. Mein Bruder kann sehr ... aufbrausend sein.«

Gawain nickte und musste grinsen. »Und bei dieser Gelegenheit hast du dir einen Ehemann geschnappt.«

»Nicht irgendeinen.« Er konnte an ihrer Stimme hören, dass sie ebenfalls grinste. »Dich.«

Er küsste sie fest auf die Stirn, und eine Welle der Zuneigung überkam ihn. Sein Herz wurde warm und leicht wie eine Feder im Wind. Er nahm ihren Duft von Blättern, Kräutern und Honig wahr und atmete tief ein. Niemals hatte sich etwas so gut angefühlt, wie diese Frau in seinen Armen zu halten.

Er hatte es bereits gespürt, als er damals in ihrer Hütte mit ihr eingeschlafen war, als er noch dachte, sie wäre eine alte, einsame Frau. Doch das Band, das er in sich spürte, jenes, das sein Herz mit ihrem verband, hatte damals seinen Anfang gefunden als einzelner Faden, der niemals reißen würde. Deswegen hatte es ihm nichts ausgemacht, ob sie alt oder jung war. Weil es um ihr Wesen ging, nicht um ihr Aussehen.

Er berührte ihr Kinn, hob es leicht an und wartete, ob sie ihm auswich. Aber das tat sie nicht, sondern umfasste seinen Nacken und zog ihn näher an sich heran.

Gawain küsste sie zärtlich, legte zunächst nur seine Lippen auf die ihren, bevor er seine Frau enger an sich drückte und sein Kuss fordernder wurde. Ihr zarter Körper presste sich gegen seinen und er spürte jede ihrer Rundungen.

Der Gedanke beschlich ihn, ob sie überhaupt Erfahrung mit Männern hatte, wurde aber hinfortgewischt, als sie begann, sich an der Schnürung seiner Hose zu schaffen zu machen. Er zog sich selbst das Hemd aus und half ihr sodann bei der Bundhose. Ihre Hände ließ sie forsch über seine nackte Haut gleiten, was ihm eine wohlige Gänsehaut verursachte. Ihr Kleid schimmerte leicht auf, als sie es sich über den Kopf streifte. Er liebkoste ihre Haut mit sanften Berührungen und ließ seine Lippen den Pfad seiner Hände folgen.

Sie vereinigten sich in dem Bewusstsein, zueinander zu gehören, bereits verbunden durch die silbernen Bänder an ihren Handgelenken und noch viel länger durch den Bund ihrer Herzen.

Sie mussten danach eingeschlummert sein. Denn irgendwann erwachte Gawain aus einem tiefen traumlosen Schlaf und der erste Sonnenstrahl fiel durch eine Seitenluke in die Hütte.

Jetzt erst konnte er seine Frau in ihrer ganzen Schönheit bewundern, ihre makellose Haut, die wohlgeformten Rundungen, ihr herzförmiges Gesicht mit dem spitzen Kinn und der spitzen Nase, umrahmt von Kaskaden glänzenden Silberhaares.

»Ragnelle«, flüsterte er und küsste sie auf die Nasenspitze. »Der Tag bricht an.«

Sie knurrte etwas und drehte sich auf die Seite, was ihn leise auflachen ließ.

Doch dann lachte er nicht mehr, als er erkannte, dass ihre Haut zu flimmern begann. Fast schon konnte er die Runzeln des Alters unter dem Schimmern erkennen.

»Ragnelle«, sagte er eindringlicher. »Der Fluch …«

Müde setzte sie sich auf und sah an sich herab. »Es ist so, wie ich es gesagt habe«, erklärte sie resignierend. »Du musst dich entscheiden: Tag oder Nacht.«

Gawain sah zu dem Lichtstrahl, der durch die Luke fiel, und wünschte den Mann, der ihr dies angetan hatte, in die Finsternis der tiefsten Welten, auf dass er niemals Licht sehen würde.

In Gawains Händen lag die Last der Entscheidung und er hatte keine Ahnung, was er tun sollte. Ja, er hatte es genossen, in der Nacht bei seiner wunderschönen Frau zu liegen. Doch würde sie sich nicht grämen, nun wieder in der alten Gestalt im Tageslicht wandeln zu müssen?

»Gawain«, bat sie inständig. »Du musst dich jetzt entscheiden.« Sie zog eine fein gewobene Decke über ihre Nacktheit, legte den Kopf schief und sah ihn so voller Vertrauen an, dass ihm das Herz stockte ob der Verantwortung, die er nun trug. Sie schien zu glauben, dass er die richtige Entscheidung treffen würde.

Er sollte über ihr Leben bestimmen? Wieso? Nur weil sie aneinander gebunden waren? Wer gab ihm dieses Recht? Nein.

Er schüttelte den Kopf. »Ich kann diese Entscheidung nicht treffen.«

»Wenn du es nicht tust, werde ich für immer alt bleiben«, erklärte sie traurig.

Er ballte die Hände zu Fäusten und erhob sich von der Bettstatt, zog sich eine Hose über und lief unruhig in der Hütte umher. Etwas musste ihm einfallen. Irgendeine Lösung musste es doch geben.

Er war Gawain, der Lichtfalke. Gawain, Waffenbruder der Tafelrunde. Gawain, Neffe und Gesandter von König Artus. Ihm fiel immer etwas ein.

Nur dieses Mal, in einem Moment, in dem sein Herz auf dem Spiel stand, wollte die Lösung nicht zu ihm kommen.

Tag oder Nacht? Nacht oder Tag?

Er hob den Blick und begegnete dem ihren, der nun so voller Kummer war, dass ihm noch mehr das Herz schmerzte.

Das Schimmern hatte sich bereits über ihren ganzen Körper ausgebreitet, ihr schönes glänzendes Haar wandelte sich zu einem struppigen Geflecht.

Verzweifelt ging er vor ihr auf die Knie, fasste nach ihren Händen und presste sie an seine Lippen. »Ich kann diese Entscheidung nicht treffen«, murmelte er. »Wie könnte ich?« Er entdeckte die Zuversicht in ihren Augen. »Weil es gar nicht meine Entscheidung ist«, fiel ihm ein. »Wer bin ich, dass ich über dein Leben bestimme? Es ist *dein* Leben, *deine* Entscheidung! Entscheide du, wann du jung sein möchtest und wann … nicht. Ich werde jede deiner Entscheidungen mit Freuden entgegennehmen.«

Sie nickte langsam und lächelte … nein, ein fröhliches Lachen brach aus ihr heraus, während sich das Schimmern um sie herum zu einem hellen Strahlen wandelte, sodass Gawain geblendet die Augen schloss und den Kopf abwandte.

Als er die Augen wieder öffnete, stand dort vor der Bettstatt seine wunderschöne Ragnelle und streifte gerade ein Kleid über.

Er starrte sie ungläubig an. »Was zum Kuckuck …«

»Das warst du«, erklärte sie glücklich, kam auf ihn zu und legte ihre Arme um seinen Hals, um ihn fest auf die Lippen zu küssen. »Du hast mich erlöst«, flüsterte sie. »Voll und ganz.«

Er schlang seine Arme um sie und küsste sie seinerseits. Er hätte den Rest seines Lebens damit verbringen können, sie einfach nur festzuhalten und zu küssen. »Verrätst du mir auch, wie ich das geschafft habe?«

Sie lachte amüsiert auf und der Schalk tanzte in ihren dunklen Augen. »Du hast mir die Entscheidung überlassen. *Selbstbestimmung.* Du hast es voll und ganz begriffen.«

233

Dennoch überwältigt von all den Geschehnissen runzelte er die Stirn. »Du bleibst für immer so?«

Sie blickte an sich hinab. »Nun … nicht für immer. Du doch auch nicht. Aber ich sehe nun meinem Alter entsprechend aus. Oder vielmehr dem Alter als *tylwyth teg*.«

»Du bist dennoch älter als ich«, vermutete er.

Sie kicherte und legte ihren Kopf an seine Wange. »Womöglich … Die Zeit vergeht hier langsamer. Aber ich kann dich beruhigen: Solang du hier im Wald bleibst, altern wir in der gleichen Weise.« Dann nahm sie ihn bei der Hand. »Komm, lass uns etwas essen und deinen Freunden erzählen, was passiert ist.«

»Himmel«, seufzte er. Artus, Gaheris und Percy hatten die ganze Nacht da draußen auf ihn gewartet.

Die vergangenen Stunden schienen für seine Freunde recht gut verlaufen zu sein. Sie saßen mit anderen *tylwyth teg* beim Frühstück und unterhielten sich fröhlich. Sicherlich hatte man ihnen Platz in den Hütten gemacht, damit sie dort schlafen konnten.

Gaheris' Gesichtsausdruck, als er seinen Bruder mit der schönen jungen Frau im Arm sah, war unglaublich komisch. Er stieß Percy an, der seinen Löffel fallen ließ, als er Gawain erblickte, wischte sich seinen Frühstücksbrei aus dem Gesicht und krächzte: »Artus, sieh doch!«

Der König hob überrascht die Brauen, lächelte aber dann.

Gawain grinste breit und geleitete seine Frau zu dem Tisch, an dem sie saßen. Fröhlich verbeugte er sich. »Meine Herren, darf ich euch mein Eheweib vorstellen? Ragnelle.« Stirnrunzelnd sah er sie an. »Hast du eigentlich einen Beinamen?«

Sie lachte laut auf. »Nein. Ragnelle reicht mir.«

»Oh Himmel, das ist nicht zu glauben«, staunte Gaheris.

Die Männer rückten zur Seite, damit sich Gawain und Ragnelle zu ihnen setzen konnten.

»Darf ich erzählen, was geschehen ist?«, bat seine Braut und Gawain lächelte ihr aufmunternd zu.

Er erkannte in den Gesichtern seiner Freunde genau jene Gefühle, die er selbst durchgemacht hatte, als er dieses Geschehen zu begreifen versuchte.

Gaheris grinste bald wie ein Kind mit Honigkuchen, während Percy noch immer stirnrunzelnd dasaß. Artus hingegen nickte immer wieder und lauschte aufmerksam, was Ragnelle erklärte. Er sah von seiner Frau zu Gawain und schien lange zu überlegen, was dies alles zu bedeuten hatte.

»Du wirst hier verweilen, nicht wahr?«, fragte er schließlich.

»Darüber habe ich noch nicht nachgedacht«, gab Gawain zu und sah sich um.

Dieser Ort, diese Lichtung ... ja, er würde gerne eine Zeit lang hier weilen und Ragnelles Leben kennenlernen. Der Frieden und die Wärme, die er hier verspürte, hatte er lange in seinem Leben vermisst.

Dennoch war Camelot seine Heimat. Dort, wo er zum Mann geworden war und zu sich selbst gefunden hatte. Wie konnte er seine Freunde, seine Brüder im Stich lassen?

»Hadere nicht«, raunte Artus, als hätte er seine Gedanken gelesen. »Du hast das Glück verdient. Nimm es an.«

Ein Stein, so schwer wie die großen Brocken der Steinkreise, fiel von Gawains Herz. Seine Entscheidung war gefallen. Er würde hierbleiben, bei Ragnelle und ihrem Volk.

Artus grinste und schlug ihm auf die Hand. »Und jetzt lass uns feiern!« Er hob seinen Becher und trank ihn in einem Zug aus.

Gawain lachte auf und tat es ihm nach.

Flöten wurden gespielt und die *tylwyth teg* begannen in Reigen zu tanzen. Ragnelle kicherte, nahm Gawains Hand und zog ihn mit sich.

Er hatte sich nie glücklicher gefühlt als in diesem Moment, da er in die dunklen Augen seiner Frau sah, die vor Freude lachte und tanzte.

Bald aber war es Zeit, Abschied von seinen Gefährten zu nehmen, was Gawain so schwer fiel, als müsste er zehn Tonnen Fisch einen Berg hinauftragen.

»Ich danke dir für deine Freundschaft, Percy«, wandte sich Gawain aufrichtig an seinen treuen Freund.

»Nein, danke, dass du der Erste warst, der mich bei der Tafelrunde aufgenommen hat«, erwiderte Percival und packte seinen Arm, um ihn freundschaftlich zu drücken.

Gawain zog ihn näher an sich. »Konnte einen lieben Kerl wie dich doch nicht den Wölfen überlassen.«

»Ich glaube, diese Ehe wird dir guttun.« Percy seufzte.

»Das glaube ich auch.« Gawain lachte und klopfte seinem Freund auf die Schulter, bevor er wieder ernst wurde. »Achte auf Artus. Bewahre ihn vor Intrigen.«

»Ich gebe mein Bestes.«

Gawain sah zu seinem jüngsten Bruder, dessen Blicke von einer grazilen Schönheit gefesselt wurden. »Und pass ein wenig auf Gaheris auf. Du hast einen besseren Einfluss auf ihn, als ich es je vermochte.«

Percy lächelte breit. »Auch hier werde ich mein Bestes geben. Leb wohl, Gawain.«

»Leb wohl, Percy.«

Gawain trat an die Seite seines Bruders und packte ihn an den Schultern. »Nun, Kleiner, Zeit, sich zu verabschieden.«

Gaheris nickte betreten und schluckte. Dann zeigte sich Trotz in seinen Augen und er reckte das Kinn empor. »Ich werde zurechtkommen.«

»Das weiß ich doch.«

»Es musste ja der Tag kommen, an dem ich aus deinem Schatten heraustrete, großer Bruder.«

Gawain schloss ihn in eine feste Umarmung. »Ich weiß. Und ich bin stolz auf dich. Vergiss das nie.«

»Gibst du mir deine Liste?«, murmelte der Jüngere an seiner Schulter.

»Welche Liste?«

»Mit den Damen, die ich in Camelot trösten muss.«

Gawain lachte laut auf und schubste ihn von sich fort. »Oh nein, da musst du dich schon selbst anstrengen.«

Gaheris wischte sich eine kleine Träne fort und grinste.

Percy gelangte zu ihnen, um Gaheris am Arm zu fassen. »Komm, hilf mir mit dem Gepäck. Wir haben Proviant und unsere Waffen einzupacken.«

Nun kam der Moment, sich von Artus zu verabschieden. Dieser stand breitschultrig am Rande des Geschehens und schüttelte leicht den Kopf.

»Niemand würde uns jemals glauben, was wir hier erlebt haben.«

»Das stimmt. Was wirst du in Camelot erzählen?«

»Die Wahrheit.« Artus hob die Brauen. »Gawain hat in einem entlegenen Königreich eine Schönheit getroffen, sich Kopf über verliebt und sie geheiratet.«

»Danke«, meinte Gawain aufrichtig.

»Ich habe Gromer Somer versprochen, diesen Wald zu schützen. Und am besten bewahre ich ihn, indem ich ihn geheim halte.«

»Wohl wahr.«

»Erst Lancelot und nun du.« Artus seufzte. »Du wirst schmerzlich vermisst werden in der Tafelrunde. Und von mir.«

»Du hast doch noch Gaheris, er wird mich würdig vertreten. Und Mordred. Er scheint großes Potenzial zu haben.«

Artus nickte nachdenklich. »Ernsthaft, du wirst mir fehlen. Und doch gönne ich dir dieses Glück mit jeder Faser meines Herzens.«

»Wir haben eine Menge zusammen erlebt.«

»Das haben wir«, pflichtete Artus ihm bei. »Komm eines Tages zurück nach Camelot, ja?«

»Das werde ich«, versprach Gawain. »Und ich hoffe, meine Braut mitzubringen.«

»Ihr werdet beide willkommen sein.« Artus löste sich von ihm und beugte zum Abschied das Haupt. »Lebe wohl, Lichtfalke, mein Neffe.«

Gawain neigte ebenfalls den Kopf. »Lebe wohl, mein König.«

Lange sah er seinen Gefährten nach, die ihren Weg zwischen den Bäumen zurück nahmen, begleitet von einem jungen Mann dieses Volkes, unter denen Gawain nun leben würde.

Eine zarte Hand schmiegte sich in seine.

»Der Abschied soll nicht umsonst gewesen sein«, flüsterte Ragnelle an seiner Seite. »Wir werden es gut haben.«

»Ja, das werden wir.« Gawain wandte sich ganz seiner Braut zu. »Sag, wie sind die Traditionen in deinem Volk, was das Zusammenliegen angeht?«

Sie lachte entrüstet auf. »Genauso wie die euren, wie mir seit letzter Nacht wohl bewusst ist.«

»Also spricht keine Regel dem entgegen, sich auch bei Tageslicht zurückzuziehen?«

Verstehend blitzte es in ihren Augen auf. »Keine, die mir bekannt ist, und wenn es doch so sein sollte, werde ich sie mit Freuden brechen.«

Gawain umschlang ihren Körper und schenkte ihr einen Kuss, in den er all seine Gefühle für sie legte.

Niemals würde er sie loslassen. Sie gehörten einander, auf ewig verbunden.

ANMERKUNGEN

DER AUTORIN

Die Idee zu »Gawain – Lichtfalke« kam mir während des Schreibens von »Elayne – Rabenherz«. Hier trat der junge Onkel Elaynes als ziemlich gewitzter und liebevoller Kerl auf, obwohl auch damals schon der Zwist mit seinem Vater erkennbar war.

Gawain schlich sich tief in mein Herz und wollte nicht mehr fort. Er ist eine extrem interessante Figur. Im Gegensatz zu Elayne von Corbenic, die in den alten Sagen nur am Rande eine Rolle spielt, durfte Gawain schon des Öfteren die zentrale Figur in diversen Abenteuern spielen.

Zwei davon haben mich besonders fasziniert.

Einmal ist dies »Sir Gawain und der Grüne Ritter« und die zweite Legende ist im deutschen Sprachraum weit weniger bekannt, dennoch nicht minder faszinierend. Die Rolle des Frauenhelden war Gawain schon in alten Legenden auf den Leib geschrieben, weshalb auch mittelalterliche Autoren immer wieder darauf eingingen. Es gibt jedoch nur eine Frau, die jemals das Herz von Gawain ganz für sich gewinnen konnte und die er dann auch heiratete: die Dame Ragnelle.

Wer diese beiden Sagen bereits kennt, wird sicher erkannt haben, dass ich einige Elemente weggelassen habe. Eines der zentralen Elemente ist das Abschlagen des Kopfes. Der Ursprung hierfür liegt in den keltischen Sagen und ist daher auch als »Keltischer Kopfkult« bekannt. Wer den Kopf seines Feindes abschlägt, übernimmt dessen Macht und hindert ihn daran, in die Totenwelt überzugehen (so ähnlich wie in den »Highlander«-Filmen). Demnach fehlt in meiner Version das Spiel des Kopfabschlagens, sowohl in der Episode mit Bertilak als auch in der Herausforderung von Artus durch Gromer Somer. In beiden Legenden standen die Köpfe unserer Helden auf dem Spiel. Für meine Version der Geschichte war dies nicht ganz passend.

Ebenso gibt es in der originalen Version des Grünen Ritters einen etwas anderen Ausgang. Zwar erhält Gawain den Gürtel durch Bertilaks Gemahlin, doch übergibt er ihn nicht, sondern behält ihn, da dieser die Fähigkeit haben soll, seinen Träger vor dem Tode zu bewahren, und ihm am nächsten Tag die Begegnung mit dem Grünen Ritter bevorsteht, der ihm den Kopf abschlagen will. Wie sich herausstellt, ist der Grüne Ritter Bertilak selbst und obschon Gawain nicht ganz ehrlich war, da er den Gürtel nicht an ihn herausgegeben hatte, wie es versprochen worden war, konnte er ihm verzeihen. Denn Gawains Handlung beruhte allein darauf, dass er nicht sterben wollte. Als der Grüne Ritter den tödlichen Schlag ausführt, zuckt Gawain nur ganz kurz. Er hält sein Versprechen und beweist damit seine Ehre.

Wer sich für das Original der Legende interessiert, dem möchte ich die Version von J. R. R. Tolkien ans Herz legen. Der Autor des »Herrn der Ringe« und des »Hobbit« war nicht nur der Begründer der klassischen High Fantasy, er war auch Sprachwissenschaftler und hat zu »Sir Gawain und der Grüne Ritter« ein Vorwort geschrieben.

»Die Hochzeit von Sir Gawain und Dame Ragnelle« ist ein Gedicht aus dem 15. Jahrhundert, dessen Autor nicht bekannt ist. Beachtlich ist die wesentliche Aussage des Gedichts. Es geht um die Frage, was Frauen wirklich wollen. Ausgerechnet Gawain, der Frauenheld, wird diese Frage vollständig erfüllen: sovereignty (Souveränität, Unabhängigkeit, Selbstbestimmung). Diese schenkt er Ragnelle und erlöst sie so von ihrem, der ursprünglichen Legende nach, schrecklichen Aussehen. Die Idee dahinter war so faszinierend, dass ich sie zum Mittelpunkt meiner Geschichte gemacht habe. Es sei mir verziehen, dass ich aus dem einen Jahr, das Artus zur Findung der Lösung bleibt, nur eine Woche gemacht habe. Dies geschah aus dramaturgischen Gründen.

Das Original der Legende ist übrigens auf der Seite der University of Rochester nachzulesen, wie auch viele andere überlieferte Werke zur Artussage (https://d.lib.rochester.edu/teams).

An dieser Stelle möchte ich meiner Verlegerin Corinne danken, die sofort begeistert war von meiner Idee, auch Gawains Geschichte zu erzählen. Außerdem möchte ich meiner Tochter Anina danken, dass sie mit Gawain mitgefiebert hat und mit mir schimpfte, wenn ich ihn wieder zu sehr quälte (in diesen Momenten wusste ich dann, dass es gut war, was ich geschrieben hatte ;-)).

Gawains Geschichte wird weitergehen, zusammen mit der von Elayne. Denn im dritten und finalen Band der Elayne-Saga werden wir ihm wieder begegnen.

ÜBER DIE AUTORIN

Jessica Bernett wurde an einem sonnigen Herbsttag im Jahr 1978 als Enkelin eines Buchdruckers in Wiesbaden geboren. Am liebsten würde sie die ganze Welt bereisen und an jedem Ort einige Monate verbringen. Aktuell lebt sie mit ihrem Mann, ihren beiden Kindern und zwei Katzen in Mainz. Sie liebt starke Frauenfiguren, die sie in spannende Geschichten verwickelt, und tobt sich in allen Bereichen der Fantasy aus, von historischer Fantasy über Urban Fantasy bis hin zur Science Fantasy. Wenn sie nicht gerade mit ihren Kindern in Abenteuern versinkt, schreibt oder von neuen Geschichten träumt, tummelt sie sich mit Vorliebe auf Conventions, um sich mit Gleichgesinnten über Lieblingsserien, Filme und Bücher auszutauschen.

Kontakt:

Facebook: www.facebook.com/jessbernett

Homepage: www.jessbernett.de

Mehr von Jessica Bernett

Elayne (Trilogie)
Historische Fantasy

Klappentext:
Eine Prophezeiung, der sie nicht entkommt.
Eine Bürde, die sie kaum tragen kann.
Eine Liebe, zart, zerbrechlich und bedroht von Lügen, Intrigen
sowie dem Spiel der Macht.

Die junge Elayne von Corbenic wächst im Norden Britanniens in
einer düsteren Festung auf. Ihr Vater, König Pelles, ist besessen von
einer Vision, die Elaynes Mutter kurz vor ihrem Tod gehabt haben
soll. Demnach wird Elayne die Mutter des größten Helden aller
Zeiten. Dafür opfert der König alles: das Wohlergehen seines Volkes und die Liebe seiner Tochter.